Rosemarie Forstmaier

Schicksalhafte Begegnungen

Verwirrende Gefühle

Rosemarie Forstmaier

Schicksalhafte Begegnungen

Verwirrende Gefühle

rosenheimer

Titelbild: Michael Wolf, München
Satz: Buch-Werkstatt GmbH, Bad Aibling
Druck und Bindung: Wiener Verlag, Himberg b. Wien
Printed in Austria

ISBN 3-475-52957-2

Schicksalhafte Begegnungen

Es war ein Sonntag, wie man ihn nicht schöner hätte malen können. Ein fast enzianblauer Föhnhimmel spannte sich über den Kranz der Berge, die das Tal einrahmten. Die Mischwälder, die sich an den Flanken der Felsriesen hinaufzogen, flammten in den verschwenderischsten Herbstfarben; man konnte meinen, der Wald würde brennen. In den Vorgärten der Bauernhöfe standen die Dahlien und sternblumigen Astern noch in voller Blüte. Vor den Fenstern und auf den geschnitzten Balkonen leuchteten feuerrote Geranien.

Überall auf den Wiesen im kleinen Talkessel und auf den sanft ansteigenden Matten sah man das Vieh auf der Weide. Man hörte den friedlichen Schall der Glocken, während die Kühe beinahe genießerisch die letzten saftigen Halme dieses Herbstes abrupften.

In dem kleinen Dorf war heute allerhand los. Alles, was laufen konnte, war auf den Beinen. Schon seit dem frühen Morgen krachten die Böllerschüsse, dumpf hallte das Echo von den Bergen zurück. Heute feierte man in Hirschberg das fünfzigjährige Bestehen des Trachtenvereins.

Am Vormittag war in der Kirche die feierliche Fahnenweihe und ein Hochamt. Dabei waren alle Gesichter ernst und andächtig. Doch kaum war dieser offizielle Teil des Festes vorbei, als ein lautes Trompetenschmettern anhob, und unter schneidigen Klängen ging es hinüber zum Postwirt und hinaus auf die Festwiese, wo ein großes Bierzelt auf die durstigen Besucher wartete.

Auf der Festwiese herrschte Jahrmarktstreiben mit Buden und Schießständen und mit einem tannengeschmückten Tanzpodium.

Zu dem Trubel und der allgemeinen Feststimmung

wollte das zankende Paar, das neben einer bunt geschmückten Bude stand, nicht so recht passen.

»Für so naiv musst mich net halten«, warf der Waidacher Thomas dem Mädchen ungehalten vor. »Genau hab ich's gesehen, wie du dem Hans zugeblinzelt hast. Wenn dir der reiche Krutzenbichler lieber ist, dann musst es nur sagen, denn zum Narren lass ich mich von dir net machen!«

Die Heitauer Marlies, ein überaus hübsches Mädchen, groß und schlank, mit goldblondem Haar und tiefblauen Augen, fauchte ihn erbittert an: »Wir sind noch nicht verheiratet und ich kann hinschauen, wo ich will! Wenn du dich schon jetzt eifersüchtig aufführst, nachher überleg ich's mir …«

»Es geht nicht darum, ob ich eifersüchtig bin oder nicht, Marlies, es passt mir nur net, dass sich der Krutzenbichler wunders was drauf einbildet, wenn du ihm schöne Augen machst. Er muss mich ja für einen ausgemachten Deppen halten.«

Während er ihr weitere Vorhaltungen machte, betrachtete sie ihn ungeniert. Dabei war ihrem ausdruckslosen Gesicht nicht anzusehen, was hinter ihrer glatten Stirn vorging.

Freilich, er war der bestaussehende Bursche, den man sich nur denken konnte. Überdurchschnittlich groß, mit breiten Schultern und dabei schmalhüftig. Sein scharf geschnittenes Gesicht war sonnengebräunt, in seinen blauen Augen, die in so reizvollem Kontrast zu dem pechschwarzen Haar standen, war ein erregtes Funkeln, während er jedes Wort mit temperamentvollen Handbewegungen unterstrich.

Im Stillen bewunderte sie seine dunkle Stimme und musste zugeben: Ich hab ihn ja gern! Ich hab ihn lieber, als ich irgendeinen anderen je haben könnte. Aber von der Schönheit allein kann man nicht leben und der Hans ist der reichste Hoferbe weit und breit.

Unvermittelt machte sie seinen Vorhaltungen ein rasches Ende, als sie ihre Hand ausstreckte, auf ein Mädchen wies und ausrief: »Dort drüben ist das Maurer Annerl! Ich geht jetzt mit ihr heim. Kannst mich ja nach dem Mittagessen daheim abholen.« Und schon rannte sie davon.

Mit gerunzelter Stirn sah der Thomas ihr nach. Nachdenklich biss er sich auf die Unterlippe. Widerwillig musste er sich eingestehen: Es wäre besser, ich ließe die Finger von ihr. Im gleichen Atemzug gab er jedoch zu: Dazu ist es zu spät. Neben ihr wirkt jedes andere Madl fad und farblos. Sie hat alles, was einem Mann das Blut zum Sieden bringt.

Seltsamerweise kam in seinen Überlegungen das Wort Liebe nicht vor. Diesem großen Wort misstraute er gründlich. Was ihn an dieses Mädchen fesselte, war etwas anderes. Sie zog ihn wie magisch an, er begehrte sie mehr als alles andere auf der Welt, und die Stunden, die sie heimlich zusammen verbrachten, entschädigten ihn reichlich für die fehlende Sprache des Herzens. Was sollte er mit Gefühlen?

»Was hast denn, Bub?«, fragte die Waidacher Martha, ein kleines, dünnes Weiblein. Sie war unbemerkt zu ihrem Sohn getreten. »Du schaust aus, wie wenn dir die Hennen das Brot gefressen hätten«, bemerkte sie.

»Ach nix, Mutter!«, kam es abweisend von Thomas. Dabei stieß er ein gekünsteltes Lachen hervor.

Die Waidacherin zog ihr bunt besticktes, fransenverziertes Schultertuch fester um die mageren, schmalen Schultern und entgegnete resolut: »Es hat doch gewiss wieder was mit der Marlies gegeben?«

»Komm, Mutter, gehen wir zum Essen heim! Oder willst noch ein bissel in die Buden reinschauen und was einkaufen?«

Das alte Weiblein blickte sich missbilligend um, schüttelte den Kopf mit dem goldbestickten Samthut, von dem lange Bänder über den Rücken flatterten, und erwiderte geringschätzig: »Dieser Krimskrams kann mir gestohlen bleiben. Gehen wir lieber nach Hause!«

Hätte ihr Heimweg nicht über die Festwiese geführt, so

hätte die Waidacherin gewiss einen weiten Bogen um dieses Getümmel gemacht. Aber so musste sie nun einmal hindurch.

Als sie die letzten Buden hinter sich gelassen hatten und der Lärm und das Gedudel allmählich verebbten, fragte die Waidacherin besorgt: »Du hast mir noch allweil keine Antwort auf meine Frage gegeben, Bub. Was war denn schon wieder mit der Marlies?«

»Nix halt«, log der Thomas.

Aber die Waidacherin wusste auch so, was die Uhr geschlagen hatte. Ärgerlich hielt sie ihrem Sohn vor: »Ich versteh gar net, was du an dieser Zierpuppe findest? Das ist eine ohne Herz und Gefühl, bloß was fürs Aug. Lass sie doch endlich fahren, Thomas! Es gibt doch so viele andere liebe Dirndl …«

»Ich bitt dich, Mutter, hör auf!«, fiel Thomas ihr schwer atmend ins Wort. »Ich bin alt genug um zu wissen, was gut für mich ist.«

»Das muss ich bezweifeln«, wandte seine Mutter besorgt ein. »Wenn sich einer an so eine hängt, nachher kann's mit seinem Verstand net weit her sein. Ich mein es nur gut …«

»Dann lass mir meinen Willen, Mutter!«, kam es hart von Thomas.

Inzwischen hatten sie ihr schmuckes Haus, das allein am Waldrand stand, erreicht. Man sah es dem Häuschen an, dass seine Besitzer nicht gerade minderbemittelt sein konnten, denn alles an dem Haus machte einen gepflegten, gediegenen Eindruck.

Es war wahrhaftig auch nicht wenig, was der Thomas, ein begabter und in der Fachwelt geschätzter Holzschnitzer, verdiente.

Ein dunkel gebeizter, solider Staketenzaun umschloss das Grundstück. Ein blendend weißer Kiesweg, von Rosen eingefasst, führte durch den gepflegten Garten, auf den die Waidacherin ihren ganzen Stolz setzte, zum Haus.

Nach einem bewundernden Blick zu den letzten Rosen

dieses Jahres meinte die Waidacherin zu ihrem Sohn: »Eine einzige Reifnacht und die ganze Pracht hat ein End.«

Schmunzelnd erwiderte der Thomas: »Schaut nicht danach aus, Mutter. Das Wetter könnt gar nicht schöner sein.«

»So was kommt schneller, als man denkt«, kam es einschränkend von der Waidacherin. »Mir graust's schon vor dem langen Winter.«

Zusammen betraten sie das Haus; eine gemütliche, anheimelnde Atmosphäre nahm sie auf. Überall sah man geschmackvolle Schnitzereien, wertvolle alte Bauernmöbel und handgewebte bunte Fleckerlteppiche.

Es war wohl Thomas' geschulter Geschmack und sein Sinn für Harmonie, der die Einrichtung dieses Hauses geprägt hatte, während der unermüdliche Fleiß seiner Mutter alles blitzsauber hielt.

Dem Heitauerhäusl, das einem versoffenen Flickschuster gehörte, sah man es schon von weitem an, dass seine Bewohner nicht mit Reichtümern gesegnet waren. Es machte einen heruntergewirtschafteten, verkommenen Eindruck; der einstmals weiße Verputz bröckelte ab und die Fensterläden hingen schief in den Angeln. Der winzige Vorgarten, gleich an der Dorfstraße gelegen, war völlig verwildert.

Lautes Kindergeschrei und ein muffiger, abgestandener Geruch empfingen Marlies, als sie heimkam.

In der kleinen, dunkel verräucherten Küche stand die dicke Heitauerin am Herd. Mit ihrer blechern klingenden Stimme mahnte sie die drei Kinder, die streitend um den Tisch saßen: »Gebts endlich Ruh! Gleich ist das Essen fertig.«

Die Kinder, drei Buben im Alter zwischen acht und zwölf Jahren, kümmerte der Einwand der Mutter nicht sonderlich. Sie verstummten jedoch sofort, als ihre ältere Schwester, die Marlies, die Küche betrat.

»Herrschaftseiten, was ist denn da herinnen wieder für

ein Spektakel?«, fuhr die Marlies ihre Brüder an. »Wenn net augenblicklich Ruh ist, nachher reiß ich euch die Ohrwascheln aus! Habts mich verstanden?«

Die drei Helden mussten wohl wissen, dass die Marlies ihre Drohung wahr machen würde, denn kein Mucks war mehr zu hören. Geduldig saßen sie am Tisch und warteten auf ihr Essen.

»Hast den Vater nicht gesehen?«, fragte die Heitauerin.

Die Marlies schüttelte den Kopf, warf einen Blick in den brodelnden Topf und zog angewidert ihre Nase kraus. »Schon wieder Suppe! Heut ist doch Sonntag!«, stieß sie ärgerlich hervor.

»Wenn dein Vater nicht das ganze Geld versaufen tät, nachher könnt ich ein Stück Fleisch auf den Tisch bringen«, brummte die Heitauerin.

Vorschnell wandte die Marlies ein: »Das ist nicht mein Vater!«

»Geb's Gott, der Wastl lebte noch, nachher tät ich heute net so im Elend drinhocken«, jammerte die Heitauerin und schniefte hörbar. Ohne Rücksicht auf die Buben zu nehmen fuhr sie anklagend fort: »Was hätt ich denn tun sollen mit meinen vier Kindern, wie euer Vater im Holz 'blieben ist?« Als sie keine Antwort bekam, setzte sie wie erklärend hinzu: »Ich hab halt auch geglaubt, er tät sich ändern, der Karl, wenn er erst einmal sein geregeltes Leben hat.«

Hart kam es von der Marlies: »Man weiß sehr wohl, dass man so ein versoffenes Elend nimmer ändert, Mutter!«

Die überhörte den Vorwurf ihrer Ältesten und begann zu lamentieren: »Bin gespannt, wer ihn heut wieder heimbringt. An so einem Festtag wird er sich wieder bis zum Kragen vollllaufen lassen und ich hab nachher wieder das Theater mit ihm.« Ohne Übergang belehrte sie nun ihre Tochter: »Madl, ich sag's dir allweil wieder: Wie man sich bettet, so liegt man. Schau zuerst, was einer hat und was einer ist, nachher bist wenigstens versorgt. Was hast denn von so einem Zuckermandl, wenn die Not beim Fenster hereinschaut? Ich weiß net recht, was Solides ist der Thomas in meinen Augen auch net. Weiß man's denn, was für eine Zeit kommt und ob er seine Schnitzmandln allweil verkaufen kann? Ich hätt's schon viel lieber gesehen, wenn du eine anständige Einheirat …«

Mit gedämpfter Stimme flüsterte die Marlies ihrer Mutter ins Ohr: »Du, der Krutzenbichler steigt mir nach.«

Diese Mitteilung schien die Heitauerin nicht sonderlich zu überraschen, denn schmunzelnd wandte sie ein: »Ist doch kein Wunder, bei deinem Gsichtl und deinem Figürl. Ein Madl, das so ausschaut wie du, kann sich die Burschen aussuchen. Und du müsstest ja ein Brettl vorm Hirn haben, wenn du net nach dem Besten greifen tätest.«

Dazu schwieg die Marlies, doch im Geheimen gab sie ihrer Mutter Recht. Sie wollte heraus aus all dem Elend, das sie hier umgab.

Marlies wartete, bis ihre Brüder gegessen und die Küche lärmend verlassen hatten, dann erst begann sie: »Meinst, dass ich's fertig bringen könnt, das mit dem Krutzenbichler Hans?«

Die Heitauerin schluckte ihren letzten Löffel Suppe hinunter und erwiderte gelassen und überzeugt: »Warum denn net? So eine Heirat ist den Einsatz und das Risiko schon wert. Wer net wagt, der net gewinnt!« Dazu schmunzelte sie breit.

Plötzlich erschien in Marlies' hübschem Gesicht ein hinterhältiges Lächeln, als sie einwandte: »Es heißt aber auch: Wer hoch hinaufsteigt, der fällt tief runter.«

Die Heitauerin versetzte ihrer Tochter einen derben, gut gemeinten Rippenstoß und lachte mit blecherner Stimme. »Dagegen wirst dir wohl zu helfen wissen!«

»Wenn's nur der Hans wär«, gab die Marlies zu bedenken, »den trau ich mir schon zu halten. Aber der alte Krutzenbichler …«

»… hat noch allweil getan, was sein Bub gewollt hat«, vervollständigte die Heitauerin den Satz ihrer Tochter. »Man weiß doch, wie vernarrt er in den Hans ist, und das noch mehr, seit seine Frau gestorben ist. Keine Schwiegermutter also, die dir das Leben sauer machen könnt. Die einzige Schwester vom Hans im Kloster, oder doch schon fast …«

Nachdenklich meinte die Marlies: »Ich kann die Barbara nicht verstehen, dass sie es im Kloster aushält.«

Gelassen kam es von der Heitauerin: »Wird ihr schon gefallen, sonst wär sie nicht geblieben, wie sie mit der Schul fertig gewesen ist.«

»Vielleicht war's der Wunsch der verstorbenen Krutzenbichlerin, dass die Barbara ins Kloster geht? Denn wie käm denn sonst eine Bäuerin dazu, dass sie ihre Tochter in eine Klosterschul schickt? Da werde schon gewisse Hintergedanken dabei gewesen sein.«

»Was kümmert das uns«, kam es unvermittelt ziemlich ungeduldig von der Heitauerin. »Jedenfalls hättest du für dein ganzes Leben lang ausgesorgt, wenn du Krutzenbichlerin werden könntest.«

»Wenn man's nur wüsst, wie ernst es der Hans meint?«

»Das wirst halt herausfinden müssen«, riet die Heitauerin, während sie sich daranmachte den Tisch abzuräumen.

Plötzlich erstarrten die beiden Frauen. Viel sagend blickten sie sich an. Eine Tür war zugeworfen worden und tapsende, schlurfende Schritte näherten sich.

Der Heitauer Karl, eine lange, dürre Gestalt mit einem fahlen, ausgemergelten Gesicht, kam in die Küche getorkelt. Aus blutunterlaufenen Augen stierte er mit dem dümmlichen Blick des Betrunkenen auf den leeren Tisch. Unvermittelt schrie er mit krächzender, dünner Stimme: »In meinem Haus wird gegessen, wenn ich daheim bin!«

Etwas kleinlaut verteidigte sich seine Frau: »Wie hab ich denn wissen können, dass du heimkommst?«

»Ihr habt auf mich zu warten – basta!«, geiferte der Heitauer. Dabei unterstrich er jedes seiner Worte mit einer weit ausholenden Handbewegung.

Mit angewidertem Gesicht erhob sich Marlies, wortlos verließ sie die Küche. Ich will heraus aus dieser Misere, schwor sie sich. Ich will auch was von meinem Leben haben, und wenn es mich mein Seelenheil kostet!

Sie ging in ihre ärmlich ausgestattete Kammer. Dort betrachtete sie sich aufmerksam im Spiegel. Sie ordnete das goldblond schimmernde Haar, fuhr sich mit der Zungenspitze über die vollen, Sinnlichkeit verratenden Lippen, sodass sie dunkelrot leuchteten, und lächelte sich dann selber zu, wobei zwei reizende Grübchen in ihren Wangen erschienen.

»Ich bin zweiundzwanzig, aber die Zeit vergeht mit jedem Tag«, sagte sie sich. »Ich hab nix zu bieten als mein Aussehen, also darf ich nimmer länger warten.«

Aus ihrem alten, wackligen Schrank, der erstaunlicherweise mit vielen Kleidern bestückt war, nahm sie ein grünseidenes Dirndlkleid heraus, das einen besonders tiefen Ausschnitt aufwies. Nun schlüpfte sie aus dem unbequemen festlichen Mieder, das nur für den Kirchgang bestimmt war. Mit einem halb mitleidigen, halb abfälligen Lächeln betrachtete sie ihren spärlichen Silberschmuck. Die wertvolleren Taler hatte Thomas ihr geschenkt.

Plötzlich hörte sie, wie schnelle Schritte die knarrende Holzstiege heraufkamen. Nun wurde leise an ihre Kammertür geklopft.

Ohne sich zuerst etwas überzuziehen öffnete sie die Tür einen Spaltbreit.

»Jessas, du bist's«, sagte sie, es klang nicht sonderlich erfreut.

»Deine Mutter ist grad vorhin aus dem Haus und drunten hab ich niemand angetroffen«, erwiderte Thomas und betrat ihre Kammer. Es war nicht das erste Mal, dass er in diesem kleinen, schäbigen Raum stand, in dem es nicht einmal sehr sauber war. Doch auch diesmal hatte er keinen Blick für die Ausstattung.

Mit einem bewundernden »Marlies, bist du schön!« zog er sie in seine Arme und sofort geriet sein Blut in Wallung.

Zuerst versuchte sie sich ihm zu entwinden, aber kaum spürte sie seinen fordernden Mund auf ihren Lippen, als ihr Widerstand schwand. Wie jedes Mal wurde sie Wachs in seinen Händen. Seine erfahrenen Liebkosungen entfachten schnell einen Sturm der Leidenschaft in ihr; heiß und verlangend presste sie sich an ihn. Mit einem erregten Aufseufzen gab sie nach.

Die milde Oktobersonne überflutete die Festwiese. Im Bierzelt, vor den Buden und auf dem Tanzpodium herrschten Gedränge und ein fast ohrenbetäubender Lärm. Das Bier floss reichlich und viele Gesichter waren erhitzt und vom Alkohol gerötet.

Mit Befriedigung konnte Marlies feststellen, dass viele Mädchen die Köpfe drehten und ihren Begleiter mit begehrlichen Augen musterten. Immer wieder begegneten ihre Blicke wie unbeabsichtigt denen des Krutzenbichler Hans und jedes Mal tat sie, als senkte sie verwirrt ihre Augen. Um den jungen Krutzenbichler nur noch mehr aufzustacheln schmiegte sie sich dann besonders eng an Thomas.

Thomas deutete auf eine mit bunten Tüchern ausgeschlagene Bude und sagte: »Schau, Marlies, der Zigeunermichl ist auch wieder da.« Er zog sie mit zu dem kleinen Stand.

Der Zigeunermichl – niemand wusste genau zu sagen, ob er tatsächlich ein Zigeuner war – sah aus, als wäre er einem Bilderbuch entstiegen. Um das lange schwarze Haar hatte er eine Schärpe gebunden, ebenso um seinen mageren Bauch. In dem ledrig-braunen Gesicht leuchteten dunkle, verschmitzte Augen, und wenn er lachte, blitzten seine Goldzähne. Er kam mit seiner Frau zu jeder Kirchweih und zu jedem Jahrmarkt in das Dorf. Er handelte so ziemlich mit allem.

»Grüß dich, Michl«, begrüßte ihn der Thomas lachend und wie einen guten alten Bekannten.

Der Zigeunermichl reichte ihm seine dunkelbraune, ringgeschmückte Hand und schüttelte sie herzlich.

»Ah, der Herr Kienstler«, sagte er mit gutturaler, dunkler Stimme. »Wieder was gefällig? Hab ich wieder scheenen Schmuck für Freilein Braut.«

Thomas hatte schon manch altes Stück beim Zigeunermichl erstanden, der immer irgendetwas Besonderes im hintersten Winkel seiner Bude bereithatte.

»Hätt ich was Scheenes fir weißen Schwanenhals von Freilein Braut«, fuhr der Michl anpreisend fort.

Mit einem Schmunzeln erwiderte der Thomas: »No ja, wenn's net grad ein Stückl Seife ist, nachher her damit.«

Die Marlies kicherte. Ein begehrliches Funkeln erschien in ihren blauen Augen, während der Zigeunermichl nach hinten rief: »Sarah, Herzblättchen! Hab ich Kundschaft ...«

Nun erschien zwischen den bunten Tüchern eine kleine, gazellenhaft schlanke Frau. Ihre sanften Glutaugen leuchteten erfreut auf, als sie den Thomas erblickte, und in ihrem fremdländischen, dunklen Gesicht erschien ein Lächeln. »Grieß Gott, die Herrschaften«, sagte sie leise und trat heran.

Ihr Mann flüsterte ihr rasch etwas zu und sie verschwand wieder zwischen den Tüchern.

»Wir gleich holen scheene Kette«, erklärte der Michl, wobei er viel sagend seine Augen verdrehte.

Gleich darauf legte die Zigeunerin Sarah eine wunderschöne handgearbeitete Silberkette auf den primitiven Budentisch.

»Ist wertvolle alte Arbeit«, sagte sie mit ihrer leisen, dunklen Stimme.

Thomas nahm das Geschnür, das mit vielen kleinen Münzen verziert war, auf und wog es in der Hand. Nun legte er es der Marlies um den Hals. »Was sagst, Madl?«

Plötzlich kreischte eine sich überschlagende Burschenstimme: »He, Zigeuner! Hast was für mich? Ich brauch eine Uhr!« Es war der Zauner Martl, der – bereits ziemlich angetrunken – vor die Bude hintrat. Er war ein langer, dürrer Bursche mit einem hinterhältigen Fuchsgesicht. »Aber Phantasiepreise zahl ich keine!«, plärrte er.

»Hab ich schneene Uhr fir dich«, versicherte der Zigeunermichl beflissen. »Musst warten ein bissel.«

»Her damit oder du kannst sie dir auf deinen verlausten Hut stecken!«, kam es ungeduldig und herausfordernd vom Zauner Martl.

Thomas' Gesicht zeigte einen deutlich verärgerten Ausdruck. »Was plärrst denn wie ein Jochgeier? Musst halt warten, bist du drankommst«, sagte er drohend zum Martl.

»Was mischst dich denn ein?«, begehrte der Martl auf. »Hilfst am End auch noch dem dreckigen Zigeuner?«

»Martl«, stieß Thomas angriffslustig hervor, »ich warn dich! Wenn du Streit suchst, nachher brauchst es nur sagen. Aber lass den armen Teufel in Ruh, der nix will als bloß sein Geschäft machen. Ich dulde net, dass du über ihn dein großes Maul aufreißt!«

Anscheinend war es mit dem Mut des Martl nicht allzu weit her, denn er sackte sichtlich zusammen. Seine Augen funkelten jedoch tückisch, als er sich zum Gehen wandte und dem Thomas zuzischte: »Bildlschnitzer, windiger!«

Dieser Vorgang hatte nicht lange gedauert, aber Sarah hatte mit schreckgeweiteten Augen und am ganzen Körper zitternd dabeigestanden. Nun atmete sie hörbar auf.

»Vielen Dank«, stieß sie erleichtert hervor. »Er hat schon einmal Streit gemacht und zerschlagen viele Sachen bei uns.«

»Hast ihn denn angezeigt?«, fragte der Thomas.

Resignierend zuckte der Zigeunermichl mit den Schultern, dann antwortete er kleinlaut: »Was soll man machen? Bin ich Fremder und glaubt mir keiner. Bin ich allweil schuld, weil ich bin Zigeiner.« Plötzlich lächelte er wieder und setzte hinzu: »Das ist unser Leben. Kannst nix machen.« Er wandte sich an seine Frau und redete in fremder Sprache beruhigend auf sie ein.

Die Marlies schien mit Thomas' Verteidigung nicht ganz einverstanden zu sein. Sie nahm die Kette ab und sagte missmutig: »Ich mag sie net! Was soll ich denn mit dem ausländischen Zeugs? Meinst, ich lass mich auslachen?«

»Ist wertvolle türkische Handarbeit«, versuchte der Zigeunermichl sie umzustimmen. »Ist sehr altes Stick.«

»Ich nehm die Kette, Michl«, kam es bestimmt vom Thomas. »Was soll sie denn kosten?«

Nun geriet der Zigeunermichl sichtlich in Verlegenheit. Man sah es ihm an, dass er mit seinem Gewissen und seiner Geschäftstüchtigkeit kämpfte.

»No, ist fir einen Freind von mir und will ich nix dran verdienen«, sagte er gedehnt. »Gibst mir hunderfienfzig Mark und basta!«

Thomas nickte und holte seine Brieftasche heraus. Ohne noch länger zu feilschen zählte er dem Zigeunermichl das Geld auf den Budentisch.

Nachdem Sarah die Kette in ein altes, mit verblichenem Samt ausgeschlagenes Kästchen gelegt hatte, reichte sie es dem Thomas.

»Soll dir bringen viel Glick«, bemerkte sie mit herzlicher Stimme.

Thomas nickte ihr freundlich zu und schob das Kästchen in die Innentasche seiner Jacke. Marlies' zornige Blicke übersah er. Nachdem er sich von den beiden Zigeunern sehr herzlich verabschiedet hatte, fasste er seine Freundin fest am Arm und zog sie mit sich fort.

Kaum waren sie außer Hörweite, begann die Marlies zu schimpfen: »Was musst denn dem dreckigen Kerl gleich so viel Geld in den Rachen schmeißen für etwas, das ich nie tragen werd?«

»Hör auf, du wirst die Kette eh net kriegen«, fiel er ihr hart ins Wort.

Aber nun wurde sie erst recht wütend. »Ach so, hast vielleicht eine andere?« Höhnend setzte sie hinzu: »Das muss aber eine sein, wenn sie sich so einen wertlosen alten Plunder umhängt!«

Er schwieg zu ihren Vorwürfen, obgleich sie ihn verletzten. Resignierend tröstete er sich: Sie versteht es halt nicht anders. Was soll's? Sie ist kein Mädchen, mit dem man sich über so was verständigen könnte. Schließlich aber hat sie andere Vorzüge.

Und mit einem Schmunzeln, begleitet von einem Augenzwinkern, sagte er beschwichtigend: »Ich will mir die Kette aufheben, denn sie gefällt mir. Und jetzt tanzen wir einen miteinander!« Damit lenkte er seine Schritte hinüber zum Tanzpodium.

Sie hätte zwar gern noch etwas erwidert, aber plötzlich verlor sie die Lust, denn sie hatte etwas anderes entdeckt, das sie weit mehr interessierte. Dort drüben, lässig an das Geländer des frei stehenden Podiums gelehnt, stand der Krutzenbichler Hans.

Dem Krutzenbichler Hans sah man es schon an seiner Kleidung an, dass er von einem reichen Hof stammte. An seiner forstgrünen Jacke schimmerten schwere Silberknöpfe, auf seinem flachen, grünen Trachtenhut hatte er einen Adlerflaum, dreimal so dicht wie derjenige aller anderen. Der Hans war nur mittelgroß, aber überaus drahtig. Sein Gesicht war etwas derb, aber nicht hässlich. Seine glutschwarzen Augen und das dunkle Haar verrieten Temperament.

»Sakrament«, sagte er sich, als er die Marlies erblickte, »das Madl schaut aus, wie wenn sie den Teufel im Leib hätt. Und ein Figürl, da ist alles dran und noch ein bissel mehr.«

Als Marlies' Blick ihn streifte, halb lockend, halb abschätzend, spürte er, wie ihm eine heiße Blutwelle ins Gesicht schoss.

So ganz abgeneigt wär sie nicht, konstatierte er. Nun wandte er seine Aufmerksamkeit dem Thomas zu und wurde leicht besorgt. Mit dem ist nicht gut Kirschen essen! Bin gespannt, ob er aufmuckt.

Er nahm seine Hände aus den Hosentaschen und bahnte sich einen Weg durch das Gewühl der Tanzenden. Sein dunkles Gesicht zeigte keinerlei Regung, als er dem Thomas auf die Schulter klopfte.

Als Thomas sah, wer die Marlies zum Tanz begehrte, erschienen deutliche Unmutsfalten um seinen Mund. Doch er wusste, was der Brauch war, und ließ seine Tänzerin los.

Ein wenig allzu hastig drängte sich die Marlies in die Arme des jungen Krutzenbichlers. Unter halb geschlossenen Lidern warf sie einen forschenden Blick in sein Gesicht.

Besitz ergreifend drückte der Hans das Mädchen an sich. Er hielt sie so fest an sich gepresst, dass er die üppigen Formen ihres Körpers spüren konnte, und sofort wurde es ihm warm. In herausforderndem Ton gestand er ihr, wobei er seinen Mund an ihr Ohr presste: »Sakra, Madl, du kannst einem ganz schön einheizen.«

»Nachher musst dir halt was Kühleres suchen, wenn du die Hitz net vertragst«, erwiderte die Marlies gedehnt.

»Von net vertragen kann keine Red sein«, wandte der Hans ein. »Aber ich mag's net, wenn ich mich an einem fremden Feuer bloß aufwärmen darf.«

»Musst halt ein Scheitel dazulegen«, stieß sie vielsagend hervor.

Über so viel Entgegenkommen schien er aber nun doch etwas überrascht zu sein, denn gedehnt wollte er wissen: »Langt dir das Holz vom Herrgottsschnitzer net?«

»Ich hab's gern warm«, erwiderte sie lächelnd.

»Du«, stieß er heiser hervor, »auf so eine hab ich schon allweil gewartet.«

»Nachher lass es dich net verdrießen«, entgegnete die Marlies spöttisch, denn soeben war der Tanz zu Ende. Sie entwand sich seinen Armen und bahnte sich einen Weg hin zum Thomas, der an das Stangengeländer gelehnt auf sie wartete.

Ihr Gesicht war erhitzt, ihre Augen funkelten erregt, als sie zum Thomas trat. Etwas außer Atem stieß sie hervor: »Gehen wir?«

Er nickte. Dabei erschien seine Miene gleichmütig. Tief in seinem Inneren jedoch fühlte er sich von ihrem schamlosen Benehmen – denn anders konnte man ihr hingebungsvolles Tanzen und ihr aufreizendes Liebäugeln nicht nennen – verletzt und verärgert. Schließlich wusste er am besten, wie sie reagierte, wenn sie im Arm eines Mannes war; dass es keineswegs nur harmloses Geplänkel war, was sie suchte. Herrgott, stöhnte er auf, wenn ich nur loskommen könnte von ihr! Aber er wusste, dass es aussichtslos war. Sobald er in ihrer Nähe war, nahmen ihre Reize ihn gefangen, ließen ihn jeden vernünftigen Gedanken vergessen. Er hätte sie sogar geheiratet, nur damit er sie ganz für sich haben könnte.

Hart fasste er sie am Arm und zerrte sie durch die herumstehende Menge hinaus auf das freie Feld.

»Was hast denn?«, wehrte sie sich. »Heimgehen will ich jetzt noch nicht. Was kann denn ich dafür, wenn du so eifersüchtig …«

»So wie du führt sich kein anständiges Madl auf!«, hielt er ihr mit erregt funkelnden Augen vor.

Aber nun lachte sie ihn geradewegs aus. Spöttisch meinte sie. »Oha, das ist mir neu. Auf einmal soll ich ein anständiges Madl sein! Behandelst du mich wie ein anständiges Madl? Unser Verhältnis ist alles andere als …«

»Marlies, sei doch vernünftig«, beschwor er sie beschwichtigend. »Ich will dich doch für mich allein. Wir könnten heiraten.«

Sie stutzte, denn es war das erste Mal, dass er von Heirat redete. Doch nun schwebte ihr etwas anderes vor und sie pfiff auf seinen Antrag, wenngleich er ihr schmeichelte.

»Warum fällt dir denn das erst jetzt ein?«

»Weil ich eingesehen hab, dass ich ohne dich nicht mehr leben kann«, gestand er aufrichtig. »Ich brauch dich, Marlies. Und wenn wir es zusammen versuchen, nachher wird's schon gehen.«

»Das muss ich mir erst durch den Kopf gehen lassen«, fiel sie ihm überheblich ins Wort. Nun, da er der Bittende war, hatte sie endlich Oberwasser und verstand es, ihren Vorteil zu wahren.

Er riss sie in seine Arme und zog sie verlangend an sich.

»Net, Thomas«, wehrte sie ihn ab. »Die Leut können uns doch sehen.«

»Das ist mir einerlei«, widersprach er mit heiserer Stimme. »Marlies, du bringst mich noch ganz um den Verstand.«

»Komm, sei vernünftig! Ich will jetzt noch zum Postwirt.«

Er wäre zwar viel lieber mit ihr allein gewesen, doch er brachte es nicht übers Herz, ihr diesen Wunsch abzuschlagen.

»Wir bleiben aber net allzu lang«, wandte er mit bittender Stimme ein.

»Wir werden schon sehen«, erwiderte sie ungewiss. »Droben im Saal spielt auch eine Musik und ich möcht noch ein bissel tanzen.«

Hand in Hand gingen sie zurück.

Die Sonne stand schon tief im Westen, ihre letzten Strahlen färbten die Gipfel rosenrot und die Bergwälder flammten purpurn auf. Schon kräuselten sich die ersten Abendnebel schleierfein über dem silberglänzenden Flüsschen. Es war merklich kühler geworden, bald würde der Tau schwer auf den kurzen Gräsern hängen.

Im Postwirtssaal herrschte ein unvorstellbares Gewühl. Drehend und stampfend schoben sich die Tanzenden hin und her. Die große Blaskapelle machte eine ohrenbetäubend laute Musik, unverdrossen wurde ein Ländler nach dem anderen gedudelt. Im Saal war es schier unerträglich heiß und dichte Rauchschwaden nahmen einem fast den Atem.

Marlies hatte etliche Male mit dem Thomas getanzt, doch bald verlor auch sie die Lust daran. Zu ihrem Leidwesen musste sie feststellen, dass sie ihre Angel scheinbar erfolglos ausgelegt hatte; vom Krutzenbichler Hans war nichts zu sehen. Sie zeigte sich auch dem Thomas gegenüber nicht gerade sehr heiter; unlustig und mürrisch saß sie neben ihm.

Der Waidacher Thomas hatte sich schon zu sehr in diese wilde Leidenschaft verstrickt und er nahm Marlies' trotziges, abweisendes Benehmen ruhig hin, ohne dass er sie zurechtwies oder gar aufbegehrte. Anstatt sie nach dem Grund ihrer Verdrießlichkeit zu fragen ertränkte er seine Ohnmacht ihr gegenüber im Alkohol. Bald merkte er, dass er besser aufhören sollte, denn Bier und Wein stiegen ihm bereits zu Kopf. Er war das Trinken nicht gewöhnt.

Der Marlies war es ziemlich einerlei, ob er sich betrank oder nicht. Was machte das heute schon aus? Es war schließlich fast jedes Mannsbild mehr oder weniger angesäuselt.

»Gehen wir noch ein bissel hinunter in die Gaststube«, schlug sie leichthin vor. »Da heroben ist es mir zu laut und zu heiß.«

Der Thomas nickte, trank seinen Maßkrug aus und erhob sich. Nun erst spürte er, dass ihm seine Beine nicht mehr recht gehorchen wollten.

»Sakra, ich fürcht, mich hat's erwischt«, stieß er gepresst hervor. »Es ist besser, wenn ich jetzt nix mehr trink.«

Marlies lachte spöttisch, als sie abfällig bemerkte: »Wennst net trinken kannst wie ein gstandenes Mannsbild, nachher musst es halt bleiben lassen!«

»Wer sagt, dass ich das net kann?«, begehrte er auf.

»Du hast es doch grad selber zugegeben«, hielt sie ihm herausfordernd vor, als sie die Stiege hinabgingen.

In der verrauchten Gaststube war es übervoll. Dicht gedrängt saßen alle diejenigen an den Tischen, die dem Alkohol schon mehr zugesprochen hatten, als ihnen guttat, und die sich nun aus der Tanzerei nichts mehr machten. Dafür wurde hier umso mehr geredet und geschwatzt.

Schon beim Eintreten hatte Marlies den Krutzenbichler Hans erblickt, der mit etlichen Burschen, darunter auch dem Zauner Martl, an einem Tisch hockte. Auch seinem verschwommenen Blick sah man es an, dass er bereits zu viel hatte.

Marlies versuchte den Thomas in Richtung der Burschen zu dirigieren, doch er hatte bereits einen anderen Platz entdeckt. Geradewegs steuerte er auf einen Tisch zu, an dem trotz des herrschenden Platzmangels nur zwei Personen saßen.

»Grüß euch«, rief er erfreut aus. »Dürfen wir uns ein wengl hersetzen?«

Der Zigeunermichl machte eine einladende Handbewegung und erwiderte: »No freilich. Meine Frau und ich – wir nur schnell essen was zu Abend und dann wir machen wieder fort bis nächstes Jahr.«

Mit deutlichem Widerwillen nahm die Marlies am Tisch Platz. Hochmütig schaute sie in eine andere Richtung.

»Weißt was, Michl? Jetzt trinken wir noch ein Flaschel Wein mitnander«, schlug der Thomas gut gelaunt vor und winkte der Kellnerin.

»No, sag ich nicht nein«, schmunzelte der Zigeunermichl. »Hat man selten Gelegenheit, dass Leut mit uns reden. Hab ich Recht, Sarah?«

Still und bescheiden nickte die zierliche dunkle Frau ihre Zustimmung.

Doch schon nach dem ersten Glas, das er ziemlich hastig geleert hatte, begann vor Thomas' Augen alles zu verschwimmen; er sah die Gesichter doppelt. Er versuchte sich mit aller Gewalt zusammenzunehmen, doch seine Trunkenheit nahm nur noch zu.

Der Zigeunermichl merkte von den peinlichen Zuständen seines Gegenübers nichts, denn er plauderte munter drauflos.

Unvermittelt tauchte der Zauner Martl hin und her schwankend am Tisch auf. Mit schwerer Zunge stieß er hervor: »Versaufst jetzt das Geld, das du den Leuten heut aus den Taschen gezogen hast? Zigeuner, windiger …«

Weiter kam er nicht, denn hinter ihm erschien der Krutzenbichler Hans und packte ihn am Kragen.

»Lass gut sein, Martl!«, fuhr er ihn ärgerlich an. Offenbar schämte er sich für das flegelhafte Benehmen seines Saufkumpanen.

Aber sofort begann sich der Martl verzweifelt zu wehren und versetzte dem Hans einen raschen Stoß, sodass er rücklings hinfiel. Ohne sich um seinen Spezi zu kümmern höhnte er erneut: »Was habts denn überhaupt ihr in einem ehrlichen Wirtshaus zu suchen? Schauts, dass ihr …«

Nun war es der Thomas, der den Martl an der Joppe packte und wie einen kleinen Zwetschgenbaum hin und her schüttelte. »Du haltst deine Gosche!«, drohte er, wobei seine Stimme vor Wut und Trunkenheit nur noch ein heiseres Flüstern war.

Unvermittelt wurde er zurückgerissen. Der Krutzenbichler hatte sich aufgerappelt und auf den Thomas gestürzt. »Du lasst deine Pratzen von meinem Spezi!«, schrie er und holte zu einem Schlag aus. Allerdings war auch er nicht mehr recht standfest, sodass er von der Wucht des Armschwungs vornüberstürzte, als Thomas sich blitzschnell duckte.

Aber nun ging es erst los. Im Handumdrehen war die ganze Gaststube in eine Riesenrauferei verwickelt. Die Kellnerin kreischte und suchte, ebenso wie die Marlies, fluchtartig das Weite. Jeder drosch auf jeden ein, alle schienen wie von Sinnen zu sein. Stühle und Tische flogen, ganze Menschenknäuel wälzten sich auf dem Boden; es wurde gestöhnt und geflucht.

Wie gebannt saßen der Zigeunermichl und seine Sarah auf ihren Stühlen. Aus ihren dunklen Augen sprach das nackte Entsetzen. Beide schienen zu wissen, dass es ihnen schlecht ergehen würde, wenn sie die Aufmerksamkeit auf sich lenkten. Es bliebt ihnen nichts anderes übrig als stillzuhalten und dem Tumult wie gebannt zuzusehen.

Die Rauferei mochte ungefähr fünf Minuten im Gange gewesen sein, als der Zigeunermichl zusammenzuckte und etliche beschwörende Worte ausstieß. Er hatte das Messer in der Faust aufblitzen sehen und glaubte das Röcheln unter dem Schreien und Lärmen förmlich herauszuhören. Plötzlich fasste er nach dem Arm seiner Frau, zerrte sie hoch und verschwand mit ihr unbemerkt aus der Gaststube. Er hatte zu viel erdulden müssen, nur weil er anders war als die anderen, und er war aus dem erlittenen Schaden klug geworden. In diese Geschichte wollte er nicht verwickelt werden, er würde ohnehin nur den Kürzeren ziehen.

Plötzlich donnerte eine gewaltige Stimme zwischen den Raufenden: »Aufhören! Polizei! Sofort aufhören!«

Und das schier Unmögliche geschah, man ließ ab voneinander. Burschen mit blutigen Köpfen rappelten sich auf, sahen sich aus dick verschwollenen Augen betreten an.

Als sich die Knäuel einigermaßen entwirrt hatten, stieß einer erschrocken aus: »Jessas, der Krutzenbichler! Der Hans ist gstochen worden!«

Plötzlich herrschte Totenstille in der Gaststube, nur gepresstes Atmen war zu hören.

Zusammengesunken, mit vornübergeneigtem Kopf, lehnte der Krutzenbichler Hans an einem Tischbein. Er rührte sich nicht. In seinem Rücken steckte das Messer, dessen Griff aus einem Rehfüßchen bestand. Anstatt der kleinen Hufschale blinkte ein silberner Knauf. Es gab viele solcher feststehenden Messer, Feitel genannt, und sie steckten griffbereit in beinahe jeder Hosentasche. Doch dass einer es zog um damit zuzustechen, geschah selten.

Umso größer war nun der Schrecken aller.

Der Gendarm beugte sich über den jungen Krutzenbichler, auf dessen Joppe sich bereits ein braunroter Fleck ausbreitete, und fragte: »Wem gehört das Messer?«

Beunruhigt traten die Herumstehenden von einem Fuß auf den anderen. Schrecken malte sich auf ihren übel zugerichteten Gesichtern. Jeder griff in seiner Tasche und holte sein Messer hervor, wobei er murmelnd beteuerte: »Ich hab das meinige.«

»Das werden wir gleich feststellen!«, kam es drohend vom Gendarm und er beugte sich nahe zu dem Messergriff hinab. Wie auf allen Feiteln waren auch auf diesem in den Silberknauf die Initialen eingraviert.

»TH.W.«, buchstabierte er überdeutlich.

Wieder herrschte lastende Stille; eine fast greifbare Spannung breitete sich in dem Raum aus.

»Der Thomas!«, kreischte nun der Zauner Martl anklagend. »Wo hast denn du dein Messer?«

Thomas' Hand hielt noch immer das kleine Messertäschchen, das in seiner Kniebundhose an der Außenseite des rechten Oberschenkels eingearbeitet war, umkrampft. Sein Gesicht war kalkweiß, mit blicklosen Augen starrte er vor sich hin. Er schien nicht zu begreifen, was um ihn her vorging. Er fand erst wieder in die Wirklichkeit zurück, als sich die ganze Meute laut kreischend auf ihn stürzen wollte.

»Ich war's net!«, schrie er verzweifelt aus, zerteilte mit kraftvollen Armbewegungen die Menge und mit einem langen Satz erreichte er die Tür. Ehe es die anderen noch ganz begriffen hatten, war er verschwunden. Das war sein Glück, denn man hätte ihn umgebracht; dabei hätte ihm die Anwesenheit des Gendarmen wenig oder gar nichts genützt.

Wie gehetzt rannte er durch die noch immer sehr belebte Dorfstraße. Erst als er freies Feld erreicht hatte, gönnte er sich eine Verschnaufpause. Niemand schien ihm zu folgen.

Plötzlich war sein Rausch verflogen, er war stocknüchtern. Mit einem verzweifelten Aufstöhnen ließ er sich ins taunasse Gras nieder. Doch sosehr er sich auch anstrengte, sich zu erinnern versuchte, sein Gedächtnis schien für einige Minuten ausgesetzt zu haben, als die Untat geschehen war. Er wusste es einfach nicht, ob er in der Hitze des Gefechts nach dem Messer gegriffen hatte …

»Ich muss mich stellen«, sagte er sich schwer atmend. »Ganz egal, wie's gewesen ist, aber ich muss zur Polizei gehen. Einer muss es doch gesehen haben.« Mühsam stand er auf und mit schweren, schleppenden Schritten ging er wieder auf das Dorf zu.

Von einer Stunde auf die andere hatte sich sein ganzes Leben verändert.

Der Weg, den er nun einschlug, war für den Waidacher Thomas hart und schwer. Er sollte so bald nicht zurückkommen …

Der Krutzenbichler Ludwig, ein großer, stattlicher Mann, der vor Gesundheit nur so zu strotzen schien, sackte wie vom Blitz getroffen zusammen, als man ihm berichtete, was mit seinem Sohn geschehen war.

Mitleidig sahen die Männer ihn an, denn es wusste ja jeder, wie der Ludwig an seinem Sohn hing.

Endlich versuchte ihn einer mit rauer Stimme zu trösten: »Musst ja net gleich das Schlimmste annehmen, Krutzenbichler. Der Doktor hat auch gemeint, dass er noch eine Chance hat. Und der Hans hat ja eine Gesundheit wie ein junges Ross.«

Unvermittelt sprang der Bauer auf seine Füße, blickte sich wie ein wütender Stier um und brüllte: »Wo ist er, der Mörder? Den Saukerl bring ich mit meinen eigenen Händen um!«

»Er hat sich gestellt und ist schon bei den Kriminalern in der Stadt«, berichtete ihm ein anderer.

»Aufhängen müssen sie ihn!«, schrie der Krutzenbichler daraufhin. »Aufhängen, sag ich, wenn's noch eine Gerechtigkeit gibt auf der Welt!« Er schob das Trüppchen Männer, das ihm die Unglücksbotschaft überbracht hatte, einfach beiseite und verließ die Bauernstube.

Obgleich es inzwischen Mitternacht war, musste er in die Stadt und zu seinem Sohn. Er wollte alles, was in seiner Macht stand, tun um dem Hans zu helfen.

Der Krutzenbichler Hans schwebte zwei Tage zwischen Leben und Tod, doch dann siegte seine junge, kraftstrotzende Natur. Das Messer war ihm in den rechten Lungenflügel eingedrungen, er musste operiert werden.

Still und teilnahmslos lag der Hans in seinem Bett, während sich der Bauer wie ein Berserker aufführte. Mit ihm hatten die Ärzte und das Krankenhauspersonal ihre liebe Not. Erst als der Chefarzt die Geduld verlor und ihn kurzerhand hinauswarf, gab er klein bei. Er benahm sich zwar jetzt manierlich, aber er wich volle acht Tage nicht aus dem Zimmer des Hans. »Stellts mir ein Bett hinein!«, befahl er. »Ich zahl's schon.«

Erst als es seinem Sohn merklich besser ging, als endlich wieder Leben in seine schwarzen Augen kam, fuhr der Krutzenbichler heim auf seinen Hof nach Hirschberg.

Der Hans dachte pausenlos darüber nach, wie es zu dem Unglück gekommen war. Er konnte es noch immer nicht fassen, warum der Thomas ihm das Messer in den Rücken gestoßen hatte. Hatte er am Ende doch gemerkt, dass er hinter seinem Mädchen her war? Wenn das auch kein Grund war, dass man dafür einen Menschen halb umbrachte, so erschien ihm diese Erklärung doch am plausibelsten.

Hätte der Thomas ihm mit einem Maßkrug den Schädel eingeschlagen, so wäre es weit weniger schlimm oder ehrenrührig gewesen als das Messer zu ziehen und rücklings zuzustechen. Und das war es auch, was den Hans am wildesten machte. Gerauft hatte er schon oft und oft hatte er auch seinen Teil dabei abbekommen, sodass man ihn schon etliche Male zum Arzt hatte bringen müssen. Aber ein Messer ...

Mit jedem Tag, den es ihm besser ging, wuchs sein Zorn auf den Thomas. Alles in ihm schrie nach Rache.

Er konnte es gar nicht abwarten, bis er so weit wiederhergestellt war, dass er dem Waidacher bei der Verhandlung gegenüberstehen konnte.

»Aber bis dahin wird noch einige Zeit vergehen«, sagte

er sich aufstöhnend, denn er musste noch immer still und unbeweglich im Bett liegen. Sowie er sich ein wenig rührte, begann seine Wunde zu schmerzen.

Der Hans bedauerte es insgeheim, dass sein Vater auf einem Einzelzimmer für ihn bestanden hatte, denn die Tage vergingen in quälender Langsamkeit. Die meiste Zeit starrte er trübsinnig an die Decke hinauf, wobei er dumpf vor sich hin brütete.

Es war der zweite Sonntag, den er im Krankenhaus verbrachte, als ihm die Schwester Besuch meldete.

Gewiss der Vater, dachte Hans. Aber als sich die Tür öffnete und die Heitauer Marlies sehr verlegen und mit tief gesenktem Kopf in das Zimmer trat, verschlug es ihm für einen Moment die Sprache.

Das Mädchen blieb mitten im Zimmer stehen. Endlich stammelte sie verwirrt: »Grüß dich Gott, Hans. Ich hab mir denkt … Wie geht's dir denn?«

Plötzlich fand auch der Hans seine Sprache wieder und erfreut stieß er hervor: »Sakra, Madl, wenn ich dich seh, geht's mir gleich viel besser. Komm doch her!«

Während sie nun langsam, Schritt für Schritt, näher kam, hatte er Zeit, sie eingehend zu betrachten, und natürlich blieb die Wirkung nicht aus. Er war von ihrer Schönheit sichtlich beeindruckt.

Schließlich ergriff er ihre Hände und drückte sie herzlich. »Es freut mich ganz narrisch, Marlies, dass du mich besuchst«, gestand er lächelnd, wobei seine dunklen Augen sie anstrahlten.

Nun herrschte zwischen ihnen eine fast spürbare Befangenheit. Offenbar wusste keiner mehr, was er sagen sollte.

Endlich entzog ihm Marlies ihre Hände, deutete auf einen Stuhl und fragte: »Darf ich mir den nehmen?«

»Freilich, Marlies«, kam es von Hans. »Setz dich nur recht nah her zu mir.«

Als sie es sich bequem gemacht hatte, erklärte sie stockend: »Weißt, Hans, ich hab einfach kommen müssen. Wo ich doch selber dabei gewesen bin, wie …«

In Hans' Gesicht zuckte es. Hart stieß er hervor: »Warum hat er's denn getan, dieser Schuft?«

Wieder senkte die Marlies ihren Blick. Zaghaft gestand sie: »Wegen mir halt. Er hat gesehen, dass du und ich …« Hier verstummte sie wie verschämt.

»Hätt er denn ernstlich Grund dazu gehabt?«, forschte der Hans eindringlich weiter. »Ich meine, wegen dir?«

»Es hätt schon werden können«, gab sie viel sagend zur Antwort.

»Und jetzt? Warum kann es denn net noch werden mit uns zwei?«, wollte er schmunzelnd wissen und griff nach ihrer Hand.

Ohne ihn anzusehen erwiderte sie ausweichend und wie beschämt: »Das geht doch net, Hans. Wo dich doch der Thomas … Und ich war sein Madl.«

Mit einem gepressten Lächeln wandte er ein: »Meinst net, dass ihm das jeder von Herzen vergönnt, dass ausgerechnet ich ihm sein Madl nimm?«

Ein geschmeicheltes Lächeln erschien um ihre Lippen, doch sie zuckte ungewiss mit den Schultern. Sie hatte sich ihren Schlachtplan sehr genau zurechtgelegt und ging äußerst geschickt dabei vor. Den Umstand, dass der Hans noch für einige Zeit ans Bett gefesselt sein würde, wollte sie ausnutzen. Denn in dieser Zeit musste sie ihn für sich gewinnen.

»Ich fürcht, deinem Vater wär das gar net recht«, wandte sie schüchtern ein, wobei sie einen kurzen Blick in seine Augen wagte.

Unbesorgt lachend kam es von Hans: »Da kennst du meinen Vater schlecht, Marlies! Ich kann mir das Madl aussuchen, das mir gefällt. Mein Vater redet mir da net drein.« Plötzlich wurde er ernst und forschte weiter: »Viel wichtiger ist es, ob du willst, Marlies!«

Fast unhörbar stieß sie hervor: »Wenn ich net wollen

hätt, nachher wär ja net alles so gekommen. Aber du warst mir halt auch net gleichgültig und das hat er gemerkt.«

Bei so viel unschuldiger Anmut konnte er einfach nicht anders. Er streckte seine Arme aus und zog sie an sich. Als er ihr verschüchtertes Sträuben spürte, hielt er sie von sich und sagte gepresst: »Aber aus Mitleid musst net.«

»Du dummer Bub«, beruhigte sie ihn mit zärtlicher Stimme und nun war sie es, die sich anschmiegte.

Als sich ihre Lippen fanden, war der Hans bereits rettungslos verloren. Von da an übernahm die Marlies die Führung und behielt dabei ihr Ziel immer vor Augen. Sie wusste es so geschickt einzufädeln, dass Hans gar nicht auf den Gedanken kam, dass er eingefangen worden war. Außerdem erweckte sie in ihm immer den Eindruck, dass er sich mit ihr an Thomas rächte.

Es war Winter geworden; Weihnachten stand vor der Tür.

Wiesen und Felder waren von einer geschlossenen Schneedecke überzogen; die Häuser hatten hohe weiße Hauben.

Eine blasse, kraftlose Dezembersonne kroch schüchtern hinter den grauen Wolken hervor und schon flimmerte und flirrte die weiße Pracht, als wären Berge und Täler mit Diamanten überstreut.

Als die Krutzenbichler Barbara das Dorf hinter sich gelassen hatte und den elterlichen Hof breit und behäbig auf einer sanft ansteigenden Anhöhe liegen sah, schwoll ihr das Herz vor Freude. Vor Glück hätte sie die ganze Welt umarmen mögen. Immer wieder sagte sie sich: Ich darf heim! Man braucht mich daheim. Endlich hat sich der Vater doch an mich erinnert.

Sie war mit ihren neunzehn Jahren noch ein halbes Kind, woran die strenge Klostererziehung sicherlich nicht ganz schuldlos war.

Trotz des dicken Wintermantels konnte man erkennen, dass sie zerbrechlich schmal und zierlich gebaut war.

Über das schwarze Haar hatte sie ein wollenes Tuch gebunden, wodurch die Ebenmäßigkeit ihres feinen Gesichts voll zur Geltung kam. Unter schwarzen, fein gezogenen Brauen schimmerte ein Paar ungewöhnlich großer, sanfter Rehaugen, die von einem Kranz dichter, seidiger Wimpern eingefasst waren. Es waren diese Augen, die ihr etwas Rührendes, fast Hilfloses verliehen.

Als Barbara sich satt gesehen hatte und es vor Heimweh nicht mehr länger hier aushielt, fasste sie ihr kleines Köfferchen und setzte ihren Weg fort. Je näher sie dem schönen, stolzen Hof kam, umso schneller wurden ihre Schritte.

Als sie den großen, dunklen Hausflur betrat, atmete sie mit einem dankbaren Aufseufzen endlich wieder den Duft und die Gerüche ein, die ihr von Kindheit an vertraut waren.

Nun öffnete sie die Tür, die in die große Bauernstube führte. Ihr Vater saß allein beim Mittagessen an dem großen Tisch. Sie wäre ihm gerne entgegengeflogen, hätte sich freudig in seine Arme geworfen, aber sein mehr erstauntes als erfreutes Gesicht hielt sie davon zurück. Beinahe verschüchtert, das Köfferchen noch immer in der Hand haltend, blieb sie an der Tür stehen.

»Grüß Gott, Vater«, sagte sie befangen.

»Du bist schon da?«, wunderte sich der Krutzenbichler. »Warum hast denn net geschrieben? Nachher hätt ich wen geschickt, dass man dich abholt«, erklärte er gelassen, während er keinerlei Anstalten machte seinen Stuhl zu verlassen. Er hatte mit seiner Tochter von jeher nicht viel anfangen können. Sie war ihm in ihrer Zartheit nie recht geheuer erschienen, er fragte sich oft, wieso ausgerechnet er zu so einem mageren kleinen Ding kommen konnte. Er hatte sie auch nie vermisst und es wäre ihm ganz lieb gewesen, wenn sie für immer im Kloster geblieben wäre. Er hätte sie auch nicht heimgeholt, wenn es nicht um seinen Sohn gegangen wäre.

»Wie geht's denn dem Hans, Vater?«, fragte die Barbara.

Nun erst wurde der Krutzenbichler lebhaft und mit

freudig bewegter Stimme antwortete er: »Morgen dürfen wir ihn heimholen. Du verstehst doch hoffentlich genug davon, wie man einen Kranken pflegt?«, erkundigte er sich argwöhnisch.

Während sie nun ihren Koffer abstellte, nickte sie.

Er hat mich bloß wegen dem Hans heimgeholt, sagte sie sich bitter. Nicht ein einziges freundliches Wort zum Willkommen hat er mir gesagt.

»Stell dir vor«, polterte der Krutzenbichler aufgebracht, »nur drei Jahr' haben sie ihm 'geben, dem Schlawiner, dem hinterhältigen! So ein Mörder gehört doch für sein ganzes Leben eingesperrt!«

Schüchtern wagt die Barbara einzuwenden: »Aber Vater, er ist doch kein Mörder …«

Das hätte sie besser bleiben lassen sollen, denn nun fiel der Krutzenbichler über seine Tochter her.

Schreiend und lamentierend hielt er ihr vor: »Was? Kein Mörder, sagst? Das ist aber wahrhaftig net an ihm gelegen, denn einen anderen als meinen Buben hätt so ein Stich umgebracht. Das hätt ich net von dir erwartet, dass du auch noch Partei für diesen Kerl nimmst.«

»Das hab ich doch net getan, Vater«, verteidigte Barbara sich schwach. Ihr großen Rehaugen waren bittend auf den Vater gerichtet. »Mich hat's doch genauso 'troffen, wie du es mir geschrieben hast, was passiert ist. Ich sag doch auch, dass dieser Mensch bestraft werden muss für das, was er dem Hans angetan hat. Ich …«

Plötzlich kam Rosl, die alte Hausmagd, in die Stube hereingestürzt und sofort drückte sie Barbara an ihren umfangreichen Busen. Mit Freudentränen in den gutmütigen Augen stieß sie hervor: »Kindl, dass du nur wieder da bist! Jessas, bist du aber mager! Mir scheint, euch haben sie ganz schön fasten lassen im Kloster.«

Wenigstens eine freut sich, dass ich heimgekommen bin, dachte Barbara. Die Herzlichkeit der alten Frau tat ihr unendlich wohl.

»Komm, Kindl, zieh doch deinen Mantel aus und setz

dich nieder«, drängte die Rosl. »Musst ja hungrig sein. Ich bring dir gleich einen Teller, nachher kannst mit deinem Vater mithalten.«

Das Frühjahr ging in den Sommer über.

In den Vorgärten waren Tulpen und Narzissen verblüht, schon öffneten die ersten Rosen ihre glutroten Knospen.

Die Wiesen waren ein Überschäumen von Blumen und Blüten; neben dem blassen Blau der Vergissmeinnicht schimmerte das zarte Violett der Glockenblumen. Das satte Gelb des Hahnenfußes leuchtete mit dem Blaurot der gefiederten Kuckuckslichtnelken um die Wette. An den Wegrändern öffneten die ersten Margeriten ihre weißen Strahlensterne.

Hoch und weit spannte sich der Himmel über das Tal, das von den Felsgipfeln eingeschlossen war.

Thomas' Augen nahmen trunken vor Glück die Schönheit seiner Heimat auf. Fast drei Jahre war es her, dass er diesen Weg zum letzten Mal gegangen war.

Drei qualvolle Jahre waren aus seinem Leben gestrichen worden. Noch heute wusste er nicht mit Sicherheit zu sagen, ob er zu Recht gebüßt hatte. Dass er es über sich gebracht hatte, einem Menschen das Messer in den Rücken zu stoßen, bedrückte ihn jetzt noch ebenso wie damals, als er sich gestellt hatte. Ohne Einspruch zu erheben hatte er das Urteil, das auf Grund von Indizien ausgesprochen worden war, angenommen. Was hätte ihm eine Revision genützt, wenn er selbst nicht einmal wusste, wie es sich zugetragen hatte? Und sollte er es tatsächlich gewesen sein, so musste er dafür auch büßen. Nur waren drei verlorene Jahre im Leben eines jungen Menschen eine lange, allzu lange Zeit.

Außerdem war seine Strafe noch längst nicht vorbei. Das Schlimmste stand ihm noch bevor: die Begegnung mit den Menschen seines Heimatdorfes. Würden sie die Sühne gelten lassen und ihn wieder in ihrer Mitte aufnehmen? Wohl kaum.

Er hatte die anklagenden, verdammenden und Abscheu verratenden Blicke gespürt, als er durch das Dorf gegangen war. Keiner hatte ihn gegrüßt, man hatte ihn nur angestarrt, als wäre er ein Aussätziger, mit dem man nichts zu tun haben wollte.

Bei diesen Gedanken lief ihm ein eiskaltes Frösteln über den Rücken und er beschleunigte seine Schritte.

Sein Gang war noch immer elastisch und geschmeidig, auch im Gesicht hatte er sich kaum verändert, nur dass er etwas blasser war. Doch sein rußschwarzes Haar zeigte an den Schläfen die ersten grauen Strähnen, obgleich ihm noch ein ganzes Jahr bis zu seinem dreißigsten Geburtstag fehlte.

Unvermittelt blieb er stehen und befahl sich selber: »Ich muss vergessen! Ich muss mir mein Leben wieder einrichten! Ich darf nicht allweil daran zurückdenken, das führt zu nichts.«

Plötzlich sah er seine Mutter, mit schlohweißem Haar und noch etwas kleiner und schmaler; von der Last der Jahre, dem Kummer und den Sorgen niedergedrückt.

»Mutter!«, stieß er mit heiserer Stimme hervor. Er konnte es nicht verhindern, dass sich seine Augen mit Tränen füllten.

Die Waidacherin richtete sich mühsam auf. Sie hatte Unkraut gejätet, da zerriss ihr diese Stimme, die wie zerborstenes Glas geklungen hatte, tief das Herz.

»Mein Bub«, stöhnte sie schmerzlich auf, dabei war sie unfähig auch nur einen Schritt zu tun.

Als sie sich stumm in den Armen hielten, weinten beide.

Thomas betrat seine Schnitzwerkstatt. Sie ähnelte eher einem großen Atelier, denn die ganze Vorderfront bestand aus Fenstern, durch die das helle Sonnenlicht einfiel. Betroffen blieb er stehen. In all den Jahren, die er nicht mehr hier gewesen war, hatte sich nichts verändert. Das Werkzeug lag noch so, wie er es verlassen hatte. Eine halb fertige Christusstatue stand seit fast drei Jahren im Schraubstock eingespannt, einen bereits fertig ausgearbeiteten Arm wie anklagend emporstreckend. Beinah zärtlich fuhren seine Hände über das inzwischen völlig ausgetrocknete und zum Weiterarbeiten unbrauchbar gewordene Holz.

Und ganz plötzlich überkam ihn ein unwiderstehlicher Arbeitsdrang. Er suchte sich einen rohen Holzklotz hervor, spannte ihn ein und schnitzte wie besessen drauflos, dass die Späne nur so flogen. Immer tiefer grub sich das Schnitzmesser in das Holz und bald waren die Konturen eines menschlichen Gesichts erkennbar.

Inzwischen zappelte die alte Waidacherin aufgeregt durch das Haus. Ganz konnte sie es immer noch nicht fassen, dass ihr Bub endlich wieder daheim war, dass man ihm etliche Monate seiner Strafe erlassen hatte.

Als sie Thomas' Zimmer hergerichtet hatte, machte sie sich daran, das Abendessen zuzubereiten. Sie wusste, er hatte sich ganz in seine Arbeit vertieft, und sie verstand dieses Bedürfnis, deshalb störte sie ihn auch nicht.

Erst als das Essen auf dem Tisch stand, sah sie nach ihm. Vorsichtig öffnete sie die Tür zu seiner Werkstatt, unbemerkt trat sie ein. Leise ging sie auf ihren Sohn zu, der noch immer ganz vertieft schnitzte. Und dann stockte ihr Herzschlag. Unvermittelt entschlüpfte ihr ein verstörtes: »Nein, um Christi willen, doch jetzt nimmer!«, denn sie erkannte Marlies' Züge, die in der Plastik unter seinen Händen entstanden waren.

Als Thomas sich umwandte und seine Mutter ansah, wusste sie, dass er diesem Mädchen immer noch verfallen war.

»Thomas, du hast sie doch jetzt nimmer lieb?«, stieß die Waidacherin argwöhnisch und besorgt zugleich hervor.

Mit einem harten Aufatmen gab er nachdenklich zu: »Was heißt Liebe? Das Wort ist mir zu groß. Ich glaub gar nicht recht, dass es so was überhaupt gibt. Was mich das Madl nicht vergessen lässt, das ist was anderes, Mutter.«

Fast verlegen setzte er hinzu: »Aber das wirst wohl nicht verstehen.«

Nein, sie verstand es wahrhaftig nicht, aber sie war unsagbar erleichtert, als sie gehört hatte, dass er sie nicht liebte. Wie hätte sie, eine brave, biedere Frau, auch ahnen können, wie verhängnisvoll es war, wenn ein Bursche einem Mädchen verfallen war; wenn er sie noch immer begehrte, wenn er an nichts anderes mehr denken konnte als an ihren Körper.

Sie glaubte ihm damit zu helfen, als sie ihm vorhielt: »Das Madl hat dir wahrhaftig genug Unheil gebracht, Bub. Schon im Februar darauf hat sie den jungen Krutzenbichler geheiratet.«

»Mutter, ich hab's verstehen können, dass du mich nie besucht hast – drinnen. Aber warum hast mir denn das nicht geschrieben?«, fragte Thomas in vorwurfsvollem Ton.

»Weil ich angenommen habe, dass du mit dieser Person fertig bist, weil sie dich bei der Verhandlung so schwer belastet hat. Hätte sie nicht ausgesagt, dass du eifersüchtig auf den Krutzenbichler gewesen bist, nachher hätt vielleicht alles anders ausgeschaut für dich. Aber so haben sie ja glauben müssen, dass du …«

Sie verstummte verlegen. Noch immer brachte sie das schreckliche Wort nicht über ihre Lippen. Doch tief in ihrem Herzen wusste sie, ihr Sohn war unschuldig, er hatte nicht getan, wofür er bestraft worden war. An diesem Glauben konnte selbst Thomas' eigene Unsicherheit nichts ändern.

»Komm, Bub, das Essen steht auf dem Tisch«, bemerkte sie und verließ die Werkstatt.

Erst als der Thomas wieder allein war, wurde es ihm bewusst, dass er erleichtert war. Erleichtert darüber, dass die Marlies verheiratet war. Nun, da sie einem anderen gehörte, würde er sie schneller vergessen können. Jetzt gab es keinen Weg mehr, der ihn zu ihr führte.

Plötzlich nahm er das grobe Schnitzeisen und den

Hammer. Mit ein paar wuchtigen Schlägen trieb er das scharfe Messer durch das Holz. Marlies' Gesicht war zerstört, ausgelöscht.

Ohne noch einen Blick auf den verstümmelten Mädchenkopf zu werfen legte er das Werkzeug aus der Hand und verließ rasch seine Werkstatt.

Nach dem Essen saßen Thomas und seine Mutter draußen auf der Hausbank.

Obgleich die Sonne bereits untergegangen war, sah man am westlichen Horizont noch einen hellen, rotgoldenen Schein. Langsam begann sich das Blau des Himmels zu vertiefen.

Es war noch sehr warm, die Luft war erfüllt vom feinen Zirpen der Grillen und vom Wald herüber hörte man das Abendlied der Vögel. Eine wundersame Ruhe lag über dem Tal, auch Thomas konnte sich diesem Gefühl nicht verschließen.

»Der Haumüller hat mir geschrieben«, sagte die Waidacherin. »Er schreibt, dass er dringend wieder etwas braucht.«

Thomas nickte, dann erzählte er gelassen: »Er hat mich etliche Male drinnen besucht. Zuerst hab ich gefürchtet, dass er mich vielleicht fallen lassen könnt.«

»Nein, der Haumüller net«, versicherte ihm seine Mutter mit Bestimmtheit. »Außerdem braucht er deine Arbeit; schließlich verdient er doch dran, wenn er damit handelt. Du musst ihm gleich schreiben, dass du wieder daheim bist und wieder zu arbeiten anfangst«, meinte die Waidacherin. Etwas zögernd setzte sie hinzu: »In der letzten Zeit ist das Geld ein bissel knapp geworden. Ich hab ja für mich net viel gebraucht, aber – das meiste hat der Prozess gekostet.«

»Mach dir keine Sorgen, Mutter«, beruhigte Thomas sie. »Jetzt verdien ich wieder. Und mehr als zuvor, denn der Haumüller hat mir von sich aus eine Erhöhung angeboten.«

»Dann muss er ja ganz schön dran verdienen«, bemerkte sie in ihrer praktischen, sparsamen Art.

Schmunzelnd wandte der Thomas ein: »Das kann schon sein, Mutter. Aber ich verdien doch auch nicht schlecht, außerdem hat er das Risiko.«

»Risiko, Risiko«, stieß sie ein wenig ärgerlich hervor. »Möcht wissen, was es bei deinen schönen Figürl schon groß für ein Risiko gibt? So was kauft doch jeder.«

Thomas erhob sich und sagte leichthin: »Ich möcht noch ein bissel was arbeiten, Mutter.«

Missbilligend hielt sie ihm vor: »Du solltest dich schon noch ein wengl erholen.«

Mit einem bitteren Lachen erwiderte er: »Das hab ich lang genug getan, Mutter.« Damit ging er ins Haus.

Man konnte von der Marlies, obwohl sie die reiche Krutzenbichlerin war, nicht sagen, dass sie zufrieden gewesen wäre. Sie war wohl ein Mensch, der nie zufrieden sein konnte, der immer etwas anderes wollte als das, was er gerade besaß. Der Hans, der in seine Frau völlig vernarrt war, gab ihr in allem nach. So regierte und dirigierte die Marlies, und wehe, etwas ging nicht genau nach ihrem Willen! Sogar der alte Krutzenbichler zog dann seinen Kopf ein. Doch es geschah gewiss nur wegen des lieben Friedens, und weil er wusste, auszubaden hätte es sein Hans. So ließ er seiner schönen Schwiegertochter lieber ihren Willen und hoffte, dass wenigstens die zwei jungen Leute glücklich sein würden.

Heute schien die junge Bäuerin einen besonders unguten Tag zu haben. Keiner konnte ihr etwas recht machen, überall hatte sie etwas auszusetzen.

Es hatte schon begonnen, als sie vom Einkaufen aus dem Dorf heimgekommen war. Zu allem Unglück war es ausgerechnet die Barbara, die ihr als erste in die Arme gelaufen war.

»Ist das Nachtessen fertig?«, herrschte Marlies ihre Schwägerin an.

»Aber Marlies«, wunderte sich Barbara, »es ist doch erst fünf Uhr vorbei und ...«

Die junge Bäuerin warf dem schönen, anmutigen Mädchen einen vernichtenden Blick zu und schrie unbeherrscht: »Wie soll den um sechs für die Leut das Essen auf dem Tisch stehen, wenn du jetzt noch umeinander schleichst?«

Wortlos ging die Barbara in die Küche. In solchen Momenten, wenn sich ihre Schwägerin besonders ungerecht und hysterisch aufführte, wünschte sie sich wieder ins Kloster zurück. Bei einem solchen Auftritt hatte sie diesen Wunsch einmal auch deutlich geäußert, aber damit war sie schön angekommen. Sofort hatte ihr die Marlies vorgehalten, sie wolle sich nur vor der Arbeit drücken, während sie sich hier auf dem Hof schier aufarbeiten müsse. Auch der Hans hatte darauf bestanden, dass Barbara blieb und seiner Frau zur Hand ging.

»Was ist denn schon wieder?« erkundigte sich die alte Rosl ungehalten und mitleidig zugleich. »Was hat sie denn schon wieder zu plärren, die Raffel, die ungute?«

»Das Essen müssen wir auf den Tisch bringen«, kam es still von Barbara.

»Was? Jetzt, um die Zeit?«, stieß die Rosl aufgebracht hervor. »Ist doch noch keiner mit der Arbeit fertig. Jetzt geh ich zum Bauern, das mach ich nimmer länger mit!«

»Lass gut sein, Rosl«, beschwichtigte die Barbara. »Du weißt, der Vater mischt sich net gern ein. Tun wir halt, was sie anschafft. Sie ist die Bäuerin.«

»Eine schöne Bäuerin!«, brummte die Rosl. »Möcht bloß wissen, was der Hans an der Larven findet? Aber sie wird schon ihre Vorzüg' haben, sonst tät er net stillhalten ...« Unvermittelt schwieg sie, als sie Barbaras verletztes Gesicht sah. »No ja, ich mein halt bloß«, setzte sie beschwichtigend hinzu.

In der Bauernstube geriet die Marlies inzwischen mit ihrem Mann aneinander.

Auf seine höfliche Frage, ob sie ihm seinen Tabak mitgebracht habe, bellte sie ihn giftig an: »Was stellst dir denn vor? Meinst, ich hab an nix anderes zu denken? Du weißt, dass dir der Doktor das Rauchen verboten hat. Du bist halt nun einmal ein Invalid und wirst es auch bleiben.«

In Hans' dunklen Augen erschien ein warnendes Funkeln. Hart entgegnete er: »Kann ich für den Stich in die Lung was dafür? Du brauchst es mir nicht dauernd unter die Nase reiben, was du für mich getan hast, weil du mich, einen Invaliden, genommen hast! Und schließlich, wenn ich's …«

Sie sah, dass sie zu weit gegangen war. Schnell fiel sie ihm ins Wort: »Verzeih mir, Hans, aber so hab ich's net gemeint. Es ist nur, weil ich bei meiner Mutter gewesen bin, es geht ihr net gut«, log sie geschickt. »Sie ist krank und ich will sie heut am Abend besuchen.« Hastig kramte sie ein Päckchen Tabak aus ihrer Tasche hervor und reichte es dem Hans. »Da, dein Tabak! Aber du weißt, was der Doktor gesagt hat. Du musst schon auch auf ihn hören.«

»Herrgott, da dürft ich ja gar nix tun, wenn ich nur das machen tät, was der Doktor erlaubt«, kam es schon wieder sehr zufrieden von Hans. »Wenn du deine Mutter besuchst, nachher bleibst aber nicht zu lang, Marlies. Du weißt, ich mag es net, wenn ich allein herumhocken muss.« Damit wollte er sie in seine Arme ziehen.

Geschickt entwand sie sich seinem Griff und wehrte ihn mit einem nervösen Kichern ab. »Net, ich muss an meine Arbeit.«

»Zum Arbeiten hab ich dich net geheiratet, Marlies«, murmelte er. »Dafür sind andere Leut genug da …«

Hans wurde unterbrochen, denn die Rosl kam zur Stubentür hereingestürzt. Aufgeregt berichtete sie: »Gerade ist die Resi von der Alm heimkommen. Sie ist krank und braucht einen Doktor.«

»Ja, läuft denn jetzt auf einmal alles verkehrt!«, ereiferte sich die Marlies sofort. »Es ist doch erst letzte Woch aufgetrieben worden.«

»Deswegen kann sie doch inzwischen krank werden«,

wandte die Rosl energisch ein. »Sie schaut aus wie 's Leiden Christi, kasweiß im Gesicht und immerzu muss sie sich übergeben, dabei tut ihr der Bauch weh. Wenn das nicht der Blinddarm ist, nachher fress ich einen Besen.«

»Kruzitürken, das auch noch!«, stöhnte die Marlies.

»Wer ist denn jetzt droben auf der Brünndlalm beim Vieh?«, wollte der Hans wissen.

»No, keiner halt«, erwiderte die Rosl gedehnt.

»Da muss gleich jemand hinauf, eh noch was passiert«, kam es rasch vom Hans. »Wen könnten wir denn schicken?«

Ohne lange zu überlegen meinte die Marlies: »Schick doch deine Schwester hinauf. Im Haus werd ich derweil schon allein fertig.«

»Das geht doch nicht«, widersprach der Hans erregt. »Erstens schickt es sich nicht, dass sie Sennerin macht, und zweitens versteht sie nix davon.«

»Es ist doch nicht für lang«, wandte die Marlies hart ein. »Und mit dem Jungvieh wird sie doch fertig werden. Da muss nix gemolken werden und das Vieh ist auf der Weide. Sie braucht bloß nachschauen und es in den Stall treiben, wenn ein Wetter aufzieht.«

»Das wird der Vater net wollen.«

»Dein Vater, dein Vater!«, schimpfte sie aufgebracht. »Zupacken muss man, wo grad Not am Mann ist, und der Barbara fallt keine Perl aus der Kron, wenn sie für etliche Tag' Sennerin macht. Wenn sie sich zu schön dazu ist, nachher geh halt ich.«

Das gab beim Hans den Ausschlag. Vorschnell protestierte er: »Nein, das kommt überhaupt nicht in Frage, Marlies! Nachher soll halt die Barbara gehen.«

So kam es, dass die Barbara sich einen Rucksack zusammenpackte. Insgeheim hatte sie gegen diese ungewöhnliche Beschäftigung nichts einzuwenden. Die Arbeit würde sie schon schaffen, zumal auf der Brünndlalm nur Jungvieh aufgetrieben worden war.

Das Mädchen staunte nicht schlecht, als sich der Krutzenbichler anbot: »Ich geh mit dir hinauf, Madl. Du kommst ja tief in die Nacht hinein.«

Ihre Stimme klang freudig, als sie antwortete: »Das wär net notwendig gewesen, Vater. Den Weg find ich auch allein.«

Sehr viel freundlicher als gewöhnlich wandte der Krutzenbichler ein: »Ich geh mit und bleib eine Nacht droben, damit du dich eingewöhnst. Pack nur in den Rucksack ein, was du brauchst, ich trag ihn schon hinauf.« Mit gedämpfter Stimme setzte er hinzu: »Ich beneid dich direkt, Madl. Denn da droben hast wenigstens deine Ruh. Daheim ist es ja bald nimmer zum aushalten mit dem Fegfeuer.«

Für die Barbara war es eine tiefe Genugtuung, als sie merkte, dass ihr Vater sich anscheinend doch Sorgen um sie machte, dass er wusste, wie sie von der Marlies behandelt wurde, und dass ihm das nicht gleichgültig war.

Sie verabschiedete sich von der Rosl und dann verließ sie mit ihrem Vater den Hof.

Die Sonne stand schon tief im Westen; bald würde es dämmern.

Der Thomas arbeitete, dass die Späne nur so flogen, als seine Mutter ihren Kopf zur Tür hereinstreckte.

»Gut Nacht, Bub. Ich leg mich nieder.«

Er nickte und wünschte ihr eine gute Nacht. Er wusste, die Gesundheit seiner Mutter war angegriffen, sie war nicht mehr so frisch und munter wie früher. Die Schmach und die Schande hatten ihr doch sehr zugesetzt.

Thomas' Herz krampfte sich schmerzhaft zusammen, als er unwillkürlich daran denken musste, was er ohne seine Mutter anfangen würde.

Ich bliebe nicht hier, dachte er. Ich tät alles hier verkaufen und woanders hinziehen. Irgendwohin, wo mich keiner kennt. Aber Gerüchte und böse Nachreden haben flinke Füße; sie laufen einem überallhin nach …

Plötzlich wurde vorsichtig an sein Fenster geklopft.

Er sah auf, da er jedoch im Licht saß, konnte er draußen in der Dunkelheit nichts erkennen.

»Wer ist denn da?«, rief er laut aus.

»Pst«, antwortete ihm ein Zischen. »Mach auf!«

Wie elektrisiert zuckte er zusammen. Er hatte die Stimme erkannt. Der Atem wurde ihm knapp, als er mit zitternden Händen das Fenster öffnete. Vor ihm stand die Marlies.

Zuerst musste er einmal krampfhaft schlucken, ehe er hervorstieß: »Was willst?«

»Ich bitt dich, Thomas, lass mich hinein!«, flehte sie. Ihre Augen blickten ihn bittend an. »Ich hab's nimmer ausgehalten, ich muss reden mit dir.«

Er wusste, er machte einen schweren Fehler, aber er konnte nicht anders. Er nickte, schloss das Fenster und verließ mit leisen Schritten seine Werkstatt. Trotz seiner inneren Zerrissenheit dachte er besorgt: Wenn nur die Mutter nix hört!

»Ich danke dir, Thomas«, kam es flüsternd von der Marlies, als sie an ihm vorbei durch die Tür schlüpfte. »Ich hab gewartet, bis es überall im Haus finster geworden ist.«

Sein Herz klopfte zum Zerspringen, als er hinter ihr her in seine Werkstatt ging. Herrgott, sie ist noch genauso verführerisch wie früher, musste er sich eingestehen. Er wusste, dass er sich unsagbar beherrschen musste, wollte er ihr nicht wieder nachgeben.

Barscher, als es nötig gewesen wäre, fragte er: »Was willst denn?«

Die Marlies wusste von früher her, dass sie hier völlig ungestört sein würden, denn die Waidacherin schlief im entgegengesetzten Teil des Hauses. Auch sie war aufgeregt, aber das passte recht gut zu ihrer gespielten Unterwürfigkeit und Zerknirschtheit.

Gepresst erwiderte sie, während sie den Blick gesenkt hielt und nervös an ihrem Schultertuch nestelte: »Ich hab dich einfach sehen müssen, Thomas. Ich musste wissen, wie's dir geht.«

Ohne sie anzusehen entgegnete er hart: »Wie's einem halt so geht, wenn man aus dem Gefängnis kommt.«

»Es hat mir ja so Leid getan.«

»Den Eindruck hab ich bei der Verhandlung nicht gehabt«, hielt er ihr streng und anklagend vor.

Wie verzweifelt rang sie ihre Hände, als sie zu erklären versuchte: »Was hätt ich denn sagen sollen? Ich hab doch bei der Wahrheit bleiben müssen, Thomas. Und die Wahrheit war, dass du auf den Hans eifersüchtig gewesen bist.

»Du hast ihn ja auch nachher nicht schnell genug heiraten können«, hielt er ihr vor.

Ihre Stimme schwankte Mitleid erregend, als sie gestand: »Ich bereu's jeden Tag. Obgleich ich alles hab, kann ich dich doch nicht vergessen.«

»Es ist zu spät, Marlies. Jetzt bist du die Frau von einem anderen«, entgegnete er mühsam. »Du siehst, mir geht's gut und es ist gescheiter, wenn du wieder heimgehst.«

Doch sie rührte sich nicht. Mit innerer Genugtuung konnte sie feststellen, dass ihre Reize auch heute noch nicht ohne Wirkung auf ihn bleiben. Deutlich konnte sie sehen, wie ein begehrliches Aufblitzen in seinen Augen erschien, wie seine Hände zitterten.

»Begreifst du denn nicht, Thomas, dass ich dich ...«

Unvermittelt erhob er sich und starrte hinaus in die Nacht. So hatte er sie wenigstens nicht mehr vor Augen, diese Frau, die noch immer wie die leibhaftige Verführung auf ihn wirkte. Er versuchte sich ihre Untreue, ihr schamloses Kokettieren mit den anderen Burschen vor Augen zu halten, doch immer wieder gaukelte ihm seine Phantasie die aufreizend schönen und erregenden Stunden, die er mit ihr erlebt hatte, vor. Und nun war sie da.

»Thomas«, bat sie flehentlich, »könnten wir nicht alles vergessen, was gewesen ist? Wir können doch nicht voneinander loskommen.«

Plötzlich spürte er, wie sie sich an ihn lehnte, wie sich

ihre Hand liebkosend unter seinen Arm schob. Nun war es mit seiner mühsam aufrechterhaltenen Beherrschung vorbei. Er riss sie in seine Arme.

»Marlies«, stöhnte er und seine Lippen vergruben sich in ihrem weichen, verlangend geöffneten Mund. Die erregende Nähe ihres Körpers ließ ihn alles vergessen. Sie erwiderte seinen Kuss mit solch leidenschaftlichem Verlangen, drängte sich so aufreizend an ihn, dass alle Warnungen und Bedenken in seinem Gehirn ausgelöscht wurden. Es überkam ihn wie ein Rausch.

Als Thomas sie aufhob und zu dem breiten Sofa trug, wusste die Marlies, dass sie noch immer Macht über ihn hatte.

Mit sorgenvoller Miene wartete die Waidacherin auf ihren Sohn.

»Wenn es nur gut geht«, jammerte sie ein ums andere Mal, während sie immer wieder zum Fenster trippelte und nach Thomas Ausschau hielt. Es war auch nicht verwunderlich, dass sie sich Sorgen machte, wusste sie doch schließlich selbst am besten, wie übel ihr die Leute aus dem Dorf oft mitgespielt hatten, was sie sich alles anhören musste.

Als sie Thomas endlich heimkommen sah, erkannte sie bereits an seinem verbitterten Gesichtsausdruck, dass etwas geschehen war.

»O mein Gott, o mein Gott!«, jammerte sie still vor sich hin. Da hat gewiss wieder einer sein Maul aufgerissen und ihm Vorhaltungen gemacht.«

Kaum hatte Thomas die Stube betreten, als er auch schon knapp hervorstieß: »Ich bitt dich, Mutter, richt mir den Rucksack zusammen. Ich will eine Bergtour machen. Da herunten halt ich's bald nimmer aus, man könnt ja fast ersticken!«

Aus kummervollen Augen sah sie ihren Sohn an. Vielleicht wurde ihm leichter, wenn er es sich von der Seele redete und sich richtig ausschimpfte?

Deshalb fragte sie ihn rundheraus: »Hat dich einer angeredet? Was haben sie denn …«

»Lass gut sein, Mutter«, wehrte er unmutig ab. »Die Leut reden halt, wie sie's verstehen. Aber wenn das noch länger so geht, dass sie mich wie einen Schwerverbrecher behandeln, dann bleib ich nimmer da. Ich geh woanders hin, ich kann überall arbeiten und …«

»Ich bitt dich, Thomas«, fiel ihm die Mutter jammernd ins Wort und rang verzweifelt die Hände. »Das kannst mir net antun!«

»Du kannst ja mitkommen, Mutter. Uns hält doch da nix.«

»Nein, einen alten Baum kann man nimmer verpflanzen. Ich möchte die kurze Zeit, die ich noch zu leben hab, dableiben.« Beschwichtigend fuhr sie fort: »Lass doch die Leut reden und kümmer dich nicht drum! Einmal wird ja auch Gras über die Geschichte wachsen und dann denkt keiner mehr dran.«

»Dafür sorgt schon der Krutzenbichler, dass kein Gras drüber wächst, Mutter. Ihm wär's ja heut noch am liebsten, wenn man mich aufgehängt hätt«, wandte er erbost ein. »Weißt, was mir einer nachgeschrien hat? Ich soll aufpassen, dass ich net auch ein Messer in den Rücken krieg!«

Was sollte sie dazu noch sagen? Was konnte sie ihm sagen? Aufseufzend erbot sie sich: »Ich richt dir den Rucksack. Geh und vergiss dort droben alles. Wie lang möchtest denn ausbleiben?«

Ungewiss zuckte er seine Schultern. »So ein, zwei Tag'«, erwiderte er niedergeschlagen.

»Weißt, wo du übernachten kannst?«

»Wird schon eine Almhütte hergehen. Jetzt ist ja lang schon aufgetrieben und eine Sennerin wird sich schon erbarmen und mir ein Platzl im Heu einräumen.«

Die Waidacherin verließ die Stube.

Als Thomas allein war, überfiel ihn Verzweiflung; die ganze ausweglose Situation, in die er sich verstrickt hatte, kam ihm überdeutlich zum Bewusstsein. Hinzu kam noch eine zusätzliche Gewissensbelastung: die Marlies!

Obgleich er sich vor sich selber schämte, wusste er, dass er ihr nicht widerstehen konnte.

Schon nachdem sie ihn das erste Mal besucht hatte, hatte er sich fest vorgenommen sie wegzuschicken, sollte sie dieses Wagnis noch einmal auf sich nehmen. Er hatte es nicht gekonnt und er würde es auch in Zukunft nicht fertig bringen. Sie würde so lange diesen heimlichen Weg gehen, bis jemand sie entdeckte. Was dann geschehen würde, wagte er sich gar nicht auszudenken.

Nein, es gab für ihn keinen anderen Ausweg. Er musste fort! Nur so konnte er dieses unsaubere Verhältnis beenden.

»Dein Rucksack ist gepackt«, sagte die Waidacherin, als sie wenig später wieder die Stube betrat. »Aber willst nicht noch zuerst mit mir zu Mittag essen? Ich könnt schnell was ...«

»Nein, Mutter, mich hungert ohnehin nicht«, antwortete er abwehrend.

Die Waidacherin ließ ihm seinen Willen und gab sich zufrieden. Sie konnte es ihm ansehen, dass er mit sich einen harten Kampf auszufechten hatte, und sie wollte ihn nicht auch noch bedrängen.

Rasch zog Thomas sich eine alte Bundlederhose und ein bunt gewürfeltes Wollhemd an. An die schweren Bergschuhe würde er sich erst wieder gewöhnen müssen. Eine derbe Lodenjacke und ein verwaschener Filzhut vervollständigten seinen Anzug. Als er sich den voll gepackten Rucksack auflud, bemerkte er: »Ganz schön schwer!«

Die Waidacherin begleitete ihren Sohn noch bis ans Gartentürchen, dann verabschiedete sie sich von ihm. Sie schaute ihm lange nach, wie er mit kraftvollen Schritten davonging. Dabei betete sie inständig: »Lieber Herrgott, lass ihn gesund an Leib und Seel wieder heimkommen!«

Hier heroben wuchs kein Baum mehr, nicht einmal die genügsamen Latschen fanden in dem spärlichen Erdreich genug Halt um sich so fest einzukrallen, dass sie Wind und Wetter trotzen konnten. Hier war nur noch nackter, grauer Fels.

Thomas saß unter dem Gipfelkreuz und betrachtete hingerissen das eindrucksvolle Naturschauspiel.

Wie ein glühender Feuerball versank die Sonne hinter den Bergketten im Westen. Ihre Strahlen zauberten einen rosenroten Schein über den Fels, der nun von innen her zu glühen schien.

Ein scharfer Wind surrte über ihn hinweg. Die kurzen Gräser und genügsamen Bergblumen duckten sich tief auf die kümmerliche Grasnarbe, die sich hier und dort zwischen dem Gestein eingenistet hatte.

Selbst unter dem dicken, verfilzten Lodenjanker lief Thomas ein Frösteln über den Rücken. »Ich muss mich tummeln, sonst wird's finster, eh ich einen Unterschlupf für die Nacht gefunden hab«, sagte er sich und lud sich seinen Rucksack wieder auf. Er sah sich noch einmal in dem gewaltigen Rund aus Zacken und Gipfeln um, von denen manche mit ewigem Schnee und Eis bedeckt waren. Dann machte er sich an den Abstieg.

Er hatte gut daran getan, hier heraufzukommen, denn inmitten dieser schaurig-schönen Bergwelt, wo alles zu kämpfen hatte um zu überleben, angefangen vom spärlichen Grashalm bis hin zum Gamsbock, wurden die Sorgen des Alltags klein und unbedeutend. Es gab so viel zu schauen und zu staunen, dass man seinen eigenen Kummer vergaß. Es war, als würden die Felsen etwas von ihrer Kraft und Ruhe auf den Menschen übertragen. Ja, sie vermittelten einen Hauch von Ewigkeit und Frieden.

Als Thomas einige Zeit talwärts gestiegen war, nahm die Vegetation rasch zu. Bald stand er in einem üppig blühenden Almrauschfeld, unter sich sah er bereits saftige Almwiesen, die sich bis zur Baumgrenze erstreckten.

Im letzten Licht des Tages schimmerte das rote Blütenmeer, in dem blaugrauer Fels und dunkelgrün gefiederte Latschen leuchteten.

Tief sog Thomas den würzig-harzigen Duft der Stauden und Blüten ein. »Herrgott, ist deine Welt schön!«, stieß er halblaut hervor.

Unvermittelt hörte er herabrollendes Gestein. Nun sah er ein Mädchen, das durch das weit gestreckte Almrauschfeld einen Weg abwärts suchte.

»Jetzt so was!«, stieß Thomas verwundert hervor. Laut rief er aus: »Öha, Madl, wart doch ein bissel!«

Sie blieb stehen und wandte sich um, wobei sie ihre Hand über die Augen deckte und wartete.

Schon beim Näherkommen fiel ihm ihre außergewöhnliche, grazile Schönheit auf. Sakra, sagte er sich, das ist aber eine ganz Besondere.

»Grüß Gott, Madl!«, sagte er laut. »Was tust denn du noch um diese Zeit? Es fangt schon an zu dämmern da heroben.«

Sie schaute auf ihren Almrauschbuschen, den sie in der Hand hielt, und erwiderte mit natürlicher Unbefangenheit: »Ich hab mir einen Strauß geholt. Da blühen sie am schönsten.«

Sein Blick glitt über ihren zierlichen Körper und blieb an ihrem feinen, ebenmäßigen Gesicht hängen. Ihre großen, sanften Rehaugen sahen ihm arglos entgegen.

»Hast gar keine Angst, dass du in die Nacht hineinkommst? Die Sonn ist längst untergegangen und bald wird's stockfinster sein.«

Lachend schüttelte sie den Kopf. »Nein, ich bin ja gleich daheim«, erklärte sie. Als er zweifelnd seine dunklen Augenbrauen hob, setzte sie hinzu: »Gleich da drunten steht meine Sennhüte, die Brünndlalm.«

»Was?«, tat er verwundert. »Du bist Sennerin?«

Ein schelmisches Lächeln huschte über ihr Gesicht, als sie antwortete: »Ich versuch's halt. Die Resi ist krank geworden, und bis sie wiederkommt, bleib ich halt heroben.«

Plötzlich wirkte Thomas' Gesicht verschlossen. Es war

ihm bewusst geworden, dass die Brünndlalm dem Krutzenbichler gehörte.

Barbara war die Veränderung, die mit dem gut aussehenden, sympathischen Burschen vor sich gegangen war, nicht verborgen geblieben. Wird halt auch einer sein, dem die herrische, selbstgerechte Art von meinem Vater nicht gefällt, dachte sie. Dabei fühlte sie sich fast ein wenig beschämt und irgendwie mit verantwortlich.

Besonders freundlich fragte sie nun: »Wo willst denn du noch hin heut?«

Immer noch abweisend kam es von Thomas: »Ich such mir in einer Almhütte ein Nachtquartier.« Nun verzog er seinen Mund zu einem bitteren Schmunzeln, als er fortfuhr: »Musst nicht fürchten, Madl, dass ich dich drum bitt. In der Hütte vom Krutzenbichler bleib ich nicht.«

Von den barschen Worten fühlte sie sich verletzt. »Schad«, stieß sie bedauernd hervor. »Ich hätt mich so gefreut, wenn ich ein bissel eine Ansprach gehabt hätt. Ich bin das Alleinsein noch net gewohnt.«

Ihre Worte berührten ihn seltsam. Hätte eine andere so etwas gesagt, dann wäre er gewiss auf diesen oder jenen Gedanken gekommen. Aber dieses Mädchen wirkte so kindlich unschuldig, so naiv und vertrauensselig, dass jeder Hintergedanke ausgeschlossen werden musste. Das war kein Madl, das ein Abenteuer suchte, das sah man auf den ersten Blick.

Und plötzlich hatte er eine Stinkwut auf den Krutzenbichler. Wie kam er dazu, so ein unschuldiges, wehrloses Geschöpf allein hier heraufzuschicken. Schließlich gab es ja auch noch andere Bergsteiger …

»Weißt was, Madl«, schlug er unvermittelt vor, »ich bring dich zu deiner Hütte, rast ein bisschen und nachher such ich mir eine Schlafstatt. Ich geh hinunter zur Thekla, zur Sennerin von der Hinteralm.«

Sie nickte und zusammen traten sie den Abstieg an. Es wurde nichts mehr geredet, denn der Weg nahm ihre ganze Aufmerksamkeit in Anspruch.

Die Brünndlalm war eine lang gestreckte, niedrige Hütte, die auf einem weiten Almfeld lag. Buntfleckiges Jungvieh graste friedlich davor, begleitet vom sanften Ton der Herdenglocken.

»Jessas«, stieß das Mädchen erschrocken hervor und deutete auf die Hütte, »jetzt ist mir doch glatt das Feuer ausgegangen. Ich hab mich zu lang verhalten.« Ohne sich weiter um den Mann zu kümmern rannte sie auf das Gebäude zu.

Schmunzelnd sah der Thomas ihr nach, dann folgte er ihr langsam. Vor der Hütte nahm er seinen Rucksack ab und wusch sich Gesicht und Hände in dem hölzernen Brunnentrog. Das Wasser, das aus einer grün bemoosten Holzröhre floss, war eiskalt; es kam tief aus dem Berg heraus.

Inzwischen war es schon ziemlich finster geworden, die ersten Sterne glitzerten am Himmel. Bald würde der Mond aufsteigen.

Als Thomas die Hütte betrat, hatte das Mädchen die Lampe angezündet, die den sauberen, gemütlichen Raum in angenehmes Licht tauchte.

»No, brennt's noch?«, fragte er schmunzelnd.

Sie kniete vor dem kleinen Ofen und legte soeben ein mächtiges Scheit auf die aufflackernde Glut.

»Grad hab ich das Flämmerl noch erwischt«, erwiderte sie aufatmend. »Ich koch mir ein Muas. Magst mithalten?«

»Gern«, willigte er auffällig rasch ein. Dann betrachtete er sie eingehend, wie sie den Teig in einer Schüssel anrührte. Ihm gefielen ihre temperamentvollen, geschickten Bewegungen, die nichts von künstlicher Geziertheit an sich hatten.

»Wie heißt denn und wo kommst denn her?«, wollte er nach einiger Zeit wissen.

Sie schien zu zögern. Oder antwortete sie nur deswegen nicht sofort, weil sie den Teig soeben in die rußgeschwärzte Pfanne schüttete, dass das Fett zischte und spritzte?

Erst als sie die Schüssel auf die Anrichte stellte, begann

sie: »Ich heiß Barbara.« Mit einer vagen Handbewegung setzte sie hinzu: »Daheim bin ich da drunten.« Im Stillen fragte sie sich verwundert: Warum sag ich's ihm denn nicht, dass ich die Tochter vom Krutzenbichler bin? Mir kann's doch gleich sein, ob er mit dem Vater gut oder schlecht steht.

Aber sofort gestand sie sich ein, dass sie noch nie einen Burschen von so zurückhaltender, gewinnender Art, der noch dazu so ungewöhnlich gut aussah, getroffen hatte. Um ihn von ihrer Person abzulenken erkundigte sie sich: »Wer bist denn nachher du?«

Jetzt war er es, der zögerte. Gedehnt erwiderte er dann: »Thomas heiß ich und komm auch von irgendwo drunten.«

Mit einem arglosen, ja herzlichen Lachen meinte sie daraufhin: »Jetzt kennen wir uns also. Jedenfalls wissen wir, dass wir nicht vom Himmel runtergefallen sind.« Heftig in ihrer Pfanne stochernd fragte sie: »Magst den Schmarren lieber rösch oder lieber ein bissel heller?«

»Ganz wie du meinst, Barbara. Wenn er nur satt macht«, schmunzelte er.

Heimlich fragte er sich: Wo kann so ein schönes Mädchen nur daheim sein? Doch er getraute sich nicht direkt danach zu fragen, wohl aus Angst, dass auch sie sich dann eingehender mit seiner Herkunft beschäftigen würde. Das wäre in seinem Fall peinlich, zumal sie beim Krutzenbichler im Dienst war. Gewiss kannte sie seinen Namen, der ja inzwischen verpönt genug war. Er wollte sich dieses geruhsame Beisammensein durch nichts trüben lassen. Ohne jeglichen Hintergedanken genoss er es einfach, hier zu sitzen und diesem schönen Mädchen zuzusehen, sich mit ihr zu unterhalten.

Nachdem Barbara die Pfanne von den Herdringen genommen hatte, stellte sie einen rußigen Dreifuß auf den Tisch und zwei Teller, was einigermaßen ungewöhnlich war, denn in der Regel aß man das Muas aus der Pfanne.

Als sie sich an den Tisch setzte, schlug sie das Kreuzzeichen, versank in ein stilles Gebet und sagte dann auffordernd: »Gesegnete Mahlzeit!« Damit wies sie auf die Pfanne, die randvoll mit goldgelbem Schmarren gefüllt war. »Jetzt lass es dir schmecken!«

»Geh, sei so gut, Barbara«, sagte er und hielt ihr seinen Teller entgegen.

Als sie seinen Teller gefüllt hatte und er den Schmarren probierte, verklärte ein Lächeln seine Züge. Anerkennend meinte er: »Dein Muas zergeht einem fast auf der Zunge.«

Sie lächelte ihn dankbar an. Und dieses Lächeln hatte nichts von Effekthascherei oder erwartetem Eigenlob an sich.

Als sie ihre einfache, aber herzhafte Mahlzeit beendet hatten, bedankte sich Thomas und griff nach seinem Rucksack.

»Jetzt muss ich aber weitermachen, Madl, sonst macht mir die Thekla nimmer auf«, erklärte er.

In ihren großen, dunklen Augen stand die Bitte, er möge doch noch bleiben, aber ihre Lippen schwiegen.

Barbara begleitete ihn noch bis vor die Hütte, dann gab sie ihm zum Abschied die Hand. »Behüt dich Gott, Thomas. Es war schön, dass ich wieder mit einem Menschen hab reden können.«

»Noch einmal vergelt's Gott, Madl«, kam es herzlich von Thomas, während er ihre kleine, warme Hand innig drückte. Plötzlich setzte er warnend hinzu: »Und noch eines: Sei nicht gar zu vertrauensselig und nimm nicht einen jeden mit in deine Hütte. Gute Nacht.«

Ohne eine Erwiderung abzuwarten ging er davon. Bald hatte ihn die Dunkelheit verschluckt.

Barbara blieb in der geöffneten Hüttentür stehen und starrte hinaus in die Finsternis, in der er verschwunden war. Seine Warnung, die doch immerhin von einem ihr völlig Fremden kam, hatte sie seltsam berührt. Wieder sah sie sein Gesicht mit den blauen Augen, die so gar nicht recht zu dem schwarzen Haar und der sonnenverbrannten Haut passen wollten, vor sich.

Wer mag er nur sein?, fragte sie sich. Einen so gut aussehenden Burschen hab ich noch nie gesehen. Dabei ist er weder frech noch herausfordernd wie die anderen. Ihm traut man eine Schlechtigkeit gar nicht erst zu.

Sie konnte nichts dafür, aber ihr Herz klopfte aufgeregt, als sie in die Hütte zurückging. Dabei umspielte ein scheues Lächeln ihre Lippen. In ihren Augen erschien ein hoffnungsvolles Leuchten, als sie sich fragte: Ob er wieder zukehrt bei mir?

Auf der Hinteralm regierte seit vielen Sommern schon die Thekla, eine derbe, robuste Person. Sie war Sennerin mit Leib und Leben. Sie ließ sich weder von Unwettern noch von zudringlichen Zukehrern schrecken; Angst kannte sie nicht.

Als es an ihrer Hüttentür klopfte, brummte sie: »Ja, ja, ich komm schon!« Sie öffnete die Tür und versuchte den Burschen zu erkennen, der vor ihr stand und Einlass begehrte.

»Um ein Nachtquartier tät ich bitten, Sennerin«, sagte der Thomas.

Es war der Brauch, dass man diese Bitte, sofern es sich nicht gerade um eine äußerst zwielichtige Gestalt handelte, nicht abschlagen durfte. Hier in der Bergeinsamkeit musste man zusammenhalten und sich gegenseitig beistehen.

»Wer bist?«, fragte die Thekla und öffnete die Tür so weit, dass der Besucher eintreten konnte. »Jessas, Maria und Josef!«, stieß sie überrascht hervor, als sie den Thomas erkannte. »Der Waidacher!«

Thomas stieg eine Blutwelle ins Gesicht, doch er musste sich beherrschen, denn schließlich war es nur natürlich, dass die Sennerin bei seinem Anblick nicht gerade in einen Begeisterungsschrei ausbrach. Drei Jahre Gefängnis machten selbst den Arglosesten misstrauisch.

Er staunte jedoch nicht schlecht, als die Thekla ihm einen kräftigen Schlag auf die Schulter versetzte und anerkennend hervorstieß: »Thomas, was du mit dem Krutzenbichler hast, geht mich nix an. Obgleich ich es dem Haderlump, dem geriebenen, von ganzem Herzen vergönnt hab.« Und nun kam sie ins Lamentieren, als sie fortfuhr: »Du glaubst ja nicht, was mich die Resi jeden Sommer geärgert und gefuchst hat. Wenn ihr ein Stück Vieh ausgekommen ist, nachher bin ich schuld dran gewesen. Wenn bei ihr das Wasser ausgeblieben ist, was in einem trockenen Sommer schon mal passieren kann, nachher hab ich ihr den Brunnen verhext. Und so ist es dahingegangen. Ihr Bauer natürlich, der Krutzenbichler, hat ihr immer die Stang gehalten und fest geschürt und gehetzt.« Plötzlich unterbrach sie ihren erbitterten Sermon und forderte ihn wohlmeinend auf: »Hock dich nur her da! Gleich koch ich dir auf, etwas Gutes.«

»Vergelt's Gott, Thekla«, wehrte der Thomas rasch ab. »Ich hab schon gegessen.« Die Wut, die die Thekla auf die Krutzenbichlerischen hatte, war ihm ein schwacher Trost. Was kümmerte er sich um diese nachbarlichen Feindseligkeiten?

Anscheinend hatte selbst die erboste Sennerin gemerkt, dass sie mit ihrem Geschimpfe kein offenes Ohr bei Thomas fand, denn einschränkend meinte sie nun: »No ja, der Hans ist ja kein Unrechter, das muss man schon zugeben. Aber der Krutzenbichler soll's nur spüren, dass auch über ihn etwas kommen kann. Dass er net ganz gefeit ist gegen …«

»Könnt ich ein Glas Milch haben, Thekla?«, fiel er ihr ins Wort. Damit wollte er dem unliebsamen Gezeter ein Ende machen.

»Freilich, Bub«, beeilte sich die Thekla zu versichern und rannte geschäftig aus der Stube.

Herrgott, stöhnte Thomas innerlich auf. Kann ich denn nirgends Ruh finden? Muss mich denn jeder daran erinnern? Auf den Beistand der Thekla, der ihm ohnehin recht zweifelhaft erschien, wollte er gern verzichten.

Nun stellte ihm die Sennerin einen Krug Milch auf den

Tisch. »Da, Bub, lass es dir schmecken«, sagte sie herzlich und setzte sich zu ihm. Aus flinken, aufmerksamen Augen, die so gar nicht in ihr derbes, ledriges Gesicht passen wollten, musterte sie ihn eindringlich. Ihre abgearbeiteten, schwieligen Hände hatte sie gefaltet auf der weiß gescheuerten Tischplatte liegen.

Früher war sie gewiss eine saubere Person gewesen. Eine Sennerin, wie man sie sich vorstellte; so richtig resch und fesch. Aber nun war sie eine früh gealterte, verbrauchte Frau. Das harte, entbehrungsreiche Leben in Wind und Wetter hatte seine Spuren hinterlassen. Die Thekla war zu dem Schluss gelangt, dass kein Mannsbild recht viel taugte. Denn zu viele waren in den vielen vergangenen Almsommern bei ihr zugekehrt, hatten ihr Hoffnungen gemacht und sie, eine arme Sennerin, dann doch sitzen lassen. Nun, da sie auf die fünfzig zuging, bekam sie nicht mehr so oft eine Ansprach, was ihre Wut auf die Resi von der Brünndlalm noch verstärkte. Denn die war jünger und deshalb kehrten die Mannsbilder nur noch in der Brünndlalm ein.

So war es auch nicht weiter verwunderlich, dass sie den Thomas mit offenen Armen aufnahm. Ihre Freude äußerte sich allerdings in der Weise, dass er sich so ziemlich alles anhören musste, was sie die ganze einsame Zeit über beschäftigte.

»… und sie ist schon so ein Geschlärf, ein leichtlebiges, die Resi«, zeterte die Thekla erregt. »Genau nimmt sie's net. Aber sie wird sich schon noch umschauen, wo sie einmal hinkommt mit ihrer Lumperei! Und ich möcht ja net wissen, was das für eine Krankheit«, hier schmunzelte sie hinterhältig und vielsagend, »ist, die sie auskurieren muss. An einen Blinddarm glaub ich net. Unsereines hat so ein neumodisches Zeugs auch net kennt. Sie ist ja eine ganz G'wappelte, die Resi! Von mir aus bleibt sie, wo sie ist! Mir ist die Barbara beim … lieber wie die andere beim Gesicht!«

Dieser viel strapazierte Ausspruch entlockte dem Thomas nun aber doch ein Schmunzeln. Trotzdem war er hellhörig geworden. Vorsichtig, um nicht allzu neugierig zu erscheinen, erkundigte er sich beiläufig: »Wer ist sie denn eigentlich, diese Barbara? Wie eine Sennerin schaut sie nicht aus.«

Mit einem leicht mitleidigen Lächeln erwiderte die Thekla: »Freilich versteht sie vom Sennen net so viel, wie Schwarz unterm Nagel ist. Woher auch? Aber auf das Jungvieh aufpassen kann sie doch. Und das muss man ihr zugestehen, sie ist recht willig und anstellig, was doch bei der Herkunft verwunderlich ist. Ich frag mich oft, wie so ein Haderlump zu so einem braven, bescheidenen Dirndl kommt. No ja, ganz umsonst war halt die Klosterschul doch net.«

Nun kannte sich der Thomas überhaupt nicht mehr aus. Daran, dass der Krutzenbichler auch eine Tochter hatte, dachte er nicht. Er konnte sich an das scheue, stille Dirndl ohnehin kaum noch erinnern. Nachdenklich musste er zugeben: »Jetzt weiß ich noch immer nicht, woher die Barbara kommt.«

Ein deutlich mitleidiger Unterton schwang in Theklas Worten, als sie erklärte: »Jetzt du bist gut! Das ist doch – so schwer es einem auch fällt zu glauben – die Tochter vom Krutzenbichler. Sie war in der Klosterschul, und wie du – ich mein, wie das mit dem Hans passiert ist, da hat sie der Vater heimgeholt, als Pfleg für ihren Bruder. Du musst dich doch noch an das blasse Krutzenbichler-Dirndl erinnern?«

Er war wie vor den Kopf gestoßen. Er schien es gar nicht fassen zu können, dass dieses bildhübsche Mädchen die … Aber natürlich, sie hatte die gleichen schwarzen Augen und das gleiche dunkle Haar wie ihr Bruder, der Hans.

Endlich fragte Thomas: »Hat's nicht einmal geheißen, sie geht ins Kloster?«

»Freilich«, bestätigte die Thekla eifrig. »Das hat sich die Krutzenbichlerin – Gott hab sie selig – allweil eingebildet. Aber mir scheint, sie passt schlecht in ein Kloster, wo sie doch so gern lustig ist. Doch ich fürcht, zum Lustigsein hat sie auch daheim net viel Gelegenheit – bei der Schwägerin ...« Hier verstummte sie viel sagend.

Thomas fühlte sich etwas unbehaglich, trotzdem forschte er: »Wie meinst denn das?«

»No ja, jeder weiß doch, dass die Marlies eine ganz Scharfe ist«, berichtete die Thekla. »Das ist doch allweil der alte Schnee: Wenn der Bettelmann aufs Ross kommt, nachher kann ihn der Teufel nimmer retten!« Mit einem anzüglichen Grinsen setzte sie hinzu: »Ausgerechnet du müsstest sie doch kennen, die Heitauer Marlies?«

Darauf gab er keine Antwort. Er versuchte ein krampfhaftes Gähnen, was ihm einigermaßen gelang, und beteuerte: »Herrgott, bin ich müd! Wo darf ich mich denn niederlegen, Thekla?«

Die Thekla, sichtlich enttäuscht darüber, dass dieser angeregte Diskurs so ein rasches Ende nehmen sollte, erwiderte gekränkt: »Schade, Thomas. Ich hätt mich gern noch ein wengl mit dir unterhalten. Es kommt net oft vor, dass ... Aber wenn du müd bist, nachher von mir aus. Im kleinen Kammerl richt ich dir ein Lager her.«

»Ja, Thekla, sei so gut. Weißt, ich bin schon den ganzen Tag auf den Füßen.« Bitter lächelnd setzte er hinzu: »Und gewohnt bin ich das Umeinanderkraxeln auch nimmer.«

Die alte Sennerin nickte verstehend und, wie es schien, auch ein wenig mitfühlend. Sofort verließ sie die Stube.

Während Thomas allein blieb, hatte er unentwegt Barbaras leibliches Gesicht vor Augen.

Er wagte gar nicht daran zu denken, was geschehen wäre, wenn sie erfahren hätte, wer er wirklich war.

»Wahrscheinlich hätt sie mich mit Schimpf und Schand davongejagt«, stöhnte er. Dabei lief ihm allein bei dem Gedanken eine Gänsehaut über den Rücken. Etwas in seinem Inneren zog sich schmerzlich zusammen.

Die Thekla trat ein. »So, Bub, dein Lager ist hergerichtet. Grad eine fürstliche Liegestatt ist's ja net, aber wennst einen gsunden Schlaf hast, nachher ...

»Vergelt's Gott, Thekla«, fiel Thomas ihr rasch ins

Wort. Er wollte ihrer Geschwätzigkeit so schnell wie möglich entkommen. Mit einem gemurmelten »Gute Nacht« verließ er die Stube.

Schade, dachte die Thekla resignierend. Ich hätte so gern noch geratscht. Aber mei, die jungen Burschen sind halt auch nimmer das, was sie früher gewesen sind.

Lange konnte die Barbara an diesem Abend keinen Schlaf finden; ruhelos warf sie sich hin und her.

Ihre Gedanken und wohl auch ihr Herz waren allzu sehr noch mit dem fremden Burschen, dem Thomas, beschäftigt. Sie konnte nichts dafür, aber sie musste einfach alles an ihm bewundern. Seine strahlend blauen Augen erschienen ihr die schönsten, die sie je gesehen hatte. Sein gut geschnittenes männliches Gesicht, das dunkle Haar, das an den Schläfen leicht zu ergrauen begann, und seine dunkle, einschmeichelnde Stimme hatten es ihr besonders angetan.

»Wer er wohl ist und was er wohl tun mag?«, fragte sie sich immer wieder.

Sie schalt sich einen dummen Stockfisch, weil sie ihn nicht mehr ausgefragt hatte. »Ich hab mich wie ein schüchternes Kind benommen«, musste sie sich sagen.

Aber sie hatte nun einmal keinerlei Erfahrung im Umgang mit jungen Männern. Obgleich sie inzwischen beinahe zwanzig Jahre alt geworden war, hatte sie noch nie eine Tanzveranstaltung besucht. Wie sollte sie da jemand kennen lernen oder Erfahrungen sammeln?

Bis heute hatte sie es auch noch nie bereut. Plötzlich jedoch glaubte sie etwas versäumt zu haben.

Als Barbara endlich in einen unruhigen Schlummer fiel, war es wieder Thomas, der in ihren Träumen herumspukte.

Sie war mit ihm allein. Er gestand ihr, dass er gerade auf so ein Mädchen wie sie gewartet habe. Seine Arme hielten sie zärtlich umschlossen und nun kam sein Gesicht, dieses aufregend männliche Gesicht, immer näher.

Sie spürte seinen Atem auf ihrer Wange. Jetzt, gleich würde er sie küssen …

Sie war noch nie geküsst worden und sollte es auch in ihrem Traum nicht erleben, denn plötzlich erwachte sie. Es war ihr, als hätte sie ein Geräusch vor ihrem Fenster geweckt. Mit einem Ruck saß sie kerzengerade in ihrem Bett. Doch nichts rührte sich.

Jessas, bin ich dumm, sagte sie sich. Ein Lächeln, gemischt aus Selbstmitleid und Naivität, umspielte ihre Lippen. Wie komm ich dazu, so etwas Unsinniges zu träumen? Als wenn er grad auf mich gewartet hätt. Am End ist er längst schon verheiratet und …

Ja, das musste es sein: Er war verheiratet.

Ein schmerzliches Ziehen erwachte in ihrem Herzen. Rasch verkroch sie sich wieder unter ihrer Bettdecke. Dabei hoffte sie inständig, ihren Traum noch einmal zu träumen.

Leider kann man Träume nicht befehlen. Mit großen, weit geöffneten Augen sah sie, wie die Helligkeit des jungen Morgens rasch zunahm.

Sie hielt es in ihrem schmalen Bett nicht länger aus, sprang heraus und öffnete das kleine, eisenvergitterte Fenster.

»O du lieber Gott, wie schön!«, stammelte sie aufgeregt und hielt einen leuchtenden Almrauschbuschen, eingefasst von Latschenzweigen, in der Hand. Mit einem glücklichen Aufatmen presste sie den herb nach Harz duftenden Strauß an ihr Gesicht. Dabei machte ihr Herz Sprünge, dass es ihr fast den Atem nahm.

Er hat mir den Buschen gebracht, dachte sie selig und stolz zugleich. Er hat also doch noch an mich gedacht!

Barbara war vor lauter Freude ganz durcheinander. Sie war ein Mädchen von so aufrichtigem, schlichtem Gemüt, dass sie gar nicht auf den Gedanken kam, dass so ein Strauß noch gar nichts bedeuten musste.

Golden strahlte, die Morgensonne vom azurblauen Himmel, der sich hoch und weit über die Gipfel und Schrofen der Berge spannte. Silbern und schwer glitzerte der Tau auf den Gräsern, die sich unter der schimmernden Last tief auf den Boden duckten.

Bei jedem von Barbaras Schritten sprühte es auf, als ginge sie über Diamanten; das helle Licht der Sonne brach sich in den winzigen Tautröpfchen.

Barbara war im Erfinden von Ausreden nicht gerade versiert und so suchte sie krampfhaft nach einer möglichst plausiblen Erklärung, während sie zur Hinteralm hinüberwanderte. Immer wieder suchten ihre Augen sehnsüchtig das Gewänd ab, doch nirgends ließ sich ein Bergsteiger entdecken.

Die Thekla stellte das frisch gescheuerte Milchgeschirr zum Austrocknen in die Sonne. Sie hatte – im Gegensatz zur Sennerin auf der Brünndlalm – eine ganze Herde Milchvieh zu versorgen, was keine geringe Arbeit bedeutete. Morgens und abends musste das Vieh gemolken werden. Die Milch, von der saftigen Almweide fett und sahnig, musste zum Abrahmen aufgestellt werden, wozu das kühle, auf der Schattenseite gelegene Milchkammerl diente. Dabei hieß es noch höllisch aufpassen, besonders wenn das Wetter umschlug, dass die Milch nicht sauer wurde. Die dickflüssige, gelbe Sahne wurde in einem hölzernen Butterfass mit viel Mühe und Geduld ausgebuttert. Im eisig kalten Brunnenwasser wurden die Butterwecken so lang geknetet, bis auch das letzte Tröpfchen Milchbrühe herausgepresst war und die Wecken schön fest und hart geworden waren. So wurden diese Almgaben wiederum im kühlen Milchkammerl aufbewahrt, bis einmal in der Woche einer vom Hof heraufkam zum Abtragen.

Die Thekla lehnte soeben den letzten Melkeimer gegen die Hüttenwand, die von einem schön gestapelten Holzstoß umgeben war, als sie die Barbara auf sich zukommen sah.

»Guten Morgen«, rief sie dem Mädchen zu. »Was treibt denn dich schon so früh zu mir her?«

Sichtlich nervös und ein wenig hastig stieß die Barbara hervor: »Guten Morgen, Thekla. Ich muss mir heut Nacht was verlegt haben oder mir ist was eingeschossen, denn mir tut das Kreuz so weh. Hast nicht was zum Einreiben?« Und im selben Atemzug setzte sie hinzu: »Ist dein Logiergast schon wieder fort?«

Die Thekla war alles andere als dumm, und schwer von Begriff schon gar nicht. Ein Schmunzeln unterdrückend dachte sie sich: Auweh, mir scheint, dir ist wirklich was eingeschossen – aber net ins Kreuz!

Laut erwiderte sie wohlmeinend: »Freilich hab ich was, Madl. Ich geb dir ein Flaschl Arnika, das hilft allweil.«

Sie tat, als sähe sie Barbaras fragenden, ungeduldigen Blick nicht.

Endlich, als die Thekla keine Anstalten machte auf ihre letzte und dringlichste Frage zu antworten, wiederholte Barbara gepresst: »Ist dein Logiergast wieder fort?« Dabei schaute sie recht angestrengt auf das sauber gescheuerte Milchgeschirr.

Es war nicht eigentlich Bosheit, was die Thekla auf diese Idee brachte, die ihr plötzlich durch den Kopf schoss. Es war eher ein Rachebedürfnis, das sie am Krutzenbichler, mit dem sie ja auf Kriegsfuß stand, befriedigen wollte. Recht scheinheilig fragte sie: »Wen meinst denn, Barbara?« Es gelang ihr, ein schlaues Grinsen zu verbergen.

Verlegen antwortete das Mädchen: »No, den Bursch halt, der gestern bei dir zugekehrt ist.«

»Ach so, der«, tat die Thekla gelassen. »Ja, der ist schon in aller Herrgottsfrüh wieder fort.« Nun bedeutete sie dem Mädchen ihr zu folgen und fuhr leichthin fort: Komm, ich geb dir Arnika. Wirst sehen, das hilft dir gleich. Ich sag's ja allweil, es gibt keine bessere Medizin als die Naturmittel. Ich hab noch nie einen Doktor 'braucht, ich kurier mich selber.« Mit einem boshaften, spitzigen Unterton setzte sie hinzu: »Glaub kaum, dass der Resi der Doktor viel helfen kann. Aber sie war ja schon allweil eine Ziefern, die sich für was Bessers hält als unsereins. Sie muss natürlich gleich zum Doktor rennen.«

Man konnte es der Barbara ansehen, wie desinteressiert sie an diese Geschichte war. Trotzdem musste sie Theklas Worte geduldig über sich ergehen lassen.

»Ich kann dir gar net sagen, Madl, wie froh ich bin, dass du heroben bist. Grad gut ist's, dass die Raffel, die ungute, fort ist. Ich wünsch ihr ja nix Schlechtes, aber von mir aus kann's ruhig Herbst werden, bis sie wieder gesund wird.«

Inzwischen hatten sie die bereits blitzsauber aufgeräumte Wohnküche betreten. Durch die geöffneten Fenster drangen die Sonnenstrahlen herein und zauberten goldene Streifen auf den weiß gescheuerten Fußboden.

Aus einer Anrichte, deren Lackanstrich vom vielen Ablaugen schon ganz blind geworden war, holte die Thekla ein Fläschchen heraus, das eine hellgelbe Flüssigkeit enthielt.

»Erst vor etliche Tag' hab ich ihn abgefüllt«, erklärte sie stolz. »Das ist die Essenz, die gewiss hilft. Es ist Arnika, mit reinem Alkohol angesetzt. Musst dich nur einreiben damit.«

Mit einem gemurmelten »Vergelt's Gott« nahm Barbara das Fläschchen an sich und schob es ziemlich achtlos in ihre Rocktasche, woraus wiederum ersichtlich wurde, dass ihr an der Medizin nicht allzu viel gelegen sein konnte. Nun hätte sie eigentlich wieder gehen können, doch sie blieb unschlüssig in der Stube stehen.

»Weißt was, Madl? Jetzt hockst dich ein wengl her«, schlug die Thekla schmunzelnd vor. »Und wir lassen für ein Päusl unseren Herrgott einen guten Mann sein und ratschen ein bissel. Arbeiten könnt man ja eh nie genug.«

Das ließ sich die Barbara nicht zweimal sagen und setzte sich mit erwartungsvollen Augen an den Tisch.

»Manchmal ist es mir schon recht langweilig da heroben«, gestand sie aufseufzend.

»Hast denn gar keinen Burschen, der dich manchmal aufsucht?«, forschte die Thekla mitfühlend.

»Geh zu«, lächelte die Barbara ungläubig. »Als wenn einer diesen langen Weg da herauf …

»Du wärst schon gut!«, protestierte die Thekla energisch. Für ein sauberes Madl darf einem Burschen der Weg net zu weit sein!« Mit leiser Wehmut in der Stimme setzte sie nachdenklich hinzu: »Wenn ich da an meine Zeit zurückdenk … Du kannst es mir glauben, da ist kein Abend vergangen, dass net einer zugekehrt ist. Damals waren die Burschen überhaupt viel schneidiger als heut.«

»Kennst du den Burschen näher, der gestern heroben gewesen ist?«, forschte die Barbara zaghaft.

Ausweichend kam es von der Thekla: »Gelt, das war einmal ein strammer Mensch! So einen findest net noch einmal. Bildsauber und grad gewachsen wie ein Tannenbaum.« Dabei konnte sie befriedigt feststellen, wie Barbaras Augen zu funkeln begannen, wie Farbe in ihre Wangen kam.

Schon ziemlich ungeduldig wollte die Krutzenbichler-Tochter wissen: »Wo kommt er denn her?«

Die Thekla zog ihren Kopf tief zwischen die knochigen Schultern und machte ein unwissendes Gesicht. »Das weiß ich net, Madl. Ich weiß bloß so viel, dass er noch ledig ist und …« Hier machte sie eine eindrucksvolle Kunstpause. Endlich fuhr sie mit Verschwörerstimme fort: »Ich sollt's dir ja net sagen, Madl, aber er hat sich bei mir recht ausführlich nach dir erkundigt. Du musst ihm schon besonders gut gefallen haben.«

Verlegen senkte Barbara den Blick. Sie war glühend rot geworden.

Mein Gott, dachte sich die Thekla, mir scheint, sie hat sich eh schon in den Burschen verschaut. Da wird der Krutzenbichler, dieser Haderlump, eine Mordsfreud haben! Zerreißen wird es ihn vor Wut, wenn sich da tatsächlich was anspinnen tät. Ich könnt mir ja direkt die Haare ausraufen, weil ich gestern net eher geschaltet hab! Hätt ich gesagt, bei mir ist kein Platz zum Übernachten, nachher wäre ihm gar nix anderes übrig geblieben, als dass er wieder auf die Brünndlalm zurückgegangen wäre.

Laut fuhr sie schwärmerisch fort: »Mir schient, das ist ein ganz Besonderer. Einer, bei dem ein Madl den Himmel auf Erden hat, der weiß, was sich gehört. Kein so gscherter Lackl wie die anderen Burschen. Hast gesehen, was der für Augen hat? Grad wie ein Bergsee so blau, und dazu den rußschwarzen Schopf. Da hätt ich mir gestern g'wünscht, ich wär dreißig Jahr jünger, nachher ...« Genießerisch schnalzte sie mit der Zunge.

»Aber Thekla«, empörte sich die Barbara erschüttert. »Deswegen darf man doch nicht gleich ... Und die Sünd?«

Mit einem unbekümmerten Lachen fiel die Thekla ihr fast mitleidig ins Wort: »Madl, Madl, wennst allweil gleich als Erstes an die Sünd denkst, nachher wär's gescheiter, du wärst im Kloster 'blieben! Auf der Welt geht's anders zu, das kannst mir glauben! Man muss schon was tun, wenn man was haben will. Allweil gleich die Gelegenheit beim Schopf packen; wer weiß, ob sie sich ein zweites Mal bietet.«

Nein, diese Thekla redete ihr nun aber doch gar zu unchristlich daher. Da wollte sie lieber sehen, dass sie fortkam. Hastig versicherte Barbara: »Ich muss gehen, Thekla.« Und schon hatte sie sich erhoben. »B'hüt dich Gott!«, stieß sie noch rasch hervor und verließ beinahe fluchtartig die Stube.

»Vergiss deinen Arnika net«, rief ihr die Thekla mit einem breiten Schmunzeln nach. Sie war sich sicher, dass ihre Worte nicht ganz ohne Eindruck auf das Mädchen geblieben waren.

Freilich, das Gewissen drückte sie schon ein bisschen. Aber sie tröstete sich rasch damit, dass sie sich sagte: Einmal müssen dem Madl doch die Augen aufgehen. Bloß mit Rosenkranzbeten kommt sie nie zu einem Mannsbild.

Thomas' Gesicht war von der Sonne dunkel gebräunt, als er am späten Abend müde und erschöpft nach Hause kam.

»No, wie war's Bub?«, fragte die Waidacherin lächelnd.

»Schön war's, Mutter«, gestand er mit glücklicher Stimme. »Aber jetzt bin ich rechtschaffen müd.«

Während seine Mutter ihn umsorgte und umhegte, erzählte er ganz beiläufig, dass er in der Hinteralm übernachtet hatte. Doch von der Krutzenbichler Barbara kam kein Wort über seine Lippen. Er hatte zwar während des vergangenen Tages ziemlich oft an sie gedacht, aber immer nur in der Weise, dass sie Hans' Schwester war.

Und der Almenrauschbuschen? Nun, das war wohl mehr aus Übermut geschehen und ein klein wenig auch deshalb, weil er sich für die köstliche Abendmahlzeit bedanken wollte.

Als er etwas gegessen und sich ein wenig ausgeruht hatte, fühlte er sich wieder völlig erfrischt. Für einen Burschen wie ihn war so eine Bergtour doch eine Erholung und keine Strapaze.

»Du willst doch nicht etwa noch arbeiten?«, rief seine Mutter überrascht und besorgt zugleich aus, als sie ihn gerade noch erwischte, wie er in seiner Werkstatt verschwinden wollte.

»Nur noch ein Stündl, Mutter«, erwiderte er beschwichtigend.

»Bist du denn gar nicht müd?«, erkundigte sie sich kopfschüttelnd.

»Naa, jetzt nimmer.«

»Ich leg mich schlafen. Mich hat das bissel Gartenarbeit schon wieder recht angestrengt. Gute Nacht, Bub. Und bleib nicht zu lang auf«, mahnte sie mit sorgender Stimme und trippelte davon.

Thomas machte sich um seine Mutter ernstliche Sorgen, denn sie schien mit jedem Tag mehr zu altern. Sie wirkte schon sehr gebrechlich; die geringste Anstrengung brachte sie einer Erschöpfung nahe. Dabei ließ sie es sich aber nicht nehmen, alle Arbeit noch eigenhändig zu verrichten. Eigensinnig bestand sie darauf, das Haus und den Garten selbst zu versorgen.

Aus der einen Stunde, die er noch hatte schnitzen wollen, waren inzwischen bereits drei geworden und noch immer arbeitete er ganz vertieft. Es war ein Mädchenkopf, den er in das weiche weiße Lindenholz schnitt. Die feinen Züge wiesen eine unverkennbare Ähnlichkeit mit Barbaras schmalem Gesicht, ihrer fein gemeißelten Nase auf.

Plötzlich wurde an sein Fenster geklopft. Ein jäher Ärger durchzuckte ihn. Sein Gesicht wirkte angespannt, als er leise seine Werkstatt verließ.

»Endlich bist auch wieder einmal daheim«, sagte die Marlies mit gedämpfter Stimme, in der deutlicher Vorwurf mitschwang.

Ohne eine Erwiderung abzuwarten drängte sie sich an Thomas vorbei und ins Haus hinein. Im Hausflur bewegte sie sich noch vorsichtig und leise, aber in der Werkstatt herrschte sie ihn an: »Wo bist denn gestern gewesen?«

»Erstens bin ich dir keine Rechenschaft darüber schuldig«, brummte er ungemütlich zurück, »und zweitens wär es besser, wenn du bleiben würdest, wo du nun einmal hingehörst, nämlich bei deinem Mann.«

»Ah, da schau her!«, höhnte sie erbittert. »Ich bin dir wohl nimmer gut genug?«

Thomas unterdrückte seinen Zorn und wandte beschwichtigend ein: »Marlies, so geht das nimmer weiter! Einmal entdeckt dich wer und nachher ist das Malheur passiert. Denk doch an deinen Mann!«

»Ach der!«, kam es geringschätzig von der Marlies, während sie ihr Schultertuch zusammenfaltete und über eine Stuhllehne legte. Nun trat sie auf Thomas zu und legte ihm verlangend ihre Arme um den Hals. » Komm, Thomas, sei wieder lieb«, bat sie zärtlich. »Ich kann halt nimmer ohne dich sein.«

Es war ihr einerlei, dass er sie von sich zu schieben versuchte; sie klammerte sich nur noch fester an ihn.

Ihre Stimme klang heiser, als sie fortfuhr: »Ich brauch dich und du brauchst mich auch. Das weiß ich und das weißt du. Also warum …«

Er spürte ihren warmen Körper, roch den Duft ihrer Haut. Noch immer versuchte er ihr zu widerstehen. Mit einem Mal sah er ganz deutlich Barbaras unschuldiges Gesicht mit den großen Rehaugen vor sich. Er kam nicht dazu, sich zu fragen, was das zu bedeuten habe, denn er fühlte Marlies' verlangende Lippen auf seinem Mund. Nach dem ersten leidenschaftlichen Kuss war es um ihn geschehen. Seine Gedanken waren ausgeschaltet, er hörte nur noch die brausende Stimme seines Blutes.

Es war unerträglich heiß. Die Hitze flirrte über dem Almfeld. Obgleich es bereits später Nachmittag war, wollte sich kein Lüftchen regen.

Nirgends war ein Laut zu hören; lastende Stille brütete über der Bergwelt. Das Vieh war von den Weiden verschwunden. Es stand zusammengedrängt im Stall und suchte Schutz vor der Hitze. Wie eine orangerote Scheibe hing die Sonne am wolkenlosen Himmel.

Barbara trat vor ihre Hütte. Besorgt spähte sie hinauf zum Himmel. »Da kommt noch was heut«, meinte sie zu sich selbst. »Nein, hier draußen ist es schier nicht mehr zum aushalten; drinnen ist es noch ein bissel kühler.« Damit ging sie wieder in die Stube hinein.

Sie wusste, wie grauenhaft und gefährlich ein Gewitter im Hochgebirge sein kann, und ein banges Gefühl der Angst beschlich sie. Hier war man den wütenden Elementen so völlig hilflos ausgeliefert. Außerdem war sie allein.

Ob ich nicht vielleicht doch lieber zur Thekla hinübergeh?, überlegte sie sich.

Doch diesen Gedanken verwarf sie sogleich wieder. Sie durfte das Vieh nicht allein lassen.

Immer wieder trat sie ans Fenster und schaute zum Himmel hinauf, der weit im Norden einen feinen, schwefelgelben Streifen bekommen hatte.

»Wenn halt der Wind anheben tät«, überlegte sie laut. »Nachher wär's schon möglich, dass er alles wieder verreißt. Denn das gelbe Randl bedeutet nix Gutes. Gerade so schaut's aus, wenn ein Hagelwetter aufzieht.«

So voller Sorge beobachtete die Barbara den Himmel, dass ihr der große, schlanke Bursche völlig entging, der soeben über das Almfeld heraufkam. Nun blieb er stehen und holte sein Taschentuch hervor, mit dem er sich den Schweiß aus den Augen wischte.

»Sakra, ist das eine Hitz!«, stöhnte er.

Aber nun hatte er es geschafft. Still und friedlich lag die Brünndlalm vor ihm. Auf dem in der Sonne silberweiß schimmernden Holzschindeldach, das mit Steinen beschwert war, sah man die Hitze flimmern. Aus dem geschwärzten Kamin kräuselte kein Rauchwölkchen heraus.

Kein Wunder, sagte er sich, während er die letzten Meter mit langen Schritten bewältigte. Unter dem Dach muss es ohnehin heiß genug sein!

»Hallo, Sennerin! Ist bei dir keiner daheim?«, rief er durch die sperrangelweit geöffnete Hüttentür hinein.

Als Barbara diese Stimme vernahm, zuckte sie im ersten Moment erschrocken zusammen. Doch dann verließ sie eilig die Stube. Sie verbarg ihre Freude erst gar nicht, als sie ihn mit strahlenden Augen begrüßte.

»Grüß dich, Thomas. Schön, dass du wieder zukehrst bei mir.«

Gespannt, mit angehaltenem Atem, hatte er gewartet. Nun wusste er, dass sie noch immer keine blasse Ahnung hatte, wer er wirklich war. Plötzlich fühlte er sich unsäglich erleichtert, wie von einem schweren Druck befreit. In der ersten Freude kam es ihm gar nicht zum Bewusstsein, dass er damit nichts gewonnen hatte außer einer kurzen Gnadenfrist, denn einmal würde sie es doch erfahren.

»Darf ich ein bissel hereinkommen zu dir?«, fragte er.

»Freilich«, stimmte sie rasch zu. Munter drauflosplaudernd setzte sie hinzu: »Jetzt bin ich aber froh, dass ich nicht zur Thekla gegangen bin. Am End hätt ich dich noch verfehlt ...«

Hier verstummte sie verlegen, denn es war ihr siedend

heiß eingeschossen, dass man einem Burschen nicht allzu offen zeigen durfte, dass er einem gefiel. Mit Theklas Theorie konnte sie sich doch nicht recht anfreunden.

Von ihrer naiven Offenheit seltsam berührt folgte er ihr in die Hütte. Unwillkürlich musste er sich eingestehen: Sie ist noch schöner, als ich sie in Erinnerung gehabt habe.

Die Barbara war so aufgeregt, das Herz schlug ihr bis hinauf zum Hals, dass sie zuerst einmal krampfhaft schlucken musste, ehe sie ihn fragen konnte: »Du musst ja durstig sein. Was willst denn trinken?« Einschränkend fuhr sie fort: »Bier oder so was Ähnliches hab ich net.«

Abwehrend erwiderte er: »Das macht nix, Barbara. Aber für einen Schluck Tee wär ich dir dankbar.«

Schon kniete sie vor dem Herd, und ehe er es sich versah, züngelten gierige Flämmchen unter den feinen Spänen hervor.

»Gleich koch ich dir einen frischen Tee«, versprach sie eifrig.

»Naa, das hätt nicht sein müssen, dass du bei der Hitz den Ofen auch noch anzündest«, wandte er ein.

»Ich tu's gern, Thomas«, versicherte sie aufrichtig und schon rannte sie mit einem Topf hinaus zum Brunnen.

»Wird bei dir ein jeder Besucher so freundlich bedient?« erkundigte er sich schmunzelnd und nicht ohne Hintergedanken, als sie wieder hereinkam.

Zuerst setzte sie das Wasser auf, dann antwortete sie arglos: »Bis jetzt ist noch niemand außer dir gekommen. Nur der Sepp, das ist unser Knecht, hat mir die vorige Woch eine Kraxe voll Zeug heraufgebracht; aber ein richtiger Besuch war das ja auch nicht.«

Nun hätte er eigentlich zufrieden sein können, trotzdem forschte er weiter. »Aber sonst wirst doch manchmal einen Burschen haben?«

Aus großen, erstaunten Augen sah sie ihn verständnislos an. Doch plötzlich schien sie den Sinn seiner Worte zu begreifen. Eine jähe Blutwelle schoss ihr ins Gesicht und sehr verlegen schüttelte sie den Kopf.

Bald hatte sie ihre Schüchternheit wieder überwunden und meinte mit deutlicher Selbstironie: »Ich hab eine Schwägerin, die Marlies, die reibt es mir fast jeden Tag unter die Nase, dass die Burschen wegen so einem mageren Krisperl, wie ich es bin, nicht einmal den Kopf drehn. Das ist mir auch einerlei ...«

»Die muss es ja wissen!«, fiel der Thomas ihr grimmig ins Wort.

»Kennst du sie denn?«

Rasch erwiderte er ablenkend: »Damit wollt ich nur sagen, dass es mit dem Verstand deiner Schwägerin nicht allzu weit her sein kann. Sonst müsst sie wissen, dass die Geschmäcker verschieden sind.«

»Mir ist das auch einerlei«, wiederholte Barbara gelassen. »Denn mir sind die meisten Burschen ja auch zu grob.«

Nun brühte sie den Tee auf, deckte mit anmutigen, geschickten Bewegungen den Tisch und forderte ihn dann freundlich auf: »So, jetzt greif zu!«

Während er durstig den brühheißen Tee in vorsichtigen, kleinen Schlucken trank, verfing sich sein Blick immer wieder auf ihrem fein gemeißelten Gesicht.

Je länger sie beisammensaßen und plauderten, umso unbefangener wurde die Barbara. Offen und ohne Scheu sah sie ihm in die Augen. Irgendwelche Geziertheiten oder herausforderndes Liebäugeln schien sie nicht zu kennen. Sie war von einer erfrischenden Natürlichkeit, wie sie nur Menschen ohne Falsch zu Eigen ist.

Thomas hatte sich schon lange nicht mehr so angeregt mit einem Mädchen unterhalten. Er empfand ihre Gegenwart als angenehm und wohltuend; außerdem musste er ihre Meinungen, die sie von sich gab, respektieren. Sie hat mehr Verstand als zehn andere Madeln zusammengenommen, dachte er.

Die Zeit verging ihnen im Flug und sie merkten nicht, wie sich draußen der Himmel verfinsterte. Erst als ein Windstoß, der plötzlich um die Hütte fegte, einen Fensterladen laut krachend zuschlug, fuhren sie auf.

»Jessas, Thomas! Der Himmel ist tintenschwarz!«, rief Barbara erschrocken aus und deutete aus dem Fenster. »Gleich wird das Donnerwetter losgehen.«

Er schob sich hinter dem Tisch hervor und stand auf. Seine Stimme klang bedauernd, als er sagte: »Jetzt muss ich mich aber tummeln, wenn ich noch trocken zur Thekla auf die Hinteralm kommen will. Lang wird es nimmer dauern und es regnet Schusterbuben.«

Plötzlich hatte die Barbara das verschreckte Gesicht eines Kindes. Ihre großen Augen blickten ihn verstört an, als sie ihn bat: »Bleib da, Thomas.«

»Du hast doch net etwa Angst vor dem bissel Gewitter?«, fragte er sie schmunzelnd.

Sie nickte bejahend, dabei verkrampften sich ihre Finger nervös ineinander. »Doch«, gestand sie kleinlaut.

Beschwichtigend kam es von Thomas: »Aber Madl, da herinnen kann dir gar nix geschehen. Ich muss jetzt gehen, denn wer weiß, wie lang der Tanz nachher anhält. Ich will schließlich nicht völlig durchweicht bei der Thekla um Nachtquartier bitten.«

»Nachher geh ich auch mit«, stieß sie unvermittelt hervor. »Allein bleib ich nicht.«

Er sah, dass sie sich tatsächlich fürchtete, und brachte es nicht übers Herz, sie hier allein zu lassen.

»Schnell, zieh dir was an und dann rennen wir«, entgegnete er hastig.

»Ich muss noch einmal rasch im Stall draußen nach dem Vieh sehen«, wandte sie ein und verließ die Stube.

Thomas trat ans Fenster und sah hinaus.

Schwarze Wolkenbänke fegten über den Himmel. Hier und da ließ sich ein drohendes Donnergrollen vernehmen. Der Wind wurde zusehends heftiger, er schwoll zu einem regelrechten Sturm an, der um die Hütte orgelte. Schon prasselte es hart auf das Schindeldach; Hagelkörner hüpften im Gras umher.

»So, Madl«, sagte Thomas, als Barbara wieder in die Stube trat, »jetzt ist es ohnehin zu spät. Nur gut, dass wir nicht in das Hagelwetter hineingeraten sind.«

Barbara trat neben den Thomas ans Fenster, dicht an ihn gedrängt schaute sie ebenfalls hinaus.

»Hoffentlich hat die Thekla ihre Küh' alle heimgebracht, denn sie treibt sie jetzt allweil bis unter den Lahner hinauf.«

»Da musst keine Sorg haben, Barbara«, beruhigte er sie. »Die Thekla ist eine alte, erfahrene Sennerin, die lässt sich von nix mehr überraschen. Ich hab viel mehr Sorg, dass es die halbe Nacht wettert und ich so lange warten muss, eh ich wieder hinaus kann.«

So, als wäre es die natürlichste Sache der Welt, schlug die Barbara ihm vor: »Nachher bleibst halt da. Ich hab noch eine Schlafkammer, da richt ich dir ...«

»Aber Madl«, widersprach er lächelnd, »das gehört sich doch nicht. Was tät denn dein Vater dazu sagen, wenn er wüsst, dass ...«

»Nix halt«, fiel sie ihm bestimmt ins Wort. »Bei so einem Wetter schickt man doch niemand hinaus.«

Nun, dazu hätte er ihr einiges erklären können, besonders was ihren Vater betraf. Doch er schwieg. Er wollte warten, bis sich das Unwetter ausgetobt hatte, und dann würde er gehen.

Der Hagel ließ etwas nach, doch nun setzte ein klatschender Regen ein. Angenehm kalte Luft, gewürzt mit dem Duft der von den Hagelkörnern zerschlagenen Gräser, strömte durch das geöffnete Fenster herein. In grauen Schnüren fiel der Regen vom dunklen Himmel. Das Gewitter kam mit rasender Schnelligkeit näher. Blitz und Donner wechselten in rascher Folge. Manchmal schien es, als wollte die Erde bersten; das nahe, steile Gewänd ließ die Donnerschläge schaurig nachrollen und widerhallen. Grellgrüne Blitze zerrissen die Finsternis; die Natur befand sich in einem gewaltigen Aufruhr.

Ein Frösteln lief über Barbaras Rücken und sie bat:

»Könnten wir das Fenster nicht lieber zumachen?« Mit zitternden Fingern zündete sie die Petroleumlampe an, die über dem Tisch hing.

Als das Fenster geschlossen war, hörte man das Heulen des Sturms nicht mehr gar so laut, doch unter den Donnerschlägen schien die Hütte, ja sogar der felsige Grund zu erzittern.

Im Herrgottswinkel, auf einem kleinen Bord, auf dem einige Heiligenbildchen und ein geweihter vertrockneter Palmenbuschen standen, befand sich auch ein schwarzer Wachsstock. Barbara holte diese Wetterkerze herunter und stellte sie auf den Tisch. Mit einem stillen Gebet entzündete sie die dünne, kunstvoll verschlungene Kerze.

Schweigend sah Thomas ihr zu. Er sah ihre schreckgeweiteten Augen, ihr blasses Gesicht und ihre verkrampft gefalteten Hände und fragte sich, was sie wohl getan hätte, wenn sie hier allein, ihrer Angst hilflos ausgeliefert gewesen wäre.

Plötzlich durchzuckte ein grüner Strahl die Stube, tauchte sie in grelles Licht. Ein übermächtiger Donnerschlag ließ das Geschirr in der Anrichte klirren und klappern.

Mit einem schrillen Entsetzensschrei rannte Barbara Schutz suchend zu Thomas. Gleich einem verängstigten Kind schmiegte sie sich in seine Arme; mit beiden Händen hielt sie sich die Ohren zu. Sie zitterte am ganzen Leib.

Er hielt sie beschützend an sich gedrückt, während er sie mit sanfter Stimme zu beruhigen suchte. »Musst dich nimmer fürchten, Barbara. Es ist ja nix passiert.«

Plötzlich fühlte er, wie eine nie gekannte, nie erlebte Zärtlichkeit in ihm aufstieg. Er hätte wer weiß was dafür gegeben, hätte er den tobenden Elementen gebieten können, nur um ihr diese schreckliche Angst zu nehmen. Seine Stimme war rau vor Zärtlichkeit, als er sie zu trösten versuchte: »Jetzt ist es schon vorbei, Barbara. Brauchst keine Angst mehr haben, ich bleib ja bei dir.«

Erst als sich Barbara etwas beruhigt hatte, kam ihr so richtig zum Bewusstsein, dass sie in Thomas' Armen lag.

Vor lauter Verlegenheit wagte sie sich nicht zu rühren, ja kaum zu atmen.

Endlich fasste sie sich ein Herz und schob ihn von sich. Verstört versuchte sie zu erklären: »Verzeih mir, Thomas, ich wollt nicht … Es war nur, weil …«

»War's denn gar so arg?«, wollte er mit einem Schmunzeln wissen.

Ernsthaft nickend bestätigte sie: »Ja, es war ganz furchtbar. Ich hab geglaubt, die Welt geht unter.«

»Nein, das hab ich net gemeint«, kam es gedehnt von ihm. In seinen Augen erschien ein beobachtender Ausdruck, als er hinzusetzte: »Dass du dich von mir hast festhalten lassen.«

Offen sah sie ihm in die Augen, dann schüttelte sie den Kopf.

Sie standen voreinander und sahen sich an, lange und eindringlich.

Plötzlich wusste Thomas, dass es zwischen zwei Menschen noch etwas anderes gab als das, was ihn mit Marlies verband. Etwas, das tief vom Herzen ausging. Behutsam zog er das Mädchen an sich; dabei entrang sich ihm ein dankbares Aufstöhnen. Ganz sanft drückte er sie an seine Brust. Als er sie küsste, wollte sein Herz schier bersten vor Zärtlichkeit. Dieser Kuss hatte nichts leidenschaftlich Forderndes an sich, es war eher ein liebevolles Streicheln ihrer weichen, warmen Lippen, die sich ihm scheu boten.

Die Barbara glaubte vor Glück fast vergehen zu müssen. Mit leiser, bebender Stimme gestand sie: »Thomas, ich hab dich gern. Schon wie ich dich das erste Mal gesehen hab, war's mir, als ob mir das Herz verbrennen tät …«

»Still, Barbara«, fiel er ihr rasch ins Wort. Seine Lippen waren nah an ihrem Ohr, als er fortfuhr: »Du sollst nichts sagen, was du vielleicht morgen schon bereust.«

»Nie, nie im Leben wird ich das bereuen«, widersprach sie leidenschaftlich.

»Du kennst mich nicht«, wandte er ein.

Sich fest an ihn schmiegend versicherte sie enthusiastisch: »Ich weiß, dass ich dich lieb hab, und das ist das Wichtigste. Noch nie in meinem Leben bin ich so glücklich gewesen wie grad jetzt. Das kann mir keiner ausreden …« Unvermittelt brach sie ab. Sie hob ihren Kopf und sah ihn eindringlich an. Fast unhörbar stieß sie mit ersterbender Stimme hervor: »Oder willst du mich nicht?«

»Ach, Madl«, stieß er hart aufatmend hervor, »wollen schon, und wie gern! Aber man wird dich mir nicht lassen.«

»Ich bitt dich, hör auf«, bat sie eindringlich. »Sag mir lieber was anderes. Sag mir, dass du mich gern hast.«

»Lieber als mein Leben, Barbara«, gestand er mit bewegter Stimme. »Durch dich hab ich erst erfahren, dass es die Lieb wirklich gibt.«

Es gab noch viel Zärtliches, was sie sich zu sagen hatten, doch sooft Thomas zu einem Geständnis ansetzte, weigerte sie sich zuzuhören und so gab er es schließlich auf.

Längst hatte sich das Gewitter ausgetobt und die Sterne schimmerten am dunklen Himmel.

Als der Thomas die Brünndlalm verließ, ging es bereits auf Mitternacht zu. Nicht einmal Barbaras Bitten konnten ihn zum Bleiben veranlassen. Diesmal, so schwor er sich, musste alles anders sein. Er liebte Barbara und wollte sie ganz für sich haben, aber auf geradem, ehrlichem Weg.

Wäre der Waidacher Thomas etwas weniger verliebt und glücklich gewesen, wäre ihm sicher einiges aufgefallen, als er in dieser Nacht bei der Thekla anklopfte. Aber seine Gedanken waren bei Barbara.

Als er am frühen Morgen zusammen mit der Thekla seine Milchsuppe auslöffelte, konnte er es kaum erwarten, mit seinem bescheidenen Frühstück fertig zu werden.

Mit einem hintergründigen Schmunzeln bemerkte die alte Sennerin: »No, no, was pressiert dir denn gar so sehr?«

Ausweichend erwiderte er: »Ich will noch vor der großen Hitz hinauf auf den Lahner.«

»So, so«, tat die Thekla verständnisvoll.

Bald darauf bedankte er sich bei der freundlichen Sennerin und verabschiedete sich von ihr besonders herzlich. Als er im hellen Morgensonnenschein über das Almfeld davonschritt, war in ihm nur ein einziger Gedanke: Heut muss sie es erfahren!

Das gestrige Gewitter hatte Landschaft und Luft gereinigt, alles erstrahlte in hellem, frischem Glanz. Der Himmel wölbte sich wie eine azurblaue Glocke über dem Kranz der Berge. Gräser und Blumen waren noch schwer von Nässe, auf allen Matten schimmerte ein sattes, glänzendes Grün.

»Guten Morgen, Schatzl!«, rief Thomas der Barbara zu, als er sie erspähte.

Sie war soeben dabei, im Brunnentrog etliche Wäschestücke zu spülen. Doch sofort ließ sie ihre Arbeit im Stich und lief dem Thomas entgegen. Mit einem glücklichen Auflachen stürzte sie sich in seine Arme.

Als sie Hand in Hand zur Hütte hinaufgingen, sagte das Mädchen mit freudig bewegter Stimme: »Schau nur, Thomas, ist die Welt nicht wieder wie neu geboren? Alles liegt so sauber und hell da, wie wenn's grad erschaffen worden wär.«

»Es ist nur, Schatzl, weil du überall das Schöne und Gute siehst«, entgegnete er ernst. Einschränkend fuhr er fort: »Aber es geht nicht überall so sauber zu auf der Welt, das kannst mir glauben.«

Seine Stimme hatte so ernst geklungen, dass ihr das Lachen vergangen war. Beinahe erschrocken wollte sie wissen: »Was hast denn? Warum bist denn so ernst? Freust dich denn gar nicht, dass wir …«

»Ich kann mich erst wieder freuen, wenn ich mit dir geredet hab, Schatzl, und dann ist es auch noch net g'wiss!«, stieß er rau hervor. Es war nackte, kalte Angst sie zu verlieren, die an seinem Herzen nagte.

Ehe sie noch etwas einwenden konnte, bat er: »Wart, bis wir in der Stube drin sind. Im Stehen redet es sich net so leicht.«

Zuerst herrschte lastendes Schweigen zwischen ihnen. Thomas suchte verzweifelt nach den richtigen Worten, während Barbara in angstvoller Spannung darauf wartete, dass er endlich beginnen würde.

Nach einem schmerzlichen Aufatmen stieß er gepresst hervor: »Was ich dir zu gestehen hab, muss dich bis ins Innerste erschrecken, Barbara. Es will mir fast nicht über die Lippen. Doch du musst es wissen, musst es von mir erfahren und nicht, dass ein anderer …«

Barbara konnte die Spannung nicht mehr länger ertragen. »So red doch schon!«, rief sie verzweifelt aus. Dabei waren ihre Augen flehentlich auf Thomas gerichtet.

Er nickte, dann begann er: »Ich bin der Waidacher Thomas! Derselbe, der deinen Bruder …«

»Nein!«, schrie sie unvermittelt auf. Ihr Gesicht war kreidebleich geworden. Entsetzt fasste sie sich an die Kehle.

Er sah, wie sie vor ihm zurückwich, wie ein Schauder sie schüttelte.

Mit gebrochener Stimme hielt er ihr vor: »Jetzt bist doch froh, dass ich gestern nicht länger geblieben bin. Ich weiß, es war unrecht von mir, dass ich es dir nicht gleich gesagt hab. Aber ich hab's einfach nicht über mich gebracht, denn ich …« Er konnte nicht mehr weitersprechen. Er musste sich räuspern und erhob sich. »B'hüt dich Gott, Barbara«, stieß er rau hervor. »Es hätt so schön sein können, wenn ich ein anderer und du eine andere gewesen wärest. Ich seh's ein, wenn's auch wehtut, der Graben zwischen uns ist zu tief; da springt man nicht drüber.«

Er wandte sich um und verließ mit schweren Schritten und hängenden Schultern die Stube.

Plötzlich erwachte Barbara aus ihrer Starrheit. Sie dachte nicht mehr daran, was er ihr gesagt hatte, sie wusste nur noch eines: Er wollte fort.

»Thomas!«, schrie sie verzweifelt und schon lief sie ihm nach. Mit einem bittenden »Thomas, geh nicht!« warf sie sich an seine Brust. Mit aller Gewalt klammerte sie sich an ihn.

»Weißt du auch, was du tust?«, fragte er sie.

»Ja, ich weiß, dass ich dich lieb hab! Was gewesen ist, ist vorbei. Du hast gebüßt. Außerdem war es ein Unglücksfall und deswegen bist du nicht schlechter als ein anderer«, stieß sie gepresst aber sehr sicher hervor.

»Dein Vater ...«, versuchte er einzuwenden.

Aber sofort fiel sie ihm heftig ins Wort: »Mein Vater hat sich noch nie richtig um mich gekümmert. Allweil hat er nur Augen für den Hans gehabt. Drum lass ich mir jetzt auch nix mehr von ihm dreinreden.«

Überrascht von ihrer Willenskraft und ihrer Selbstsicherheit, die er nie in diesem stillen, bescheidenen Mädchen vermutet hätte, erwiderte er: »Leicht wird's nicht sein.«

»Mein bisheriges Leben war auch net grad leicht«, entgegnete sie mit Bestimmtheit.

Als er sie küsste, erwiderte sie seinen Kuss mit unvermuteter Leidenschaft.

Obgleich die Thekla ansonsten mit der Nanni – das war die Hausmagd ihres Dienstherrn – nicht auf besonders vertrautem Fuß stand, passte es ihr heute doch ganz ausgezeichnet, dass ausgerechnet sie zum Abtragen auf die Hinteralm kam.

Schnaufend und schwitzend, mit glühend rotem Gesicht, betrat die Nanni, eine etwa dreißigjährige Frau, die Hütte. Als schön oder wenigstens anziehend konnte man die Nanni wahrhaftig und beim besten Willen nicht bezeichnen. Brandrotes Haar, das sie in zwei dünnen Zöpfen um den Kopf geschlungen hatte, und ein kugelrundes Gesicht, übersät mit unzähligen Sommersprossen, hatten ihr die Burschen ganz von selbst vom Leib gehalten, obgleich sie sich viel auf ihren »Anstand« einbildete.

Mit einem Ächzen nahm sie sich die hohe, geflochtene Kraxe von den breiten, derben Schultern und stöhnte: »Jessas, ist das eine Bruthitz. Da werd ich mit dem Abtragen bis zum Abend warten müssen, sonst rinnt mir die Butter als Schmalzbrüh den Buckel hinunter.«

Nun holte die Thekla aus der Kraxe, was ihr die Bäuerin heraufgeschickt hatte: Eier, Brot, Zucker, ein Päckchen Kaffee und ein Stück Fleisch, das in einen essiggetränkten Leinenlappen gewickelt war.

Mit einem neiderfüllten Blick auf das Stück Schweinernes bemerkte die Nanni spitz: »So verwöhnt werden wir drunt net.«

»Die Bäuerin weiß halt, was sie an mir hat«, erwiderte die Thekla herausfordernd, wobei sie recht selbstgefällig schmunzelte.

»Ich hätt ja auch gern einmal einen oder zwei Sommer gesennt«, meinte die Nanni. »Aber so ganz allein da heroben, das wär mir doch zu gefährlich.«

»Ah naa«, widersprach die Thekla mit ernstem Gesicht. »Du bräuchtest keine Angst haben. Die Burschen täten schon einen weiten Bogen um deine Hütte schlagen und die Gamsböck' wollen dir nix.«

Das war der Nanni nun aber doch zu viel. Beleidigt starrte sie aus dem Fenster.

Einlenkend kam es nun von der Thekla: »Musst net gleich eingeschnappt sein, Nanni. Einen Spaß wirst doch vertragen?«

»Wenn ein Madl anständig ist, nachher heißt's immer gleich ...«

»Lass gut sein, Nanni«, fiel ihr die Thekla beschwichtigend ins Wort. Plötzlich nahm ihre Stimme einen vertraulichen Ton an, als sie fortfuhr: »Du, droben auf der Brünndlalm tut sich allerhand.«

Sofort war Nannis Kummer vergessen. Neugierig riss sie Mund und Augen auf und hastig stieß sie hervor: »Was weißt denn?«

»Du wirst es ja wissen, wie mich die Resi gefuchst hat, wo sie nur können hat, und der Krutzenbichler, der Bazi, hat sie noch unterstützt. Aber jetzt lass ich ihm was zukommen, was ihm für eine Zeit lang die Lust nimmt unschuldige Nachbarn zu ärgern. Hüpfen wird er bis zum Hausdach hinauf, aber net vor Freud! Ich ...«

»Herrgott«, drängte die Nanni ungeduldig, »was weißt denn?«

Doch nun, da Thekla wieder einmal Gelegenheit hatte sich auszuschwatzen, wollte sie dieses Vergnügen auch ganz auskosten.

Umständlich berichtete sei: »Also, gestern war ein arges Hagelwetter, gedonnert und geblitzt hat's, dass man gemeint hat, die Welt geht unter.« Nun setzte sie sich erst einmal gemütlich zurecht, faltete ihre Hände im Schoß und fuhr genüsslich fort: »Endlich, es mag schon so auf zehne zugegangen sein, war's vorbei. Draußen war sternscheiniger Himmel. No, denk ich mir, jetzt musst doch schauen, ob droben bei der Barbara alles in Ordnung ist. Sie ist ja ein ganz handsames Dirndl, beileib net so eine Raffel, so eine ungute, wie die Resi. Also ich geh extra den ganzen weiten Weg auf die Brünndlalm 'nauf, weil ich mir denkt hab, schaust nach. Aber was glaubst?«

Hier machte sie ein unheilschwangeres Gesicht und wartete so lange, bis es die Nanni vor Neugier und Spannung fast zeriss.

»So red schon weiter!«

»Ich schau hinein beim Fenster, und wen meinst, dass ich drin hocken seh? Arm in Arm mit der Barbara? Nein, das errätst nie! Da wett ich doch gleich meinen Kopf. Wenn das der Krutzenbichler erfährt, nachher zerspringt er vor Wut. Und ich hoff, du sorgst dafür, dass er's zu wissen kriegt! Aber dass ich weiter erzähl: Drin hockt der Waidacher Thomas und schmust mit der Barbara!«

Sie verstummte und wartete mit angehaltenem Atem auf Nannis Protestgeschrei.

Doch die Nanni, die weder das Pulver erfunden noch die Weisheit mit Löffeln gefressen hatte, verstand im ersten Moment nur so viel, dass drüben auf der Brünndlalm etwas Sündhaftes im Gange war.

Ehe sie noch geschaltet hatte und richtig begriff, ereiferte sich die Thekla bereits: »Ausgerechnet der Waidacher! Zuerst bringt er den Hans fast um und nachher schmust er mit seiner Schwester umeinand.«

Plötzlich stieß die Nanni einen spitzen, hysterischen Schreckensschrei aus. Nun erst war bei ihr das Zehnerl gefallen. Voller Empörung schlug sie die Hände über dem Kopf zusammen.

»Jessas, nein, nein, nein!«, tat sie entsetzt. »Hat da der Mensch noch Worte!« Und mit einem Mal entwickelte sie eine fieberhafte Eile. Hastig stieß sie hervor: »Schnell, Thekla, pack mir die Kraxe zusammen!«

»Nein, das geht net, bei der Hitz!«, widersprach die Thekla. »Waidacher hin, Barbara her, die Bäuerin tät uns was Schönes erzählen, wennst ihr statt meinen Butterwecken nur noch eine schmalzige Kraxe heimbringst. Bis zum späten Nachmittag musst schon warten, da hilft alles nix.«

Zu ihrem großen Leidwesen musste die Nanni der Sennerin Recht geben, obgleich sie das Gefühl hatte, Ameisen hätten sich unter ihrem Hinterteil niedergelassen. So eine Neuigkeit würde allerdings auch noch am Abend die gebührende Beachtung finden, da konnte sie ganz beruhigt sein.

»Was meinst, was er tut, der Krutzenbichler?«, fragte sie unter wohligem Erschauern.

Die Thekla zog ihren Kopf zwischen die Schultern. Dabei spitzte sie ihre Lippen, sodass ihr faltiger Mund nun einem Wurstzipfel zum Verwechseln ähnlich sah. Ihr unheilvolles Schweigen war beredter, als Worte es hätten sein können. Die Nanni schwankte zwischen Mord und Totschlag; aber dass der Krutzenbichler sich die Gelbsucht an den Hals ärgern würde, das war einmal gewiss. Und mehr wollten sie ja eigentlich auch nicht.

Mit aufgestützten Armen lehnte die Marlies in der Fensternische und starrte hinaus in den dämmernden Abend.

Sehnsüchtig wartete sie darauf, dass es endlich ganz

finster sein würde. Heute brauchte sie nicht erst eine Ausrede für ihr Fortgehen zu erfinden, denn ihr Mann war auf einem Viehmarkt und würde erst morgen wieder zurückkommen. Sie hatte also eine ganze lange Nacht für sich allein.

»Was hat denn die spinnerte Amsel«, wunderte sie sich, als sie die Nanni schon zum zweiten Mal am Zaun entlangmarschieren sah. »Sie tut ja gerade, als wenn wir ihr etwas schuldig geblieben wären«, giftete die Marlies.

Als nun die rothaarige Nanni auch noch ein drittes Mal daherkam und gar so auffällig zum Haus schaute, verließ die junge Krutzenbichlerin ihren Fensterplatz.

»Der werd ich's sagen!«, keifte sie vor sich hin. »Bei uns gibt's nix zum Gaffen!« Voller Zorn schoss sie aus dem Haus und durch den Garten. »Was suchst denn du da?«, bellte sie die Nanni scharf an.

»Eigentlich nix, Krutzenbichlerin«, erwiderte die Nanni, wobei ein wissendes Lächeln um ihren verkniffenen Mund spielte. Sie war sich ihrer Wichtigkeit voll bewusst, fasste sich deshalb ein Herz und setzte gewichtig hinzu: »Aber zum reden hätt ich schon was mit dir.«

»Ich wüsst nicht, was ich mit der Hausmagd vom Franzen-Bauern zu diskurrieren hätt«, fuhr die Marlies ihr scharf über den Mund. Eigentlich hätte sie ja nun wieder ins Haus gehen können, aber es war etwas im Gesicht der Magd, das ihre Neugier weckte. Deshalb trat sie näher und fragte: »Was willst?«

Endlich hatte auch die Nanni einmal Gelegenheit, mit der stolzen Krutzenbichlerin zu ratschen. Mit plumper Vertraulichkeit begann sie: »Ich war heut droben auf der Hinteralm und da hat mir die Thekla, unsere Sennerin, was gestochen.« Hier schwieg sie viel sagend.

Unbeherrscht kam es von der Marlies: »Also, zum Rätselraten stell ich mich nicht her zu dir. Was kümmert mich eure Sennerin?«

»Die unsrige vielleicht nix, aber die andere«, wandte die Nanni gedehnt ein.

»Was meine Schwägerin tut, ist mir auch einerlei!«, entgegnete sie hart. Langsam verlor sie die Geduld.

Mit einem hinterhältigen Grinsen im sommersprossigen Gesicht warf die Nanni ihr hin: »Wär aber gescheiter, du würdest dich kümmern. Dem Bauern jedenfalls tät's net passen, was da droben heimlich gespielt wird. Und mir scheint, dem jungen Krutzenbichler auch net.« Sie genoss es sichtlich, die Überlegene zu sein.

»Was wird gespielt?«, fragte die Marlies scharf.

»Also ganz im Vertrauen, Krutzenbichlerin, mich geht's nix an, aber ein Unrecht ist es doch«, tat nun die Magd unterwürfig-einschmeichelnd. »Man tät ja nix sagen, wenn's ein anderer wär. Schließlich ist die Barbara ein junges Madl. Aber ausgerechnet der …«

Plötzlich schwante der Marlies nichts Gutes. Sie wurde unsicher und sichtlich nervös. Gepresst stieß sie hervor: »Von wem redest denn?«

»Von wem schon? Von dem, der deinen Mann gestochen hat, dass er dagelegen ist auf Leben und Tod, dass man tagelang net gewusst hat, kann er leben oder sterben.«

Es war der Marlies, als wäre alles ein böser Traum. Sie war unfähig den plappernden Worten der Magd weiter zu folgen. In ihr brannte nur ein Gedanke: der Thomas und die Barbara! Mit steinernem Gesicht und hängenden Armen stand sie da, unfähig etwas zu erwidern oder fortzugehen.

»Ich hätt ja nix gesagt, wenn's grad ein anderer gewesen wär«, schwatzte die Nanni drauflos. »Aber das geht halt denn doch zu weit. Und der Krutzenbichler wird's …«

»Wer sagt denn, dass das überhaupt stimmt?«, schrie die Marlies sie unvermittelt an.

»Weil die Thekla die beiden gestern selber erwischt hat«, berichtete die Nanni. »Und es war net das erste Mal, dass er droben gewesen ist bei der Barbara.«

Marlies wusste, dass die Magd die Wahrheit gesprochen hatte. Ohne sich weiter um die Nanni zu kümmern ließ sie sie einfach stehen und schleppte sich mit schweren, müden Schritten ins Haus. Es dauerte nur einige Minuten, dann wich ihre Apathie einer heiß lodernden Wut. Sie wurde von einem unbändigen Zorn geschüttelt.

In maßloser Erregung stieß sie hervor: »Dieser Schuft! Der Lump, der niederträchtige! Das soll er mir büßen! Dem werd ich's heimzahlen, dass er sich so ein blutjunges Ding zulegt! Und das Krisperl, das zaundürre, wird sich auch wundern! Schaut, als wenn sie nicht bis zehn zählen könnt, und derweil hat sie's faustdick hinter den Ohrwascheln. Mit mir können sie das nicht machen!«

Schwer atmend ließ sie sich auf einen Stuhl fallen. Nun begannen ihre Gedanken fieberhaft zu arbeiten, sie brütete einen Racheplan aus.

Ihr Stolz und ihre Selbstsucht waren es, die nicht zulassen wollten, dass der Thomas eine andere ihr vorgezogen hatte. Natürlich suchte sie die Schuld bei der Barbara, diesem scheinheiligen Geschöpf. Aber ihr Vater würde ihr schon zeigen, wo der Bartel den Most holt! Dafür wollte sie sorgen. Sie würde es dem alten Krutzenbichler so eintränken, dass er seine Tochter in der Luft zerriss.

Der Krutzenbichler saß allein in der großen Bauernstube und las in der Zeitung.

Als seine Schwiegertochter die Stube betrat, sah er erstaunt auf. Es war ungewöhnlich, dass die Marlies seine Gesellschaft suchte. Und wenn er ehrlich war, dann musste er zugeben, dass ihm das auch lieber war, denn er verstand sich nicht so besonders gut mit seiner Schwiegertochter; sie war ihm zu herrisch. Doch er war es zufrieden, wenn nur sein Bub glücklich war. Er hätte es zwar lieber gesehen, wenn der Hans ihr gegenüber nicht gar so nachgiebig gewesen wäre, aber einmischen wollte er sich nicht.

»Ist es dir ohne den Hans doch zu langweilig geworden?«, fragte er die Marlies und faltete seine Zeitung zusammen.

»Nein, das ist es nicht«, kam es hart von der Marlies.

Na, das hätte mich auch gewundert, dachte er resignierend.

»Ich hab zu reden mit dir, Vater«, fuhr die Marlies fort und blieb vor ihm stehen. »Es wird dich nicht direkt freuen, aber ich kann's dir auch nicht ersparen. Grad erzählt mir dir Nanni vom Franzen-Bauern, dass sie mit Bestimmtheit wüsst, dass es die Barbara mit dem Waidacher Thomas hält.«

Schon wollte er aufbrausen, doch plötzlich schien er es sich anders überlegt zu haben. Müde winkte er ab und stieß dabei abfällig hervor: »Geratsch, saudummes!«

Mitleidlos hielt sie ihm entgegen: »Irrtum, Vater! Gestern in der Nacht hat die Thekla die zwei erwischt, droben auf der Brünndlalm.«

Aufmerksam, so, als sähe er seine Schwiegertochter zum ersten Mal, musterte der Krutzenbichler die Marlies. Endlich stieß er hart hervor, wobei ein drohender Unterton in seiner Stimme mitschwang: »Wenn du das erfunden hast, nachher …«

»Mir ist es grad so zuwider wie dir, Vater«, wandte sie begütigend ein. Jammernd setzte sie hinzu: »Nach allem, was er schon angerichtet hat, jetzt auch noch das!«

Es war noch immer nicht recht ersichtlich, ob er ihr glaubte oder nicht. Jedenfalls ließ er sich nicht viel anmerken. Nur sein Gesicht war steinern geworden und die Wangenmuskeln zuckten.

Diese scheinbare Ungerührtheit ihres Schwiegervaters zerrte fast schmerzlich an ihren Nerven. Schon wollte sie ihm erneute Vorhaltungen machen, als er knapp hervorstieß: »Die Barbara kommt herunter, nachher hat das unsinnige Gerede gleich ein End!«

»Das ist nicht nur Gerede«, versuchte die Marlies einzuwenden. Seine steinerne Ruhe machte sie unsicher. »Wen willst denn nachher hinaufschicken auf die Brünndlalm?«, fragte sie unsinnigerweise, als ob das das Wichtigste wäre.

»Es wird sich wer finden. Und wenn ich das Vieh runterholen müsst, das ist mir egal. Doch ich setz meine Tochter nicht so einem boshaften Geratsch aus! Ausgerechnet so ein entlassener Zuchthäusler …«, brummte der Krutzenbichler.

Marlies glaubte ihren Augen nicht zu trauen, denn nun nahm er erneut die Zeitung zur Hand, faltete sie umständlich auseinander und begann doch tatsächlich wieder zu lesen.

Hier gab es für sie nichts mehr zu tun. Es blieb ihr nichts anderes übrig als den Rückzug anzutreten. Dabei war ihr so zumute, dass sie am liebsten Gift und Galle gespuckt hätte.

Draußen im dunklen Hausflur zischte sie erbittert: »Da sieht man's wieder einmal: Sie halten zusammen wie Pech und Schwefel. Ich werd wohl allweil eine Außenstehende bleiben.«

Dass sie selbst sich stets wie eine Außenstehende benahm, dass sie bei jeder Gelegenheit gegen die Familie intrigierte, wollte sie nicht einsehen.

Die Marlies war schlau genug, einige Zeit verstreichen zu lassen, ehe sie sich auf den Weg machte.

Als sie sich aus dem Haus schlich, glaubte sie von niemandem gesehen worden zu sein.

Es war eine dunkle Neumondnacht. Der tiefschwarze Himmel war von unzähligen Sternen übersät, doch dieses schwache Goldgeflimmer dort droben reichte nicht aus um hier unten etwas zu erkennen. Man konnte kaum die Hand vor den Augen sehen.

Ein betäubend herber Geruch nach frisch gemähtem Gras lag in der Luft; die Nacht war erfüllt vom Zirpen der Grillen.

Die junge Krutzenbichlerin schritt rasch aus. Sie schaute weder nach links noch nach rechts, denn in dieser Finsternis würde sie ohnehin keiner erkennen. In ihrem Herzen brannten Eifersucht und Zorn. Sie zwang sich jedoch einen klaren Kopf zu behalten. Schließlich wollte sie nicht noch mehr zerstören. Sie wollte den Thomas wieder für sich allein haben und gedachte überlegt vorzugehen.

Wie erwartet, waren alle Fenster außer den großen Atelierfenstern in Thomas' Werkstatt dunkel. »Daheim ist er!«, stieß sie erleichtert hervor.

Nun betrat sie den Garten und schritt ohne besondere Vorsicht den in der Dunkelheit hell schimmernden Kiesweg entlang. Vor dem großen Fenster blieb sie stehen.

Thomas saß vor einer Arbeit, doch seine Hände waren untätig. Mit lächelndem Gesicht starrte er vor sich hin, so, als ob er sich an etwas Schönes erinnerte.

Es war dieses Lächeln, das sie erneut in Rage brachte. Sofort jedoch zwang sie sich Ruhe auf. Nur hielt sie es hier draußen nicht länger aus. Entschlossen klopfte sie an das Fenster.

Sie sah, wie er zusammenzuckte, wie sich sein Gesicht, eben noch lächelnd, unmutig verzog und abweisend wurde. Er schaute sie direkt an, aber sie wusste, er konnte sie nicht sehen, da er im Licht saß. Er rührte sich nicht, er blieb einfach sitzen.

Sie klopfte noch einmal; diesmal jedoch heftiger, gebieterisch Einlass verlangend.

Endlich schien er sich bemüßigt zu fühlen ihr zu öffnen. Rasch verließ sie das Fenster und rannte zur Haustür.

Vorsichtig, um seine Mutter nicht zu wecken, schloss Thomas auf. Er öffnete die Tür nur einen Spalt weit und behielt die Klinke in der Hand. Heute würde sie ihm nicht mehr ins Haus hereinkommen, obgleich er sicher war, dass sie ihm nun nicht mehr gefährlich werden konnte. Als er sie stehen sah, empfand er nur Widerwillen.

»Warum machst denn nicht auf?«, fuhr sie ihn ziemlich laut an und versuchte die Tür weiter aufzuziehen.

»Herrgott, Marlies, wie oft soll ich dir denn noch sagen, dass du daheim bleiben sollst?«, entgegnete er abweisend. »Ich hab genug, ein für alle Mal!«

Schon wollte sie aufbrausen, doch es gelang ihr, einen flehenden Ton anzuschlagen, als sie einwandte: »Thomas, lass mich hinein! Nur noch die eine Nacht! Der Hans ist nicht daheim und wir …«

»Lass mich zufrieden, Marlies!«, fiel er ihr hart ins Wort. »Du gehörst zu deinem Mann! Geh heim!«

»So, heimschicken tust mich?«, fauchte sie nun außer sich vor Zorn. »Meinst, ich weiß nicht, dass du eine Jüngere hast? Ich …«

»Sei still!«, warnte er. »Das geht dich nix an.«

»Und ob mich das was angeht!«, schrie sie unbeherrscht. Plötzlich war es ihr egal, ob die Waidacherin erwachte und mithörte oder nicht. Sie wollte Genugtuung. »Es pfeifen ja schon die Spatzen vom Dach, dass du nächtelang in der Brünndlalm droben bist!«

»Das ist net wahr! Das ist eine gemeine Lüge!«, widersprach er heftig und ebenfalls sehr erregt. »Nicht eine einzige Nacht war ich dort!«

»Mir machst nichts weis! Ein gemeiner Schuft bist du, der …«

Grob unterbrach er sie nun: »Ich hör mir dein Gezeter nimmer länger an. Ich …«

»Das bist du mir schuldig«, kreischte sie.

»Schuldig bin ich dir gar nix!«, wandte er laut ein. »Du hast schon grad genug Unheil angerichtet, und wenn ich's mir genau überleg, dann tut mir dein Mann Leid. Was bist du denn für ein Weib!«

Plötzlich wurde droben im ersten Stock ein Fenster geöffnet und die alte Waidacherin rief erschrocken herunter: »Was ist denn da los, Thomas?«

»Das werdet ihr noch bereuen, alle miteinander!«, zischte die Marlies, raffte ihr Umhängtuch fester um die Schultern und ging davon. Vor Wut und Enttäuschung wäre sie am liebsten geplatzt. Mit einem lauten Krachen schmetterte sie das Gartentürchen hinter sich zu. Nun war ihr ohnehin schon alles einerlei.

Sei war so völlig außer sich vor Zorn, dass sie gar nicht

merkte, wie eine große, massige Gestalt aus dem Schatten des Fliederbuschs, der nahe am Haus stand, hervortrat und ihr in langen Sätzen folgte.

Plötzlich wurde Marlies am Arm gepackt und herumgerissen. Vor Schreck schien ihr das Blut in den Adern zu gefrieren. Sie brachte keinen Laut über die Lippen. Aus angstgeweiteten Augen schaute sie zu ihrem Schwiegervater auf.

»So, du schamloses Weib!«, stieß er mit sich überschlagender Stimme hervor. »Jetzt hab ich dich doch erwischt!«

Mit einem Ruck wollte sie ihren Arm, den er so fest umklammerte, dass es ihr wehtat, befreien, doch es gelang ihr nicht.

»Dageblieben wird!«, herrschte der Krutzenbichler sie an. »Allweil ist mir schon was verdächtig vorgekommen. Aber mein Bub scheint ja keine Augen im Kopf zu haben! Du bist das niederträchtigste Weib, das mir je untergekommen ist! Hintergehen tust du meinen Hans, du Luder, du falsches! Aber gelt, net einmal dieser Haderlump will dich noch! Und deswegen hast du die Geschicht erfunden und mir solche Märchen aufgetischt!«

»Das ist kein Märchen«, widersprach sie kleinlaut.

»Lüg nicht!«, schrie er sie an. »Eingeschlichen hast dich bei uns und jetzt willst deinen liederlichen Lebenswandel fortführen! Weißt, was man sollte? Davonjagen sollte man dich! Mit Schimpf und Schand gehörst du aus meinem ehrlichen Hof gejagt!«

»Nein, ich bitt dich, Vater«, flehte sie verzweifelt.

»Ach so«, höhnte er. »Jetzt auf einmal kannst du auch bitten! Das ist mir neu. Bisher hab ich dich nur allweil anschaffen und fordern gehört.« Drohend fuhr er fort, sie immer noch festhaltend: »Aber jetzt hast ausgespielt!«

In höchster Angst bat sie: »Sag dem Hans nix!«

Es war gut, dass es so finster war, denn sonst hätte sie die Verachtung in seinem Gesicht gesehen, mit der er sie ansah. Angewidert stieß er hervor: »Wenn ich dem Hans wirklich nix davon erzähl, dann geschieht das gewiss nicht deinetwegen. Aber er hat's nicht verdient, dass ihm so übel mitgespielt wird. Zuerst hat er dich aus dem Dreck gezogen …« In maßloser Empörung schleuderte er ihr entgegen: »Und dahin sollt man dich wieder zurückwerfen!«

»Nein, ich bitt dich, lass mich bleiben«, jammerte sie verzweifelt. »Ich versprech dir bei allem, was mir heilig ist, ich tu's nimmer!«

»Es tät dir auch schwer fallen, denn ab jetzt hab ich ein Aug auf dich, das merkst dir! Und ich seh dich nicht mit den verliebten Augen meines Buben; ich seh dich so, wie du bist. Und sieh dich vor, Marlies! Von jetzt ab hör ich von dir kein ungutes Wort mehr. Du führst dich unter meinem Dach so auf, wie's dir zukommt! Hast mich? Du arbeitest genauso wie die anderen, nachher werden dir deine Flausen schon vergehen. Und wenn ich auch nur ein einziges Wort noch hör, das du meinem Buben gibst, das ihm nicht passt, nachher kannst dich auf was gefasst machen! Dass ich Ernst mach mit dem Davonjagen, das kannst mir glauben. Lieber der erste Verdruss als der letzte. Und vergiss nicht: Wir sind die Krutzenbichlerischen; du bist und bleibst immer das Heitauer-Dirndl, die angenommene Tochter vom versoffenen Dorfschuster! Und jetzt schaust, dass du hinkommst, wo du hingehörst!« Damit schleuderte er sie angewidert von sich.

Marlies raffte sich auf und begann zu laufen, was ihre Beine hergaben. Nun dachte sie nicht mehr an den Thomas und an die für immer verlorenen Liebesstunden, sondern nur noch daran, wie sie ihr warmes Nest behalten konnte. Wie töricht war sie doch gewesen, ihr schönes Leben, um das sie von vielen beneidet wurde, für ein bisschen Abwechslung aufzugeben.

»Herrgott«, stöhnte sie, »wenn nur der Hans nix erfährt. Nie, nie wieder lass ich mich auf so was ein!«

Völlig aufgelöst, mit wirr herunterhängenden Haaren, erreichte sie den Krutzenbichlerhof. Wie gehetzt rannte sie in ihre Schlafkammer. Dort fiel sie aufschluchzend auf ihr Bett.

Dann lauschte sie voll ängstlicher Spannung, bis ihr Schwiegervater heimkam. Sie fürchtete, er wolle sie nochmals ins Gebet nehmen. Doch sie hörte, wie er die Haustür versperrte. Für sie bedeutete dieses Knirschen des Schlüssels im Schloss etwas Endgültiges. Dann ging er ebenfalls zu Bett.

Nun begann sie schmerzlich zu weinen, denn jetzt erst wurde ihr bewusst, was sie so leichtfertig aufs Spiel gesetzt hatte. Von heute an war nicht mehr sie es, die das Sagen hatte. Sie würde gehorchen und arbeiten müssen.

In dieser Nacht fand der Krutzenbichler keinen Schlaf. Zu viele sorgenvolle Gedanken stürmten auf ihn ein.

Da war einmal seine Schwiegertochter, die seinen Sohn schamlos betrog und hinterging. Dann dieses Gerede wegen seiner Tochter, die sich angeblich mit dem verhasstesten Menschen, den es für ihn gab, eingelassen hatte. War daran etwas Wahres oder entsprang es nur dem eifersüchtigen Gehirn der Marlies?

Zuerst hatte er sich vorgenommen morgen zur Thekla auf die Hinteralm hinaufzugehen und sie direkt danach zu fragen. Aber je länger er darüber nachdachte, umso unsinniger erschien ihm dieser Gedanke, sodass er ihn schließlich ganz verwarf. Wie würde er denn dastehen, er, der Krutzenbichler, vor einer Sennerin?

Doch bis zum Morgen hatte er einen Entschluss gefasst.

Schon in aller Herrgottsfrühe hatte der Krutzenbichler mit der Hauserin, der Rosl, eine Aussprache.

Er glaubte diese Unterredung recht geschickt eingefädelt zu haben, doch die Rosl durchschaute ihn und wusste sehr bald, worum es sich handelte. Sie war jedoch dem Krutzenbichlerhof treu ergeben und machte keine weiteren Einwände.

Ihre einzige Sorge war: »Wer versorgt denn dann das Haus? Die Bäuerin rührt ja kaum was an.«

»Das lass nur meine Sorge sein«, kam es hart vom Krutzenbichler. »Von heut an wird sie ihre weißen Fingerl schon rühren müssen! Außerdem ist ja dann die Barbara wieder daheim.«

Und so kam es, dass die Rosl zusammen mit dem Bauern schon am frühen Morgen den Krutzenbichlerhof verließ und mit ihm bergwärts stieg.

Die Rosl war nicht mehr die Jüngste, außerdem das Steigen nicht mehr gewohnt und so wurde es fast Mittag, bis sie die Brünndlalm erreichten.

Als Barbara ihren Vater mit der alten Rosl erblickte, glaubte sie ihren Augen nicht zu trauen. Voller Freude rannte sie den beiden entgegen. Ohne auf die besorgten Gesichter der beiden zu achten stieß sie freudestrahlend hervor: »Schön, Rosl, dass du mich auch einmal besuchst.«

Hart fiel ihr der Krutzenbichler ins Wort: »Sie besucht dich nicht, sie löst dich ab!«

»Was soll denn das bedeuten?«, wollte die Barbara verdutzt wissen. Sie sah die Rosl fragend an, aber deren verlegenes Gesicht drückte deutlicher, als Worte es vermocht hätten, aus, was die Uhr geschlagen hatte. Sie hatten es also erfahren …

»Pack deine Sachen zusammen!«, forderte ihr Vater sie barsch auf. »Und dann machen wir, dass wir weiterkommen!«

Plötzlich fasste Barbara sich ein Herz und sagte aufbegehrend: »Eigentlich möcht ich schon ganz gern wissen, warum ich hier weg soll?«

»Sei nur froh, dass *ich* nichts wissen will!«, fuhr der Krutzenbichler ihr grob dagegen. »Aber mir ist es ohnehin lieber, ich weiß nicht so viel. Doch jetzt ist es Schluss, du kommst heim!«

Seine Worte hatten dermaßen drohend und ungemütlich geklungen, dass Barbara keinen weiteren Einwand wagte, denn in seinen Augen glitzerte es gefährlich.

Schweren Herzens suchte sie ihre wenigen Habseligkeiten zusammen, packte sie in eine Kraxe und dann verabschiedete sie sich von der Rosl, derweil ihr Vater schon ungeduldig vor der Tür draußen wartete.

Nun, da sie vom Bauern nicht gehört werden konnte, hielt ihr die Rosl sorgenvoll vor: »Aber Madl, wie hast denn grad so was tun können? Ausgerechnet der …«

»Lass gut sein, Rosl«, fiel Barbara ihr begütigend ins Wort. »Und wenn sich die ganze Welt zwischen uns stellt, ich lass nimmer vom Thomas!«

»Jessas, Maria und Josef!«, jammerte die alte Magd besorgt. »Madl, das gibt ein Unglück! Du kennst deinen Vater.«

»Was ist jetzt?«, ließ sich der Krutzenbichler scharf mahnend vernehmen. »Lang wart ich nimmer!«

Rasch verließ die Barbara die Almhütte, in der sie zum ersten Mal in ihrem Leben – wenn auch nur für wenige Stunden – richtig glücklich gewesen war, und folgte ihrem Vater talwärts.

Mit dem Bus war Thomas unterwegs in die nahe Kleinstadt. Dort wollte er seinen Holzbedarf ergänzen.

Als er auf dem Marktplatz ausstieg, sah er sich inmitten eines dichten Menschengewühls. Überall standen Buden, viele Schausteller und Händler hatten sich eingefunden. Hier wurde das alljährliche Volksfest abgehalten.

Thomas bahnte sich rasch einen Weg durch die Menge; der Trubel hier interessierte ihn nicht.

»Hallo, Herr Kienstler!«, rief ihm eine bekannte Stimme nach.

Suchend blickte Thomas sich um. Da entdeckte er den Zigeunermichl. Winkend und heftig gestikulierend, in seiner altgewohnten, malerisch bunten Tracht, stand er in seiner Bude.

Sofort machte Thomas kehrt und nach wenigen Augenblicken begrüßte er den Michl mit freudig bewegtem Gesicht wie einen guten alten Bekannten.

Nun kam auch Michls Frau, klein und schmal wie eh

und je, hinter einem bunten Vorhang heraus. Auch sie schien sich über dieses unverhoffte Wiedersehen zu freuen.

Mit leiser Wehmut in der Stimme sagte Thomas: »Gelt, Michl, lang haben wir uns nimmer gesehen.«

Bestätigend nickte der Zigeunermichl, dann erklärte er: »Ich war schon drittes Jahr nicht mehr in dein Dorf. Sarah und ich, wir haben genug von Hass von Leute in kleinem Bauerndorf. Hier sind die Menschen etwas freundlicher zu unsereins.« Plötzlich lachte er wieder, sodass seine vielen Goldzähne blitzten, und fragte: »No, was is, Herr Kienstler? Hab ich wieder scheene Sachen fir dich.«

Schmunzelnd wehrte Thomas ab. »Nein, Michl, ich dank. Das letzte Mal hat mir deine Kette kein Glück gebracht.«

Offenbar missverstand ihn der Händler, denn er wunderte sich: »No, hat Freilein Braut nicht genommen scheene Kette?«

Bitter stieß Thomas hervor: »Mich net und die Kette auch net!«

Bedauernd kam es vom Zigeunermichl: »Und warum nicht? Nix mehr scheenes Freilein Braut?«

»Nein, Michl, sie hat längst einen anderen geheiratet, was aber für mich kein großes Unglück bedeutet.«

Erstaunt riss der Michl seine schwarzen Augen auf. Sicher war er der Meinung, dem Thomas etwas Tröstliches sagen zu müssen, denn er bedauerte: »No, wie schad! Seids gewesen so ein scheenes Paarl!« Zu seiner Frau gewandt setzte er hinzu: »Hast du gehert, Sarah?«

Aber seine Frau war soeben damit beschäftigt, einem Kunden irgendwelchen Krimskrams vorzulegen.

Unvermittelt wieder ernst werdend erkundigte sich der Michl begierig: »No, hat er bekommen eine tüchtige Straf?«

»Wegen der Rauferei?«, fragte der Thomas leicht irritiert. »Ja, die hab ich gekriegt.«

Nun aber war es der Zigeunermichl, der irritiert war. Verdutzt wollte er wissen: »Warum du? Ich hab gemeint den anderen.«

»Wen denn noch?«, kam es leichthin von Thomas.

»No, halt den Burschen mit dem Messer«, wandte der Michl kopfschüttelnd ein.

Plötzlich wurde Thomas aufmerksam. Eindringlich forschte er: »Von welchem Burschen redest denn überhaupt?«

»No, von demselbigen, wo mich hat beschimpft bei Fest und in Gasthaus. Er hat kaufen wollen Uhr von mir, aber nix bezahlen.«

Nun schien sich Thomas wieder zu erinnern. Natürlich, das war der Zauner Martl gewesen. Zuerst hatte er sich mit dem Michl an seinem Stand angelegt und nachher auch noch im Wirtshaus. Sich zur Ruhe zwingend fragte Thomas mit heiserer Stimme: »Und der, sagst, hat das Messer gehabt?« Dabei musste er sich am Ladentisch festklammern, sodass seine Fingerknöchel weiß unter der Haut hervortraten.

»No, freilich«, beteuerte der Michl mit Bestimmtheit. Er schien es gar nicht verstehen zu können, wieso das dem Thomas nicht bekannt war. »Er hat gezogen das Messer von dein Hosentasch und hat zugestochen. Vielleicht nicht mit Absicht, das ich will nicht behaupten. Ich und mein Sarah, wir haben genau gesehen, wie er ist gestürzt ieber andere Bursch und hat gesucht mit die Hand. Und dann er hat gefinden Messer an dein Bein, wo ist gewesen Tasche, und er hat herausgerissen und dann …« Hier hob er wie bedauernd beide Hände, so, als ob er sagen wollte: geschehen ist geschehen.

Thomas' Gesicht war kalkig geworden, seine Lippen waren nur noch ein einziger schmaler, weißer Strich, als er hervorstieß: »Sag das noch einmal, Michl!«

Verstört beteuerte der Zigeunermichl: »No, kann ich nix anderes sagen, als was wir haben gesehen mit eigene Augen!«

»Herrgott, Michl!«, stöhnte der Thomas gequält. »Weißt du denn nicht, dass ich dafür drei Jahre meines Lebens hergeschenkt hab?«

»Wieso?« Nun verstand der Michl überhaupt nichts mehr.

»Ich!« Thomas schlug sich an die Brust. »Ich hab gebüßt dafür, weil der Hans mein Messer im Buckel gehabt hat! Drei Jahr haben sie mich eingesperrt!«, rief er dem Michl anklagend entgegen.

»Das ist nicht möglich«, kam es ungläubig vom Zigeunermichl. »Warum hast du nicht gesagt, dass du nicht ...«

»Weil ich es selber nicht gewusst hab. Ich war doch völlig hinüber. Nachher hab ich mich an nichts mehr erinnern können.«

Plötzlich schlug der Michl seine Hände über dem Kopf zusammen und begann zu jammern: »Heilige Mutter! Santa Maria de la Mar! Das ist gewesen ein Justizirrtum!«

»Wie soll denn das Gericht was wissen, was nicht einmal ich selber gewusst hab?«, hielt ihm der Thomas vor. »Du, Michl, du hättest hergehen müssen und ...«

»Wenn ich das hätte gewusst«, beteuerte der Michl ernsthaft. »Aber wie ich hab gesehen, er zieht Messer, ich bin davon. Du musst nicht böse sein, aber wir Zigeuner immer an allem schuld. Und ist besser, wenn wir nix dabei, wenn was passiert. Du verstehst? Ich nie habe geglaubt, dass keiner sonst hat gesehen ...«

Hier brach er völlig verstört ab. Er schien sich die heftigsten Selbstvorwürfe zu machen, denn er murmelte etwas in anklagendem Ton in seiner unverständlichen Sprache. Plötzlich fasste er seine Frau am Arm und redete wie wild auf sie ein.

Sarahs Gesicht wurde bleich unter der dunklen Haut; ihre Augen blickten Thomas verschüchtert an. Immer wieder schüttelte sie ungläubig den Kopf.

Für Thomas war diese Neuigkeit so niederschmetternd und befreiend zugleich, dass er nicht mehr merkte, was um ihn her vorging. Er stand nur da und starrte vor sich hin.

»Herr Kienstler«, stieß ihn der Zigeunermichl unvermittelt an. »Wir müssen gehen gleich auf Polizei! Ich und meine Sarah müssen machen eine Aussage. Jetzt wir dürfen nicht mehr schweigen oder wegrennen. Man muss uns glauben!«

Thomas brachte noch immer kein Wort heraus; er konnte nur nicken.

Im Nu hatte der Michl seine Bude geschlossen, nahm seine Sarah an der Hand und zu dritt bahnten sie sich einen Weg durch die Menge.

Ausgerechnet aus dem Wirtshaus holten die beiden Polizeibeamten den Zauner Martl heraus.

Als sie ihm vorhielten, weswegen sie ihn festnahmen, brach er sofort zusammen. Seine einzige Entschuldigung war: »Warum hätt ich mich denn selber anklagen sollen, wenn dem Thomas eh schon alles bewiesen war?«

Mit angewiderten Gesichtern führten sie den Zauner Martl, der es fertig gebracht hatte, einen anderen drei Jahre büßen zu lassen für etwas, das er selber getan hatte, ab.

Im Dorf verbreitete sich diese Neuigkeit wie ein Lauffeuer. Es ging zu wie in einem aufgestöberten Bienenschwarm. Natürlich war es unausbleiblich, dass ein jeder oder doch fast ein jeder von vornherein gewusst hatte, dass der Waidacher Thomas unschuldig gewesen war. Man hatte es ja immer gesagt, so ein ruhiger, braver, anständiger Mensch war unfähig eine solche Untat auszuführen! Aber da hatte man es wieder! Es war nur die Schuld der unfähigen Gerichtsbarkeit! So ein Richter ist halt auch nur ein Mensch!

Viel hätte nicht gefehlt und man wäre mit einer Friedensfahne zum Waidacherhaus hinausgezogen. Aber ein kleines Quäntchen Scham war doch in einem jeden.

Während es im Dorf aufgeregt hin und her ging, saß Thomas daheim und grübelte dumpf vor sich in. Von einer besonders überschwänglichen Freude war an ihm nichts festzustellen. Immer wieder sagte er sich: Drei Jahre! Drei Jahre meines Lebens hergeschenkt für nichts und wieder nichts! Was wäre aus mir geworden, wenn die Wahrheit nicht doch noch ans Licht gekommen wäre?

Es sind die Leut, die Masse, die mit ihren Vorurteilen am Unglück so vieler mitschuldig sind. Man müsst es ihnen beibringen, vernünftig zu denken und nicht gleich zu verurteilen und zu verdammen. Selbst wenn einer schuldig geworden ist, was, wie ich jetzt weiß, schneller geht als einer denken kann, soll man ihm verzeihen. Man darf ihn nicht ausstoßen, das ist das Unmenschliche! Jetzt kann ich es verstehen, wenn einer dann erst zu einem wirklich gefährlichen Außenseiter wird. Dann geht er gegen einen jeden, gegen alle; schließlich haben ihn ja auch alle ausgestoßen und abgelehnt.

Die Waidacherin riss ihn aus seinen Grübeleien. Sanft legte sie ihre Hand auf seine Schulter und mahnte: »Musst jetzt nimmer daran denken, Bub. Denk vorwärts, nimmer zurück!«

Schwer aufatmend stieß er gequält hervor: »Es geht mir nicht aus dem Sinn, Mutter, was gewesen wär, wenn der Hans an dem Stich gestorben wär und es hätt noch die Todesstrafe gegeben.«

Nun sagte die Waidacherin etwas sehr Gescheites: »Wenn man's auch meistens net wahrhaben will, Bub, aber die Menschheit wird halt doch zusehends gescheiter.«

Was der Krutzenbichler nun tun musste, fiel ihm weiß Gott nicht leicht, aber er war nicht der Mensch, der sich davor drückte. Man mochte von ihm sagen, was man wollte, aber feig war er nicht.

Auch ihm brannte auf der Seele, was er dem Thomas in seinem Zorn und in seiner verblendeten Vaterliebe gewünscht hatte.

Nach einigem Überlegen, wobei sein Gewissen keine geringe Rolle gespielt hatte, betrat er die Küche.

»Lass die Arbeit liegen, Barbara«, sagte er mit ungewohnt sanfter Stimme. »Ich hab einen Weg zu machen, der mich wahrhaftig nicht leicht ankommt, denn wer gibt schon ein Unrecht gern zu? Ich mein aber, du gingst trotzdem gern mit?«

Mit einem lauten Jubelschrei stieß die Barbara aus: »Ja, Vater!« In aller Eile rannte sie aus der Küche und in ihre Kammer.

Als der Krutzenbichler mit seiner Tochter zum Waidacherhaus hinauswanderte, war man auf den Wiesen überall bei der Heuernte. Heiß brannte die Sonne vom Himmel; ein betörender Duft von getrockneten Blüten lag in der Luft.

Die Erntearbeiter drehten ihre Köpfe nach den beiden; scheu grüßten sie. Es wusste wohl jeder von ihnen, was der Krutzenbichler nun zu erledigen hatte. Und es gab keinen, der ihn darum beneidet hätte. Kaum war der Bauer an ihnen vorüber, als sie auch schon flüsternd und wispernd ihre Köpfe zusammensteckten.

Die alte Waidacherin stand über ihre Rosenstauden gebeugt. Sorgsam zupfte sie die verwelkten Blüten von den Stauden. Als sie das Gartentürchen zuschnappen hörte, richtete sie sich auf. Obgleich sie in den vergangenen drei Jahren viel mitgemacht hatte, trug sie nun nichts mehr nach. Sie war froh und erleichtert, dass alles vorüber war.

Gelassen begrüßte sie den Krutzenbichler. »Geh nur hinein, Bauer! Mein Bub ist in seiner Werkstatt.« Zur Barbara gewandt setzte sie freundlich lächelnd hinzu: »Ich glaub, Madl, du bleibst derweil ein bissel bei mir heraußen.«

Als der Krutzenbichler vor dem Thomas stand, war es gewiss das erste Mal in seinem Leben, dass er nicht wusste, was er sagen sollte. Verlegen drehte er seinen Hut in den Händen hin und her.

Thomas lag nichts an einer feierlichen Versöhnungsszene. Ruhig sagte er: »Ist schon recht, Krutzenbichler! Es langt schon, dass du gekommen bist. Das Reden macht auch nix mehr ungeschehen.«

Dankbar für diese Worte stieß der Krutzenbichler erleichtert hervor: »Thomas, wenn du es auch net vergessen kannst, was man dir angetan hat, so wirst uns doch verzeihen.«

Plötzlich glitt ein Lächeln über Thomas' Gesicht. Gedehnt wandte er ein: »Eine Entschädigung wär mir schon recht.«

Hastig stieß der Bauer hervor: »Verlang, was du willst! Es soll mich nix reuen. Wie viel …«

»Halt!«, fiel Thomas ihm schmunzelnd ins Wort. »Geld will ich keines! Aber ich möcht dich um die Hand von deiner Tochter bitten.«

Diese Bitte schien für den Krutzenbichler nicht überraschend zu kommen. Ohne langes Überlegen willigte er sofort ein: »Von Herzen gern, Thomas. Und dass du net noch länger warten musst, hab ich dir die Barbara gleich mitgebracht!« Er ging zur Tür, öffnete sie und rief laut: »Barbara!«

Thomas konnte ihn nur verdutzt ansehen. Er hatte ja keine Ahnung, dass das Mädchen nicht mehr droben auf der Brünndlalm war. Zu einer Frage kam er nicht mehr, denn soeben betrat Barbara die Werkstatt.

»Ich glaub, jetzt braucht ihr mich nimmer«, meinte der Krutzenbichler schmunzelnd und zog die Tür leise hinter sich zu.

Barbara stürzte in Thomas' Arme; Freudentränen liefen ihr über die Wangen.

Als er das Mädchen an sich gepresst hielt, wusste Thomas: Nun haben alle Irrungen eine Ende gefunden.

Verwirrende Gefühle

Wenn man das Gesicht und die Gestalt von Mathild, der Pfarrersköchin, mit einem Engel verglich, dann war damit nur deren Wohlgenährtheit gemeint, nämlich ihre barocken Formen. Denn außer dem üppig schwellenden Fleisch hatte die erst fünfundreißigjährige Frau absolut nichts Engelhaftes an sich. In ihrem runden, feisten Gesicht funkelten ein Paar scharfe Habichtsaugen, denen nichts entging. Und ihre Zunge war so scharf wie eine frisch geschliffene Rasierklinge.

Hörte man ihr eine Weile zu, so konnte man sich des Eindrucks nicht erwehren, dass sie, die wandelnde Tugend persönlich – zugleich aber auch Gottes feuriges Flammenschwert –, allein für Sitte und Moral des Dorfes verantwortlich war.

O ja, das Mundwerk von Mathild war bei den Dörflern mehr gefürchtet als die auch nicht gerade sanfte oder gar vorsichtige Ausdrucksweise des Herrn Hochwürden Emeran Inzinger, Pfarrherr von Egglbruck. Diesem hochwürdigen Herrn konnte das Temperament schon einmal durchgehen und er wetterte so heftig, dass seine Schäflein verschreckt ihre Köpfe einzogen.

Doch bei ihm war es ein heiliger Zorn, der darauf abzielte, die verirrten Seelen auf den rechten Weg zurückzubringen. Bei ihm hatte ein »Bauernschädel, gescherter« oder »Misthakl, geiziger« noch einen sanften Unterton, der wahrgenommen und auch verstanden wurde, während Mathild nur Gift und Galle spucken und in Grund und Boden verdammen konnte. Bei ihr war alles böse Absicht und die Menschheit, insbesondere die Egglbrucker, wert mit Feuer und Schwert ausgerottet zu werden – sie selbst natürlich ausgenommen.

Oft schaute der Herr Pfarrer seine Köchin, die eine gute

Wirtschafterin war und ihn aufs Beste versorgte, nachdenklich an. Wobei er sich allen Ernstes überlegte, wie es geschehen konnte, dass in einem so wohlgenährten und sanftmütig aussehenden Lamm das Herz und die Zunge eines reißenden Wolfes wohnen konnten. Dann konnte es geschehen, dass er kopfschüttelnd und vorwurfsvoll mahnte:

»Mathild, Mathild, unser Herrgott ist zwar gütig und langmütig, aber einmal treibst du es zu weit! Einmal wird dich sein Zorn treffen und dich für dein lästerliches Maul bestrafen. Erwarte ja nicht, dass ich dich dann in Schutz nehme. Ich hab dich oft genug gewarnt!«

Dann riss Mathild in tiefer Unschuld ihre porzellanblauen kugelrunden Augen weit auf, schnaufte entrüstet und verteidigte sich jammernd: »Aber Hochwürden, ich tu doch nichts Unrechtes, man redet halt bloß. Und wenn man die Sünden zudeckt, sind sie noch lang nicht aus der Welt geschafft!« Letzteres hatte nach heimlichem Vorwurf geklungen.

Missbilligend erklärte daraufhin der Herr Pfarrer: »Bloß weil du mein Messbuch abstauben darfst, steht's dir noch lang nicht zu über andere zu richten! Wenn die Leute was auf dem Herzen haben, dann werden sie schon von selber zu mir kommen und beichten. Du brauchst ihnen diese Mühe nicht abzunehmen!« Hier schwoll meistens die Zornader an der rechten Schläfenseite des Hochwürden und da machte Mathild dann lieber, dass sie aus seinen Augen verschwand.

Sie konnte es einfach nicht begreifen, wie er so gelassen bleiben konnte, wo doch unter jedem Egglbrucker Dach Unmoral und Laster wohnten.

Es waren besonders die Vergehen gegen jenes sattsam bekannte »Sechste Gebot«, das zu übertreten leider auch das Verlockendste war, die sie am meisten interessierten und beschäftigten. Natürlich nur, wie sie immer wieder beteuerte, um die armen Sünder zu entlarven und sie vor den ewigen Höllenstrafen zu retten. Dabei hatte sie es besonders auf die ledige Jugend des Dorfes abgesehen.

Sie musterte jedes hübsche junge Mädchen und jeden frischen Burschen mit strengem Inquisitionsblick, ob sie nicht das Mal der Verworfenheit bereits auf der Stirn trügen. Dass ihr bei ihren Spioniererereien und ihrem Herumhorchen hie und da ein Kunstfehler unterlief, dass sie hochanständigen Leuten nie begangene Sünden andichtete, musste als Geschäftsrisiko in Kauf genommen werden.

Für sie schien das Gebot: »Du sollst kein falsches Zeugnis ablegen wider deinen Nächsten«, nicht zu gelten. Hierbei war für sie von Vorteil, dass sie eine gewisse Narrenfreiheit genoss. Denn bisher hatte niemand von ihr Rechenschaft verlangt oder sie zur Rede gestellt, wenn sie ein Gerücht in Umlauf gesetzt hatte, das sich obendrein auch noch als falsch erwiesen hatte.

Dass sie bei alldem nicht beliebt war, versteht sich wohl von selbst. Aber jedermann begegnete ihr freundlich, da sie erstens als Köchin des Pfarrers eine Respektsperson darstellte und zweitens man sich vor ihr lieber in Acht nahm.

Ihre Unbeliebtheit schien Mathild nicht zu stören. Dabei muss bezweifelt werden, dass sie jenen Ausspruch kannte, der da besagte: Viel Feind, viel Ehr. Sie hielt es lieber mit der Devise: Wer mich nicht mag, der soll mich fürchten!

Es gab in ganz Egglbruck nur eine einzige Person, die der Mathild zugetan war. Dies war die Fladerl Thekla, die Frau des Dorfschneiders. Und das, obwohl das Fräulein Mathild, wie sie sich nennen ließ, mit einer gewissen Verachtung auf diese arme, aber ihr herzlich zugetane Frau herabblickte; denn zu den Honoratioren des Dorfes gehörten die Fladerls wahrhaftig nicht.

Dann gab es noch einen im Dorf, den sie besonders hasste, dessen Anblick allein schon genügte um ihr frommes Gemüt in zornige Wallung zu bringen.

Es war der Stockreiter Flori, ein gut aussehender, lebenslustiger Großbauernsohn.

Dieser Bursche verkörperte für Mathild die Verderbnis

in Person. Er war in ihren Augen der Schandfleck des Dorfes, der vor nichts Respekt hatte; ein gewissenloser Mädchenverführer und rauflustiger Hallodri. Ein wahrer Luzifer, dessen Aussehen für jedes Mädchen schon eine Herausforderung zur Sünde bedeutete.

Die strahlende Märzsonne schien auf eine Landschaft, die aussah, als wäre sie mit weißen Flicken besetzt. Völlig aper waren nur die sonnenbeschienen Südhänge der sanft ansteigenden Hügel, die den hohen Felsriesen vorgelagert waren, die das kleine Tal von drei Seiten her begrenzten. Dort oben auf den Felsenhäuptern lag der Schnee noch meterhoch, während im Tal der Frühling zögernd Einzug hielt.

Unter den verharschten Firnkrusten auf den Wiesen und Feldern gluckerte das schmelzende Wasser. Die sich erwärmende Erde, noch fahlbraun, schien zu dampfen und zu rauchen. Straßen und Wege waren mit Pfützen übersät, die Bäche stark angeschwollen.

Überall auf den Höfen herrschte die emsige Betriebsamkeit des Frühjahrs. Den ganzen Tag hörte man das laute Gackern der Hühner, die sich an ihre Pflicht des Eierlegens zu erinnern schienen und dies mit viel Geschrei kundtaten.

In den noch kahlen Zweigen der Obstbäume zwitscherten und schmetterten die Stare, eben aus dem Süden zurückgekehrt, sich die Kehlen wund. Wie changierende, weiß getüpfelte Seide, so glänzte ihr blauschwarzes Gefieder im Sonnenschein.

Auf den Dächern gurrten und schnäbelten die Tauben; auch ihnen schien der Frühling unters Gefieder gefahren zu sein. Aus den Ställen hörte man das ungeduldige Muhen der Kühe, das Rasseln ihrer Ketten, die sie in den finstern Behausungen hielten.

Auch auf dem großen Stockreiter-Hof, der etwas außerhalb des Dorfes hin zu den ansteigenden Bergen gelegen war, ging es ziemlich lautstark und turbulent zu. Hier gesellte sich zum Gackern der Hühner auch noch das Kreischen und Schnattern einer großen Schar von Enten und Gänsen, die hinter dem Stall in einem weitläufigen Pferch eingesperrt waren. Das war eine Reinlichkeitsmaßnahme der Bäuerin, denn die Stockreiter Kathl konnte es nicht leiden, wenn Hühner- oder Entenmist über den ganzen Hofplatz und womöglich auch noch auf dem blankgescheuerten Pflaster vor der Haustür verteilt war.

Aber nun freute sie sich über die laute Munterkeit ihres Geflügelvolkes, das sich gierig auf das ausgestreute Körnerfutter stürzte.

Die Stockreiter Kathl war eine mittelgroße, rundliche Frau, von einem gesunden, robusten Aussehen. Sie war bereits fünfzig, doch mit dem glatten runden Gesicht und den lebhaften schwarzen Kirschaugen sah sie wesentlich jünger aus. Auch das schwarze Haar war noch üppig und dicht und nur vereinzelt von grauen Strähnen durchzogen.

Seit über zehn Jahren schon war die Stockreiterin Witwe. Doch sie führte den Hof zusammen mit ihrem Sohn und einigen Dienstboten mit so viel Umsicht und Geschick, wie es kein Bauer hätte besser machen können. Sie musste dabei allerdings vom ersten Morgengrauen bis hinein in die sinkende Nacht auf den Beinen sein, was sich wohl von selbst versteht.

Die viele Arbeit machte der Kathl nichts aus. Was ihr allerdings hier und da zusetzte und ihr einiges Kopfzerbrechen und schlaflose Nächte bereitete, war das ungebändigte und überschäumende Temperament ihres Sohnes. Denn der Flori, obgleich bereits achtundzwanzig Jahre, schlitterte oft in Dummheiten hinein, die sich bei einigem vernünftigem Überlegen hätten vermeiden lassen. Aber Besonnenheit war nun einmal nicht Floris Stärke.

Bei ihm musste sich immer etwas rühren. Doch wenn sie ihren Sprössling so betrachtete, dann musste sie es stets mit einem lachenden und einem weinenden Auge tun, denn ernstlich böse konnte sie dem Flori nicht sein; einerlei, was er auch ausgefressen hatte.

Er würde schon ruhiger werden, wenn ihn erst einmal eine Frau an die Kandare genommen hatte. Leider hatte er sich bisher recht erfolgreich aus solchen Schlingen herausgezogen; geschickt war er festen Bindungen ausgewichen.

Wenn ihn seine Mutter darauf ansprach, dass es nun langsam an der Zeit wäre, sich nach einer tüchtigen Bäuerin umzusehen, erklärte er stets mit einem übermütigen Lachen: »Wie soll ich mich denn auf eine Einzige festlegen, wo mir doch alle gefallen?«

Als die Stockreiter Kathl ihre Geflügelschar gefüttert hatte, ging sie mit leichten, behänden Schritten ins Haus.

Hier drinnen strahlte alles gediegenen Reichtum, Behaglichkeit und peinlichste Sauberkeit aus. Man spürte die ordnende Hand einer tüchtigen Hausfrau, der Unordnung und Schlamperei aus tiefster Seele zuwider waren.

Nachdem sie einen kurzen Blick in die große, mit wertvollen geschnitzten Bauernmöbeln eingerichtete Stube geworfen hatte, ging sie zur breiten Treppe, die ins Obergeschoss hinaufführte und rief: »Flori! Floriii!«

Gleich darauf antwortete die Stimme ihres Sohnes aus der Küche: »Was ist, Mutter? Da bin ich!«

Nun eilte die Bäuerin gleich zur Küchentür hinein und fand ihren Sohn, wie er sich gerade eine Scheibe Brot vom riesigen Laib heruntersäbelte.

»Ich kann nicht bis zur Brotzeit warten, Mutter, denn ich helf dem Hans beim Mistfahren«, erklärte der Florian, ein großer, strammer Bursche, der sehr viel Ähnlichkeit mit seiner Mutter hatte, nur dass er sie um Haupteslänge überragte.

»Das tust du nicht!«, erwiderte die Stockreiterin energisch. Sie deutet auf das Pflaster, das sich über die rechte Seite seiner gebräunten Stirn bis hin zu den kohlschwarzen Augenbrauen zog, und setzte befehlend hinzu: »Du schaust gefälligst, dass du zum Doktor kommst!«

Ein belustigtes Schmunzeln glitt über Floris gut geschnittenes rassiges Gesicht, als er übermütig abwehrte: »Geh zu, wegen der kleinen Schramme werd ich extra zum Doktor rennen ...«

Nun aber wurde seine Mutter ernstlich böse und sie fuhr ihn ärgerlich an: »Freilich, zum Raufen, da bist du nicht zu feige, aber vor dem Doktor, der dir den aufgerissenen Hautlappen annähen soll, da hast du Schiss! Geh nur und lass dir die Schramme zusammennähen! Vielleicht ist dir das eine Lehre und du überlegst das nächste Mal vorher, ob du dich auf so was ...«

Temperamentvoll wandte nun der Florian ein: »Hätt ich es mir vielleicht von so einem damischen Kerl, wie der Bader Girgl einer ist, gefallen lassen sollen, dass er mich anrempelt, dass es mich beinah umgerissen hätt, und er dann auch noch das Maul aufreißt?«

»Geh zu, du wirst schon auch so allerhand gesagt haben«, hielt ihm nun seine Mutter streng vor.

»Nein«, beteuerte der Flori mit gesenktem Blick. Etwas kleinlaut setzte er hinzu: »Oder fast nichts!«

»Das kann ich mir lebhaft vorstellen!«

»Na ja, es gab halt ein Wort das andere«, gestand der Florian. »Und auf einmal hat er auch schon einen Maßkrug in der Hand gehalten, und eh ich mich verseh, haut er auch schon zu!«

»Wissen möcht ich, was nach dieser Unterhaltung, bei der ein Wort das andere gegeben hat, dem Bader Girgl alles fehlt?«, kam es sarkastisch von der Stockreiterin.

»Dem Girgl fehlt rein gar nichts«, beteuerte der Florian. »Ich hab ihn doch bloß zur Tür hinausgeschmissen; sonst hab ich diesem Schwachmatikus rein gar nichts getan.«

»Herrgott, Bub, dass du dich nicht endlich beherrschen kannst!«, schimpfte die Stockreiterin aufgebracht. »Warum muss denn allweil gleich zugedroschen werden?«

»Jetzt bist du gut, Mutter«, entrüstete sich der Florian, »soll ich mir vielleicht alles gefallen lassen? Er hat doch als Erster den Maßkrug in der Hand gehabt.«

»Komm, spiel jetzt nicht den Unschuldigen«, wehrte

seine Mutter hastig ab. »Geh und lass dir dein Hirnkastl zusammenflicken, sonst könnt dir am Ende das letzte bissl Hirn auch noch auslaufen! Und nimm gleich deine zerrissene Jacke zum Fladerl mit hinunter, damit er sie dir wieder flickt. Da ist ja der ganze Ärmel herausgerissen.«

»Weil er nicht losgelassen hat, der Feigling, als ich ihn hinausgeschmissen hab«, verteidigte sich der Flori. »Und da hat er mir den Ärmel abgerissen.«

Plötzlich erkundigte sich die Stockreiterin – es war ja keineswegs das erste Mal, dass von einer Rauferei die Rede war – misstrauisch: »War denn die Tür, aus der du den Bader Girgl hinausgeworfen hast, überhaupt auf?«

Ganz verständnislos schaute der Florian seine Mutter an, ehe er völlig arglos zugab: »Ach woher denn! Wie hätt ich sie denn aufmachen sollen, wenn ich alle Hände voll mit dem Girgl zu tun gehabt hab?«

»Heilige Maria!«, entfuhr es der Stockreiterin entsetzt. »Und dann behauptest du noch, dass dem Girgl nichts fehlen tät. Der arme Kerl kann sich die Knochen gebrochen haben.«

»Keine Sorge, Mutter«, beruhigte sie der Flori fast gemütlich, »ich hab's gesehen, wie er sich aufgerappelt hat und wie ein Wiesel davongelaufen ist.«

»Was nicht ausschließt, dass er sich doch etwas getan hat«, wandte seine Mutter vorwurfsvoll ein.

Mit einem Schulterzucken und einem mitleidigen Schmunzeln meinte daraufhin der Florian ungerührt: »Ja mei, wenn er schon nichts aushält, dann darf er auch nicht raufen, der Depp! Angefangen hat er selber …«

»Ich will jetzt nichts mehr davon hören!«, schnitt ihm seine Mutter energisch das Wort ab. »Schau lieber, dass du zum Doktor kommst! Und wenn der Girgl auch beim Doktor gewesen ist, dann ist es nur recht und billig, dass du seine Kosten übernimmst. Von was soll er es denn bezahlen, der arme Kerl? Hast du mich verstanden?«

Nun wagte der Flori keinen weiteren Einwand mehr. Er nickte ergeben, dann verließ er mit einem brunnentiefen

Aufseufzen die Küche. Dass es Mütter einfach nicht begreifen konnten, dass es Situationen gab, in denen man ganz einfach hinlangen musste! Einer Mutter wäre es glatt lieber, einen Feigling zum Sohn zu haben, als dass er einmal mit einer winzigen Schramme nach Hause kam.

Aber auch die Stockreiter Kathl beklagte ihr Schicksal und sie fragte bitter: »Herrgott, womit hab ich das bloß verdient?«

Das Schneider-Häusl war ebenso schmalbrüstig wie sein Besitzer, der Fladerl Pauli.

Man sah es dem kleinen Häusl, das mitten im Dorf stand – von einem kleinen Vorgarten und einem altersschwachen Staketenzaun umgeben –, schon von außen an, dass sich unter diesem Dach keine Reichtümer verbargen. Das ganze Häusl mit dem verwitterten Balkon und den morschen Fensterläden wirkte irgendwie baufällig und heruntergekommen, obgleich man weder Unordnung noch Schmutz entdecken konnte. Es war, als ob es Armut förmlich ausstrahlte.

Freilich, Reichtümer konnte man sich mit Flickarbeiten oder einer neuen Hose, die sich hie und da einer nähen ließ, nicht erwerben. Aber trotzdem hätten die Fladers mit ihren vier Kindern ein besseres Auskommen haben können, wenn …, ja wenn der Pauli nicht ausgerechnet seine Leber auf der Sonnenseite gehabt hätte, weshalb es ihn halt recht oft dürstete.

Die Fladerl Thekla, eine kaum vierzigjährige, aber schon arg verhärmte Frau, ertrug ihr Schicksal mit Geduld und viel Frömmigkeit. Sie ließ es sich nicht nehmen, dass es ihr in der Ewigkeit drüben einmal vergolten werden würde, was sie in ihrem Erdendasein erduldet hatte. Und streng nach ihrem Glauben erzog sie auch ihre Kinder. Beten war für sie ein Allheilmittel und Gottesfurcht oberstes Gesetz.

Sie besuchte jeden Tag die Frühmesse und ging jeden

Sonntag zur Kommunion. Sie achtete streng darauf, dass vor und nach jeder Mahlzeit das Tischgebet gesprochen wurde.

Vor einigen Wochen jedoch wäre es fast geschehen, dass die Fladerl Thekla ihr fromme Duldsamkeit ihrem Mann gegenüber vergessen hätte. Damals nämlich, als der Pauli einen Schneidergesellen angeschleppt hatte, den man nicht gebraucht hätte, wenn er weniger ins Wirtshaus gegangen wäre und dafür daheim seine Nadel fleißiger betätigt hätte.

Als die Thekla aber dann sah, welch braver und gottesfürchtiger Mensch dieser Schreivogl Michl war, wie fleißig er arbeitete und wie andächtig er betete, da hatte sie sich bald beruhigt und er wurde in den Kreis der Familie aufgenommen.

Und der stille, bescheidene Michl tat sogar noch ein Übriges, wodurch er seiner Meisterin nicht wenig imponierte: Er betätigte sich sonntags als Messdiener und versah werktags auch noch nebenbei die Stelle eines Mesners. Er war dafür verantwortlich, dass die Kirche rechtzeitig aufgeschlossen wurde und vor allem die Glocken pünktlich läuteten. So war der Michl zwar eine unauffällige, aber sehr wichtige Person im kirchlichen Leben von Egglbruck.

Der Michl sah genauso aus, wie man sich gemeinhin einen Schneidergesellen vorstellte. Dabei drängte sich einem unwillkürlich die Frage auf: Ob er so hager und blässlich war, weil er Schneider war oder ob er Schneider geworden war, eben weil er so saft- und kraftlos gebaut war? Aber wie dem auch sei, ein Adonis war der Michl nie gewesen und würde es auch nie werden. An Stellen, wie etwa an Waden oder Oberarmen, wo andere Männer Muskeln haben, ließ sich beim Michl kaum viel mehr als ein Knochen mit einer schneeweißen, unbehaarten Haut darüber entdecken.

Der Michl war Mitte dreißig und das fahlblonde Haar wurde schon recht schütter über der hohen Stirn. Sein Gesicht war hohlwangig, fast bartlos und von einer ungesunden Blässe. Schön waren an ihm eigentlich nur seine sanften braunen Augen, die aber oft recht töricht und unbedarft in die Welt blickten.

Doch wie gesagt, nicht auf das Äußere, sondern auf den inneren Wert eines Menschen kommt es an. Und deshalb hatte die Meisterin den fleißigen, tüchtigen und braven Schreivogl Michl sehr bald in ihr Herz geschlossen. Außerdem hegte sie den geheimen Wunsch, dieser angenehme Mensch würde ihr Schwiegersohn, der Mann ihrer Ältesten, der Evi, werden. Erstens wusste man da von vornherein, wenn man sich ins Haus holte, und zweitens wäre der Michl ein geeigneter Nachfolger für die Schneiderei.

Nun hatte aber die Fladerl Thekla ihre Evi wie auch die anderen Kinder, den vierzehnjährigen Ludwig, kurz Wiggerl genannt, die elfjährige Reserl und den neunjährigen Xaverl, so streng erzogen, dass bezweifelt werden musste, ob ihre Sprösslinge, einschließlich der nunmehr zwanzigjährigen Evi, überhaupt wussten, wozu der Herrgott Männlein und Weiblein erschaffen hatte.

Die Evi jedenfalls war so brav und tugendhaft – oder besser von den Ermahnungen der Mutter so veschreckt –, als sähe sie in jedem männlichen Wesen einen Unhold, der nur darauf aus war, sie um ihr Seelenheil zu bringen und sie zu verderben. Also ging sie diesen lüsternen Gesellen von vornherein aus dem Weg, was ihr weiter nicht schwer fiel, da ihre Mutter sie ohnehin kaum aus den Augen ließ.

Tanzveranstaltungen oder andere Vergnügungen gab es für die Fladerl Evi nicht. Zerstreuung außer Haus wurde von der Mutter nicht gestattet.

»Ein anständiges Mädl bleibt daheim«, pflegte die Fladerl Thekla zu sagen. »Sie geht in die Kirche und sonst nirgendwohin. Alles andere ist Blendwerk des Teufels!«

Wie also sollte die Evi erfahren, wie schön und lustig es doch auf der Welt sein konnte? War es da ein Wunder, dass dieses Mädchen völlig verschreckt und mit Scheuklappen herumlief?

Evis einzige Abwechslung waren die Besuche von Mathild, der einzigen Freundin ihrer Mutter. Doch was sie da zu hören bekam, war absolut nicht dazu angetan, ihr Vertrauen zum anderen Geschlecht zu stärken. Ganz im Gegenteil, da wurde von nichts anderem geredet, als wie schlecht und vedorben die Menschen doch waren. Und wer wem was wieder angetan hatte.

Hätte die Fladerl Thekla den Ehrgeiz besessen, ihre Tochter im Kloster zu sehen, so hätte die Evi fraglos und widerstandslos gehorcht. Denn Klostermauern und vielleicht auch noch der Pfarrhof und die Kirche waren die einzig sicheren Orte auf dieser Erde, wie sie aus Heiligenlegenden, ihrer sporadischen Lektüre, erfahren hatte.

Und wer weiß, wäre nicht der tugendsame Michl ins Haus gekommen, der wie gesagt Gnade vor den gestrengen Augen der Thekla gefunden hatte, ob sie nicht am Ende doch noch auf diesen ausgefallenen Lebensweg für ihre Tochter verfallen wäre.

Doktor Wieser, einziger Humanmediziner für Egglbruck und dessen nähere und weitere Umgebung, war nicht gerade zart besaitet; was bei den meisten seiner Patienten auch reine Gefühlsverschwendung gewesen wäre.

Er kannte seine Gebirgler und wusste, dass sie seiner ärztlichen Kunst ohnehin nur mit Misstrauen begegneten und ihn nur aufsuchten, wenn es unumgänglich war – wenn Gesundbeten und Wundertränklein nicht mehr anschlugen. Er bekam längst keinen Tobsuchtsanfall mehr, wenn er erfuhr, dass man eine Gebärende tagelang leiden ließ nur um das Arzthonorar zu sparen; dass von Krämpfen und Keuchhusten befallene Säuglinge von weisen Frauen mit eiskalten Wasserbädern behandelt wurden. Er hatte längst resigniert und half nur noch, wo seine Hilfe auch erwünscht war.

Leute, die ihre Probleme mit der Kraft ihrer Fäuste regelten, waren Doktor Wieser ein Gräuel. Und so machte er auch mit dem Stockreiter Flori, obgleich er ein reicher, angesehener Bauernsohn war, keine langen Umstände. Er nähte ihm die Platzwunde an der Schläfe, die von einem steinernen Maßkrug herrührte, ohne örtliche Betäubung.

»Hat dein Schädel den Maßkrug ausgehalten, wird er die paar Stiche auch verkraften«, meinte er nur lakonisch.

Es blieb dem Flori nichts anderes übrig als die Zähne zusammenzubeißen und stillzuhalten.

Ehe der Florian die Praxis verließ, fragte er noch beiläufig: »Hat sich der Bader Girgl schon sehen lassen, Herr Doktor?«

»Nein, aber er kann ja noch kommen«, erwiderte der Arzt gelassen, ohne sich jedoch nach den näheren Umständen dieser Frage zu erkundigen. Er wusste aus Erfahrung, dass man nach Raufereien ohnehin nur das Nötigste, und auch das nur sehr verschleiert, erfuhr. Handgreiflichkeiten waren strafbar, also vertuschte man sie lieber.

»Wenn er doch noch kommen sollte, dann behandeln Sie ihn umsonst; die Rechnung zahl ich.« Mit einem breiten Grinsen und einem vertraulichen Augenzwinkern setzte er noch rasch hinzu: »Aber nehmen Sie den Girgl genauso hart her wie mich grad vorhin. Spritzen, damit er nichts spürt, zahl' ich ihm keine!«

Mit einem frischen Pflaster über der vernähten Wunde, die ramponierte Jacke unter den Arm geklemmt, so verließ der Stockreiter Florian das Doktorhaus.

Damit nur ja niemand auf den Gedanken kam, die Blessur, die er sich eingehandelt hatte, würde ihm etwa körperliche oder seelische Schmerzen bereiten, pfiff er fröhlich vor sich hin, während er flott die Dorfstraße entlangmarschierte.

Gar so schlimm konnten die Schmerzen nicht sein, denn in seinen schwarzen Augen blitzte bereits wieder der Übermut, der ihn jedes Mal zwickte, sobald ihm diese spitzzüngige Spinatwachtel über den Weg lief.

Diese Abneigung zwischen dem Florian und der Pfarrersköchin beruhte auf Gegenseitigkeit. Nur dass der Flori Mathilds Angriffe auf die leichte Schulter nahm und sie ganz einfach mit dem Wort »Brotneid« abtat. Aber einmal würde sie es zu weit treiben und dann war sie überfällig. Dann würde er dieser gestopften Gans schon einen gehörigen Denkzettel verpassen.

Betont freundlich grüßte der Stockreiter Florian die Pfarrersköchin: »Grüß Gott, Fräulein Mathild!«

Schon wollte die Mathild mit einem hochmütigen Nicken an Florian vorbeigehen, als sie plötzlich sein Pflaster auf der Stirn entdeckte. »Ist schon wieder gerauft worden?«, fragte sie neugierig und pflanzte sich in ihrer ganzen massigen Breite vor dem Burschen auf.

Auch der Flori war stehen geblieben, schaute auf die schon sehr aus dem Leim gegangene Frau hinunter, während er auf seinen Zehenspitzen wippte. Ohne die Hände aus den Taschen seiner Lederbundhose zu nehmen erwiderte er mit einem spöttischen Augenzwinkern und sarkastischer Stimme: »Sie sind zwar kein Beichtstuhl, aber damit Ihre arme Seele Ruhe hat, will ich es Ihnen sagen: Der Schnellzug hat mich heut Nacht gestreift!«

Im Nu war das runde Vollmondgesicht von Mathild so rot wie eine Pfingstrose. Voller Empörung und tief beleidigt über diese Respektlosigkeit ihrer Person gegenüber stieß sie anklagend hervor: »Unser Herrgott wird euch noch alle strafen für euere Schandtaten! Und recht geschieht euch! Ihr habt ja eh nichts anderes im Kopf als euer Vergnügen, und wie ihr noch mehr Unheil anrichten könnt!«

»Sie könnt ich mir gut als Wanderprediger oder als Wächter vor dem Paradies vorstellen«, fiel ihr der Florian mit einem belustigten Grinsen ins Wort. »Bloß, dass dann keiner mehr hineinkommen könnte.«

»Solche Hallodri jedenfalls bestimmt nicht!«, kam es erbittert von der Pfarrersköchin, die sich abrupt umdrehte und mit schaukelnden Hüften davonrauschte.

»So eine spinnerte Amsel«, entfuhr es dem Flori. »Was die sich eigentlich einbildet? Sie tut ja, wie wenn sie das Dorfgewissen persönlich wär!«

Als der Stockreiter Florian das Gartentürchen, das windschief in den verrosteten Angeln hing, hinter sich zuwarf, kam ihm der blässliche Schneidergeselle entgegen.

»Ist wer daheim?«, fragte der Flori.

Der Michl war gerade auf dem Weg hinüber zur Kirche, denn es war kurz vor Mittag und er musste die Glocken läuten. Ziemlich verlegen, wobei er seinen Kopf tief zwischen die schmalen, knochigen Schultern zog, antwortete der Schreivogl Michl: »Der Meister ist nicht daheim. Aber die Meisterin …«

Mit dem Kinn auf seine Jacke weisend, die er unter dem Arm geklemmt trug, meinte der Florian gemütlich: »Na also, die Fladerlin genügt mir vollkommen. Servus, mir pressiert's!« Damit ging er mit langen Schritten auf das Schneiderhäusl zu.

Eine Glocke läutete durchdringend, als der Stockreiter Florian die Tür zur kleinen Schneiderwerkstatt öffnete. Ein muffiger Geruch schlug ihm entgegen, der wohl von den alten Kleidungsstücken herrührte, die zusammengeflickt werden mussten. Eine altersschwache, vorsintflutliche Nähmaschine stand am Fenster; in einem Regal lagen einige magere Stoffballen in forstgrün und lodengrau.

Kurz nachdem die Glocke angeschlagen hatte, betrat von der anderen Seite her ein junges, zierlich gebautes Mädchen die Werkstatt. Es war die Fladerl Evi, die älteste Tochter des Schneiders; ein ungewöhnlich hübsches Mädchen mit großen, strahlend blauen Augen im fein gemeißelten runden Grübchengesicht. Das hellblonde Haar, das sie zu einer Zopfkrone aufgesteckt trug, schimmerte wie versponnene Seide.

Als die Evi den jungen Stockreiter erblickte, trat ein ängstlicher, verschreckter Ausdruck in ihre wunderschönen Augen und ihr Stimme klang recht zaghaft, als sie begann: »Grüß Gott, was …?«

Sakradie!, durchzuckte es den überraschten Florian. Bildhübsch ist das Mädchen geworden, so fein gedrechselt wie eine Puppe! Er lachte sie bewundernd an, ehe er zugab: »Eigentlich hätt ich einen Schneider gebraucht, aber wenn ich ehrlich sein soll, dann bin ich mit dir als Bedienung zufriedener. – Da schau«, er zeigte ihr die Jacke mit dem herausgerissenen Ärmel, dann fuhr er mit einem unterdrückten Schmunzeln fort: »Da bin ich wo hängen geblieben.«

»Jessas, das schaut aber böse aus«, entfuhr es der Evi erschrocken. »Da hast du Glück gehabt, dass dir am Arm nichts fehlt.«

»Nein, nein, so gefährlich war es nicht«, beschwichtigte der Flori lachend, dabei konnte er den Blick nicht von dem Mädchen abwenden.

Als die Evi merkte, wie eindringlich er sie musterte, wurde sie sofort verlegen. Sie nahm die Jacke an sich und brachte gepresst hervor: »Ich glaub, am Samstag kannst sie wieder abholen.«

Damit wäre nun eigentlich alles geregelt gewesen und er hätte wieder gehen können. Aber plötzlich hatte es der Flori nicht mehr so eilig, rechtzeitig zum Mittagessen heimzukommen. In freundlich ungezwungenem Plauderton fragte er: »Warum sieht man dich denn nirgends, Evi? Da lebt man im selben Ort und man sieht sich fast nie.«

Die Evi wusste sehr wohl, dass sie nun das Gespräch beenden musste, denn man durfte nicht mit einem jungen Burschen allein bleiben, wenn das Geschäftliche besprochen war. Aber auch sie blieb wie angewurzelt stehen, presste die zerrissene Jacke an sich und ihre Finger spielten nervös mit einem der großen Hirschhornknöpfe.

Sie antwortete auf seine Frage mit einem unsicheren: »Ich wüsst nicht, wo ich hingehen sollte.«

Der Flori fragte sich allen Ernstes, ob sie nur so naiv tat oder ob sie tatsächlich so unwissend und noch so kindlich unerfahren war? Aber bei dieser Mutter, der bigotten Fladerlin, konnte er sich die Antwort gleich selber geben.

Ich fress gleich einen Besen, wenn das Mädl schon einmal nach Einbruch der Dunkelheit allein außer Haus gewesen ist!, dachte er bei sich. Laut jedoch sagte er: »Andere junge Mädl gehen halt ab und zu zum Tanzen.«

»Nein, da möcht ich gar nicht hin«, beteuerte sie, dabei erschien ein sehnsüchtiges Funkeln in ihren großen tiefblauen Augen. »Die Mutter sagt immer ...«

»Immer haben die Alten auch nicht Recht«, wandte der Flori hastig ein. »Es wär nicht besonders lustig auf der Welt, wenn man bloß das tun würde, was einem erlaubt wird. Für ein bissl Abwechslung muss man schon selber auch was tun.«

Plötzlich ertönte die scharfe Stimme der Fladerlin: »Was ist denn, Evi? Was dauert denn da so lang?«

Verstört fuhr die Evi zusammen. Dann brachte sie stotternd hervor: »Wir sind schon fertig, Mutter. Gleich komm ich.«

Nun wurde die Tür, die aus der Wohnung in die Werkstatt führte, geöffnet und zur großen Überraschung von Flori und Evi streckte die Pfarrersköchin ihren Kopf herein. Sie warf dem Burschen einen giftigen Blick zu. Dann raunzte sie das Mädchen in scharfem Ton an:

»Was wird denn da so lang verhandelt?«

Daraufhin fand es der Stockreiter Florian angebracht, sich überstürzt zu verabschieden. Hastig verließ er die kleine Schneiderwerkstatt. Wie ärgerlich, dieses Lästermaul hat mir grad noch gefehlt! Ausgerechnet da muss sie daherkommen, wenn ich mit dem hübschen Mädl im schönsten Disput bin!

Eine Stube gab es im Häusl des Schneiders nicht. Gegessen wurde in der Küche, einem niedrigen Raum, dessen Decke über dem Herd ziemlich schwarz verräuchert war.

Die Fladerlin rührte gerade in einem großen Topf Kartoffelsuppe, als Mathild in die Küche zurückkam.

»Ich versteh dich einfach nicht, Thekla, wie du das Mädl ausgerechnet mit so einem Windhund, wie der Stockreiter Flori einer ist, allein lassen kannst«, warf die

Pfarrersköchin ihrer Freundin, die immerhin um einiges älter als sie war, anklagend vor. »Man weiß doch, was er für einer ist und …«

»Ich muss doch das Mädl in die Werkstatt hinausschicken, wenn sonst niemand da ist«, verteidigte sich die Fladerlin schwach.

Sofort ließ Mathild von der Thekla ab, als die Evi nun in die Küche kam, und sie fiel über das Mädchen her: »Mit so einem Kerl unterhält sich ein anständiges Madl nicht länger als unbedingt notwendig.«

»Er hat doch gar nichts getan«, wagte die Evi schüchtern einzuwenden. »Bloß seine Jacke hat er …«

Die Mathild hatte ihre kurzen, dicken Arme in die weit ausladenden, gut gepolsterten Hüften gestemmt, als sie nun dem Mädchen mit schneidender Stimme ins Wort fiel:

»Der und nichts getan? – Sachen könnt ich euch da erzählen … Ich trau mich schon gar nicht nachzurechnen, wie viele anständige Madeln der Flori schon auf dem Gewissen hat. Das ist einer, dem nichts heilig ist. Da brauchst du dir ja bloß seine unverschämten Augen anzuschauen, dann weißt du, was es geschlagen hat. Ich wette, dem seine Seele ist grad so schwarz wie seine Augen. Und hast du das Pflaster auf seinem Gesicht nicht gesehen? Da hat er wieder einmal gerauft!«

»Ah, was?!«, kam es fast schaudernd von der Fladerl Thekla, die bei den harten Worten ihrer Freundin das Umrühren vergessen und mit offenem Mund zugehört hatte.

»Na klar!«, trumpfte die Mathild wichtigtuerisch auf. »Wie, meinst du, hat er sich seine Jacke zerrissen, die er grad zum Flicken gebracht hat?«

Mit plötzlich erwachtem Mut wandte die Evi überzeugt ein: »Da ist er wo hängen geblieben mit dem Ärmel, das hat er mir selber erzählt …« Erschreckt verstummte sie, denn zwei Augenpaare blickten sie so vernichtend an, als hätte sie soeben einen Mord gestanden.

Die Mathild hatte sich über diese Ungehörigkeit des

Mädchens zuerst wieder gefasst und sie hielt ihr streng vor: »So einem Lügenschüppel darfst du kein Wort glauben! Der erzählt dir doch das Blaue vom Himmel.« Mit einem tiefen Aufseufzen, wobei ihr mächtiger Busen heftig auf und nieder wogte, und einem scheinheiligen Blick hinauf zum niedrigen Plafond setzte sie in schmerzlichem Ton hinzu: »Ich frag mich oft, wozu solche Leute überhaupt auf der Welt sind? Sie tun doch nichts anderes als Schaden anzurichten. Dass über so einen unser Herrgott nicht eine Strafe schickt, werd ich nie verstehen!«

Obgleich die Fladerl Thekla weniger rachsüchtig und hart war, nickte sie doch bestätigend zu diesen Worten ihrer Freundin.

Was war denn nur plötzlich in die schüchterne Evi gefahren? Selbstbewusst argumentierte sie: »Uns hat der Herr Pfarrer gesagt, dass im Himmel mehr Freude über einen reuigen Sünder ist als über …«

»Was verstehst denn du schon davon?«, kam es ärgerlich von der Mathild. Ziemlich gereizt fuhr sie fort: »Ich will ja nichts gesagt haben, aber unser Herr Pfarrer zäumt den Esel meistens vom Schwanz her auf! Er unterstützt die Sünde oft noch und es scheint ihm gar nicht aufzufallen. Na ja, er ist halt ein Mensch, der bloß immer das Gute sehen will. Ich weiß nicht, ob er überhaupt eine Ahnung davon hätt, was in unserem Dorf so alles vor sich geht, wenn ich ihm nicht die Augen öffnen würde.«

Die Evi fand zwar, dass das eine ungeheure Respektlosigkeit dem Hochwürden gegenüber war, aber nun wagte sie keinen weiteren Einwand mehr.

Auch die Fladerlin wollte diese Diskussion lieber beendet wissen, denn wenn es um den Herrn Pfarrer ging, dann war sie mit ihrer Freundin nicht immer einer Meinung. Sie hätte nie den Mut oder besser die Unverfrorenheit aufgebracht ihren Seelsorger zu kritisieren.

Um diesem ihr nicht recht geheuer erscheinenden Thema ein Ende zu machen befahl sie ihrer Tochter: »Du kannst den Tisch schon decken, das Essen ist gleich fertig!

Stell für die Mathild auch einen Teller dazu, denn sie gibt uns heut Mittag die Ehre, weil der Herr Pfarrer nicht daheim ist.«

»Ja«, erklärte Mathild voller Wichtigkeit, »er ist bei einem Amtsbruder auf Besuch.«

Schweigend machte sich die Evi an die Arbeit. Dabei dachte sie insgeheim: Da wird der Xaverl aber eine Mordsfreud haben!

Denn ihr jüngster Bruder, der neunjährige Xaverl, ließ keine Gelegenheit ungenutzt um der Mathild eins auszuwischen. Er konnte diese Freundin seiner Mutter einfach nicht ausstehen, was weiter kein Wunder war, wenn man bedachte, dass sie auch an dem Buben andauernd etwas herumzunörgeln und herumzukommandieren hatte.

Gleich darauf erschienen der Ludwig, die Reserl und der Xaverl, gefolgt vom Michl, der vom Zwölfuhrläuten heimkam.

Die Kinder entledigten sich mit einem erleichterten Aufatmen ihrer Schulranzen, fragten fast einstimmig: »Mutter, was gibt's denn heut?« und schoben sich mit hungrigen Augen um den Tisch.

Anstelle der Fladerlin antwortete Mathild schroff: »Ihr werdet es wohl noch erwarten können, bis das Essen auf den Tisch kommt!«

Einigermaßen verdattert schauten sich die Geschwister an. Nur der Xaverl wollte sich damit nicht zufrieden geben. Er wiederholte herausfordernd: »Ich will wissen, was es gibt!«

»Kartoffelsuppe«, antwortete die Evi vorschnell und ohne in Richtung der Mathild zu sehen.

Um keine Unstimmigkeit aufkommen zu lassen bat die Fladerl Thekla: »Setzen Sie Ihnen nur, Fräulein Mathild, die Suppe ist gleich fertig.«

Entweder lag es daran, dass die dicke Pfarrersköchin beleidigt war, oder sie machte sich nichts aus Kartoffelsuppe. Denn hart lehnte sie ab: »Nein, vergelt's Gott, Thekla, ich hab keinen Hunger.«

»Jetzt so was«, tat die Thekla bedauernd, »ein paar Löffel voll hätten Sie schon mitessen können.«

»Warum? Lass sie doch, wenn sie nicht mag«, krähte der Xaverl. Er schniefte unüberhörbar laut, dann wischte er sich mit dem Ärmel seiner Strickweste, die schon einen ledrigen Streifen an dieser oft benutzten Stelle aufwies, die beiden glänzenden Bächlein unter der rinnenden Nase fort.

»Jessas, Xaverl, so schneuz dich doch«, mahnte der Michl, der nun seit seinem Hiersein zum ersten Mal den Mund aufmachte. Er kramte in seiner Hosentasche, dann schob er dem Xaverl ein sauberes Taschentuch zu. »Da, du hast ja doch wieder keins. Und verlier es nicht gleich wieder.«

Worauf es der Xaverl ungerührt und unbenutzt in seiner Tasche verschwinden ließ.

»Hast nicht gehört? Schneuzen sollst dich, Rotzbub!«, fauchte Mathild den Jungen scharf an.

Deutlich angewidert über so viel Aufdringlichkeit, noch dazu von einer Person, die ihn gar nichts anging, entgegnete der Xaverl unwillig: »Das hab ich doch grad vorhin!«

»Freilich, mit dem Jackenärmel, du Dreckspatz«, hielt ihm die Mathild streng vor. Plötzlich begegnete sie den sanften braunen Augen von Michl, der sie flehend anblickte, und sie ließ ab vom störrischen Xaverl.

Nun stellte die Meisterin den großen Suppentopf auf einen verrußten Dreifuß mitten auf dem Tisch. Dann standen alle auf, schlugen das Kreuzzeichen und begannen monoton das Tischgebet herunterzuhaspeln.

Während sich nun alle mit gesundem Appetit über ihre Mahlzeit hermachten, blieb Mathild stehen. Sie lehnte sich gegen die Anrichte, die Arme hatte sie unter ihrem Busen gekreuzt, ihre Augen beobachteten verstohlen den Schneidergesellen und Mesner. Ihr fiel auf, dass das blasse Gesicht des Michl jedes Mal ganz verklärt strahlte, sooft er die Evi ansah. Sofort nahm sie sich vor: Da muss ich doch gleich mit der Thekla drüber reden. Sie muss ein Auge auf die zwei haben.

Gurgelnd schoss der hoch geschwollene Bach dahin; es war schmutzig graues Schmelzwasser, das von den Bergen herabkam. Die Ufer dieses Wildbaches waren von alten, bizarr verkrümmten Weiden umsäumt, deren tief herabhängende Zweige bereits winzige hellgrüne Blattspitzen erkennen ließen.

Mit einer Säge rückte nun der Stockreiter Florian diesem wild wuchernden Gezweig zu Leibe und stutzte es rigoros. Denn im vollen Laubwerk warfen diese großen Weidenbäume zu viel Schatten auf die angrenzenden Wiesen und Felder.

Nun wäre es natürlich einfacher gewesen, die Bäume gleich zu fällen um sich so diese stets wiederkehrende Arbeit des Stutzens zu ersparen. Doch das wäre ein großer Fehler gewesen, da damit dem Ufer seine natürliche Befestigung genommen worden wäre und die Wildwasser sich Stück für Stück des guten Wiesengrundes geholt hätten. So aber bildeten die fest verankerten Wurzeln der Weiden ein starkes Bollwerk gegen die nagenden Wasser.

Zwischen dem vermodernden Laub der Bäume hatten bereits weiße Schneeglöckchen und goldgelbe Himmelsschlüssel ihre Blütenkelche geöffnet; dazwischen sah man das leuchtende Blau der kleinen Leberblümchen. Auch der giftige Seidelbast auf holzigen Stengeln stand in voller Blüte, seinen süßen, betäubenden Duft verströmend. Der geringste Lufthauch wehte Wolken gelben Blütenstaubes von den Haselsträuchern, überpuderte ringsum das braune Gras des letzten Jahres.

Während der Florian die Bäume beschnitt, verfing sich sein Blick immer wieder auf den tiefblauen Blütensternen der Leberblümchen. Sie erschienen ihm gerade so leuchtend und strahlend blau wie die großen Augen der Evi. Ja, seit er dieses zierliche, bildschöne Mädchen das letzte Mal gesehen hatte, spukte sie unablässig in seinem Kopf herum.

Was ihn jedoch dabei am meisten reizte, war der bedauerliche Umstand, dass an dieses Mädchen einfach nicht heranzukommen war. Man traf sie nirgends, man sah sie nicht. Sie lebte wie eine Gefangene im Schneider-Häusl, streng bewacht von den Argusaugen ihrer Mutter.

Als dann der Stockreiter Florian mit seiner Arbeit fertig war, die abgeschnittenen Äste zu Haufen zusammengetragen waren und darauf warteten, abtransportiert zu werden, tat der Flori etwas ganz und gar Ungewöhnliches. Als er sich umgesehen hatte, ob niemand in der Nähe wäre, der ihn vielleicht bei seinem merkwürdigen Tun beobachten konnte, verschwand er zwischen den Weidenstämmen, bückte sich und begann etwas ungelenk einen Strauß Leberblümchen zu pflücken.

Als der Buschen die Größe einer Kinderfaust angenommen hatte, umwand er die zarten Stiele mit vertrockneten Grashalmen um den Strauß zusammenzuhalten und ließ ihn dann in der Brusttasche seiner Jacke verschwinden.

Es ging schon auf den Abend zu, und da die Tage noch ziemlich kurz waren, würde es sich nicht lohnen, heute noch mit dem Fuhrwerk hinaufzufahren und die Weidenstauden zu holen.

Wenn es sich der Florian richtig einrichtete, dann konnte er es vielleicht wieder so anstellen, dass er – mit Gottes gütiger Hilfe – die Evi in der Schneiderwerkstatt antraf. Während er sich das überlegte, glitt ein erwartungsvolles Schmunzeln über sein Gesicht, das von der Märzsonne dunkel gebräunt war.

»Ah, du bist schon da?!«, sagte die Stockreiterin, als ihr Sohn heimkam. »Dann kannst ja gleich noch …«

»Nein, Mutter«, wehrte der Flori vorschnell ab, »bis ich das Ross einspann und draußen bin, ist es stockfinster.«

Wenn das ihr Bub sagte, dann würde es schon seine Richtigkeit haben, denn bei der Arbeit konnte man dem Florian nichts nachsagen.

Plötzlich jedoch wies die Stockreiter Kathl auf seine ausgebeulte Brusttasche und wollte neugierig wissen: »Was hast du denn da drin?«

»Das …? Ach das meinst …«, kam es stotternd vom Flori und er wich einen Schritt zurück. »Das ist bloß ein zusammengewuzeltes Taschentuch!« Um weiteren unangenehmen Fragen – wer ließ sich schon gern mit einem selbst gepflückten Blumenstrauß ertappen – zu entgehen, eilte er geschäftig ins Haus und in sein Zimmer.

Ehe sich der Florian wusch und für den Feierabend umzog, musterte er den gesamten Inhalt seines Kleiderschranks; wiederum ein ganz und gar merkwürdiges Verhalten.

Nun ja, da blieb halt nichts anderes übrig, als ein bissl nachzuhelfen. Es musste ja nicht unbedingt eines seiner besten Kleidungsstücke sein, das dran glauben sollte.

Der Florian nahm eine Hose heraus, sie war seiner Schätzung nach schon ziemlich alt, und gerade wollte er sie am Bund aufreißen. Plötzlich jedoch warf er dieses Kleidungsstück unbeschädigt aufs Bett. Zerrissene Hosen waren wahrhaftig kein sehr geeigneter Gesprächsstoff für so ein schüchternes und ein wenig weltfremdes Mädl!

Um ein paar Worte mit der schönen Schneider Evi wechseln zu können musste wieder eine Jacke herhalten.

Als dann der Florian, frisch gewaschen und herausgeputzt, das Haus verlassen wollte, lief er wiederum ausgerechnet seiner Mutter in die Arme.

»Na, wo willst du denn hin, jetzt, wo's gleich Zeit zum essen ist?«

Der Flori gab sich ungeheuer beschäftigt und erwiderte rasch: »Ich muss schnell ins Dorf hinunter.«

»Was schleppst denn da mit dir herum?«, wollte die Stockreiterin wissen und sie deutete auf die zusammengerollte Jacke, die ihr Sohn unter den Arm geklemmt trug.

»Ich hab mir neulich den Janker am Rücken zersprengt«, erklärte der Florian. »Und weil ich grad beim

Schneider vorbeikomm, hab ich mir gedacht, es geht in einem, wenn ich …«

»Das hätt aber auch Zeit bis nach dem Nachtessen gehabt«, wandte seine Mutter kopfschüttelnd und völlig arglos ein.

Schon im Davongehen rief der Florian noch zurück: »Ich hab keinen Hunger, Mutter! Ich weiß auch noch nicht, wann ich wieder heimkomm. Kann sein, dass ich im Ochsen noch eine Maß trink.«

»Dann iss aber auch was«, mahnte seine Mutter noch besorgt, während sie ihrem großen, gut gewachsenen Sohn nachschaute, der mit langen eiligen Schritten davonhastete.

»Ich weiß nicht recht«, sagte sie sich mit nachdenklichem Schmunzeln, »mir scheint, er hat wieder irgendwo ein Eisen im Feuer.« Aufseufzend setzte sie hinzu: »Mir wär es schon sehr recht, wenn er endlich ans Heiraten denken würde.« Dabei dachte sie natürlich an eine standesgemäße Bauerntochter von einem reichen Hof.

Indessen überlegte sich der Florian: Um sechs muss der Gesell zum Angelusläuten in die Kirche. Und wenn ich Glück hab, dann hockt der Meister beim Wirt. Also stehen meine Chancen fünfzig zu fünfzig, dass entweder die Evi oder ihre Mutter in die Werkstatt kommt. Ich bin zwar auf die Fladerlin nicht scharf, aber das Risiko muss ich in Kauf nehmen.

Als der Stockreiter Florian die ersten Häuser von Egglbruck erreichte, war es erst halb sechs vorbei, also viel zu früh um im Schneider-Häusl vorzusprechen. Denn jetzt war gewiss noch der Geselle in der Werkstatt.

Nun also musste er sich Zeit lassen und er ging sehr viel langsamer. Plötzlich rief eine alte, schon etwas brüchige und dünne Männerstimme Floris Namen. Er drehte sich um und da sah er den alten Eder Martl, ein dürres, verhutzeltes Männlein über siebzig, auf sich zukommen.

Der Eder Martl war längst viel zu schwach und zu klapprig um noch arbeiten zu können, aber nicht so alt und gebrechlich, dass er nur hinter dem Ofen saß. Er war geistig noch recht wach und an allem, was sich so im Dorf tat, sehr interessiert. Also fungierte er, da er ja viel Zeit hatte, als ein lebendiges Tageblatt. Der Martl wäre natürlich liebend gern ins Wirtshaus gegangen, doch dazu fehlte ihm das nötige Kleingeld, da ihn seine Schwiegertochter, die geizige Ederin, sehr knapp hielt.

Der Stockreiter Florian mochte den alten Schelm, dem die Verschmitztheit aus den winzigen, unter faltigen Lidern fast verborgenen Äuglein hervorschaute, recht gern und so lud er ihn des Öfteren auf eine Maß ein, was ihm wiederum die Symphatie des Alten einbrachte.

»Grüß dich Gott, Edervater!«, rief der Flori dem Alten freundlich entgegen. Nun hatte er einen Gesprächspartner, mit dem er sich, ohne besonderes Aufsehen zu erregen, ungeniert vor dem Schneider-Häusl unterhalten konnte, bis der Mesner das Haus verließ.

»Grüß dich, Flori«, stieß der alte Mann etwas außer Atem hervor. Er warf einen kurzen Blick auf Floris Stirnpflaster, ehe er mit einem schalkhaften Augenzwinkern hinzusetzte: »Ich hab's schon gehört. Der großmaulete Bader Girgl hat schon lang eine Abreibung verdient!« Er dämpfte seine Stimme zu einem verschwörerischen Flüstern, als er hinzusetzte: »Er soll dir ja fürchterliche Rache geschworen haben, der Girgl.« Hier kicherte er spöttisch.

»Meinetwegen«, grinste auch der Flori breit. »Er soll nur kommen, wenn er noch nicht genug hat.«

Der alte Eder war neben dem Florian hergetrippelt und nun waren sie auf gleicher Höhe mit dem Schneider-Häusl. Wie zufällig blieb der junge Stockreiter stehen.

Wenn einer den Alten für dumm verkaufen wollte, dann befand er sich schön sauber auf dem Holzweg. Denn sofort riet er: »Willst zum Schneider hinein?«

»Mhm«, kam es beiläufig vom Flori. »Aber mir pressiert's nicht.«

Wichtig berichtete der Eder: »Der Fladerl Pauli ist eh noch nicht daheim. Er ist auf der Stör und da macht er vor dem Heimgehen immer noch einen Umweg übers Wirtshaus. Du kennst ihn ja.« Hier kicherte er verständnisvoll.

Diese Gesprächswendung war dem Flori gar nicht unrecht. Nur aus seinem Mund klangen diese Worte nicht ganz echt, als er einwandte: »Es ist schon ein Jammer, wenn einer jeden Tag im Wirtshaus hocken muss.«

»Jessas, Flori«, fiel ihm der Eder erstaunt ins Wort, »seit wann bist denn du so ein Moralapostel?«

Seine plötzliche Verlegenheit versuchte der Flori zu unterdrücken und er erwiderte ausweichend: »Na ja, man weiß doch schließlich, dass es den Fladerlischen nicht besonders gut geht, und die Familie kann einem Leid tun. Es müsst halt nicht sein, dass einer alles versäuft, wenn er daheim Frau und Kinder hat!«

Da ging dem alten Edervater ein Licht auf. Ungeniert wandte er ein: »Besonders, wenn er eine so hübsche Tochter hat! Ja, ja, die Evi hat sich herausgemacht«, setzte er aufseufzend hinzu, wobei er den Florian bedeutungsvoll anschaute.

»Ja, sie schaut ganz nett aus«, gab der Flori widerwillig zu und er schob die zusammengerollte Joppe von einem Arm unter den anderen.

»Was?«, ereiferte sich nun der Martl. »Ganz nett? Sie ist das hübscheste Mädl im ganzen Landkreis; da kannst du drauf wetten!«

»Öha, seit wann interessierst denn du dich für junge Mädel?«, versuchte der Flori den Alten aufzuziehen.

»Hinschauen ist ja nicht verboten«, grinste der Eder Martl ungeniert. Unvermittelt ernst werdend setzte er anklagend hinzu. »Aber es ist eine himmelschreiende Schand, wie man die Evi behandelt.«

»Warum?«, entfuhr es dem Florian besorgt, wobei er alle Zurückhaltung vergessen hatte.

»Das arme Mädl wird doch eingesperrt und gehalten

wie ein Zeisig im Käfig«, erklärte der Eder Martl mitfühlend. »Die Fladerlin lässt die Evi kaum frische Luft schöpfen aus lauter Angst, dass sie vom rechten Weg abkommen könnt. Aber ich wette, dass unsere wamperte Pfarrersköchin, diese Beißzange, dem armen Mädl die Hölle erst recht heiß macht, von wegen Sünden und solchem Schmarrn. Diesem Fräulein Mathild schauen doch die Bosheit und der Neid schon aus den Augen heraus. Die ist doch auf alles eifersüchtig, was jung und hübsch ist.« Er hatte sich richtig in Wut geredet, der alte Eder Martl.

»Da kannst du Recht haben, Edervater«, stimmte ihm der Florian aus Überzeugung zu. »Mir fehlen auch jedes Mal fünf Mark, wenn ich diesen Drachen bloß seh. Sie hat schon eine Menge Unheil und Ratschereien heraufbeschworen.«

»Hinausjagen sollte man sie aus unserem Dorf, diese missgünstige, heimtückische Wachtel!«, schimpfte der Eder Martl erregt. »Aber ich versteh euch Jungen auch nicht. Früher, zu meiner Zeit, wär so eine Person in unserem Dorf bestimmt nicht alt geworden. So einer hätten wir das Leben so sauer gemacht, dass sie von allein das Feld geräumt hätte.«

Von der Kirchturmuhr schlug es Viertel vor sechs.

»Das hätten wir schon auch getan«, gab der Florian zaghaft zu, »wenn sie nicht ausgerechnet die Pfarrersköchin wär!«

»Pah, Pfarrersköchin«, kam es geringschätzig vom Alten, »deswegen hat sie noch lang keinen Heiligenschein.«

»Aber sie wohnt doch immerhin im Pfarrhof, und da …«

»Na und?«, fiel der Martl dem Flori spöttisch ins Wort. Viel sagend setzte er hinzu. »Ein Pfarrhof hat auch einen Kamin, den man zustopfen kann. Oder?«

Der Florian hatte sofort begriffen und ein breites Grinsen glitt über sein Gesicht. »Nicht schlecht«, gab er beifällig zu.

»Wenn ich nicht schon so ein alter Krauterer wär, dann …«

Der Florian hörte nicht mehr auf den Alten, denn soeben verließ der Michl, der Schneidergeselle und Mesner, das Schneider-Häusl.

Geschäftig, ganz durchdrungen von der Wichtigkeit seines Amtes, eilte der Schreivogl Michl durch den Garten und auf die Straße hinaus. Nun schlug er den Weg zur Kirche ein.

Nervös trat der Florian von einem Fuß auf den anderen. Krampfhaft überlegte er, wie er den Alten rasch loswerden könnte, der nun weitschweifig aus seiner Jugendzeit erzählte.

Plötzlich hielt er es nicht mehr länger aus und er sagte hastig: »Du, Edervater, mir pressiert's jetzt! Ich muss weiter! Vielleicht sehen wir uns danach noch, ich hab noch was zu erledigen. Servus derweil!« Und damit ging er mit langen Schritten auf das Schneider-Häusl zu.

Aus schmal zusammengekniffenen Äuglein schaute ihm der alte Eder Martl schmunzelnd nach. »Aha, das hab ich mir doch gleich gedacht! Drum hat er hier gar so aufgeregt hermgetrödelt! Da hast du dir ein hartes Stück Arbeit vorgenommen, Flori!«

Bimmelnd schlug die Türglocke an, als der Stockreiter Florian die Schneiderwerkstatt betrat.

Niemand war zu sehen.

Mit bang klopfendem Herzen und angehaltenem Atem wartete er, wer ihn nun bedienen würde.

Man hörte das Trippeln von leichten, behänden Schritten.

Dem Florian fiel ein Stein vom Herzen, als nun die Evi die Tür öffnete und die Werkstatt betrat. Der Anblick dieses schönen, zierlichen Mädchens brachte den Florian, dem es ansonsten keineswegs an Selbstbewusstsein mangelte, ziemlich aus der Fassung, sodass er etwas gepresst hervorhaspelte:

»Grüß dich, Evi. Da hätt ich noch eine Jacke zum Flicken.« Damit hielt er ihr wie zum Beweis die zusammengerollte Jacke entgegen.

Die Evi sah ihn von unter her an, als sie gedehnt fragte:

»Hast du dir diese Jacke auch wieder beim Raufen zerrissen?«

Eine jähe Röte schoss über Florians Gesicht. Er begann verlegen zu stottern: »Wer – woher – wie kommst denn da drauf?«

Ein feines Lächeln kräuselte ihre Lippen, als sie erwiderte: »So was spricht sich halt herum.« Eine spürbare Zurechtweisung lag in ihrem Ton, als sie hinzusetzte. »Denn schön ist es gerade nicht, wenn man immer gleich seine Fäuste braucht um sich durchsetzen zu können.«

Es war dieser letzte Satz, der ihn in Rage brachte. Etwas unbeherrscht stieß er hervor: »Das hat dir doch gewiss wieder diese Pfarrersköchin geratscht?! Es ist wirklich höchste Zeit, dass man dieser Person endlich das Maul stopft!«

»Warum bist denn auf die Mathild so grantig? Sie hat ja bloß die Wahrheit erzählt. Gerauft hast schon du selber«, hielt ihm die Evi gelassen vor.

»Was sie auch nichts angeht«, brachte er dumpf hervor, denn ihre ruhige Überlegenheit machte ihn ganz konfus. Er war eigentlich nicht hier um mit ihr über Anstand zu diskutieren. Die Zeit drängte, jeden Augenblick konnte die Fladerlin hereinplatzen und er war noch keinen Schritt vorwärtsgekommen.

Einigermaßen hastig drängte nun der Florian dem Mädchen seine Jacke auf, dabei leuchteten seine schwarzen Augen erwartungsvoll.

»Ich schau einmal, wie weit es fehlt«, meinte die Evi, trat an den langen Zuschneidetisch, der am Fenster stand, und begann die Jacke auszubreiten. Plötzlich fuhr sie erschreckt zusammen. Starr waren ihre Augen auf das verwelkende Leberblumensträußchen gerichtet. Es vergingen ein paar Sekunden, ehe sie verstört hervorbrachte: »Da hast was vergessen in deiner Jacke.« Ihr Blick war noch immer unverwandt auf das Sträußchen gerichtet.

Allmählich begann sich der Florian wieder als Herr der Lage zu fühlen. Und mit einschmeichelnder Stimme gestand er: »Die hab ich für dich mitgebracht, Evi!«

»Für mich?«, brachte sie verwundert hervor.

»Ja, weil sie mir grad so wunderschön blau erschienen sind wie deine Augen«, erklärte er ohne zu zögern.

Nun erst wandte sie sich zögernd zu ihm und dankte mit einem scheuen: »Vergelt's Gott, Flori!«

Er sah ihr tief in die Augen und wandte kopfschüttelnd ein. »Jetzt seh ich erst, Evi, dass ich mich doch getäuscht hab, denn Blumen, die so schön wie deine Augen sind, gibt's gar nicht.« Er brach unvermittelt ab.

Die Tür hatte sich geöffnet und die Fladerl Thekla betrat die Werkstatt. Mit geschäftsmäßiger Freundlichkeit, die nichts Echtes an sich hatte, begann sie: »Grüß Gott, Stockreiter. Deine Jacke ist nicht fertig, weil der Pauli auf der Stöhr ist, und der Michl ist noch nicht dazu gekommen.«

Blitzschnell hatte die Evi die Jacke zusammengeschlagen. Ihr Gesicht war ungewöhnlich blass geworden. Ein verschreckter Ausdruck lag in ihren Augen, als sie erklärte: »Der Flori hat eine neue Arbeit hergebracht, Mutter.«

»Ja, Fladerlin, weil ich mir gedacht hab, dann geht's gleich in einem«, mischte sich nun der Florian gelassen ein.

»Was fehlt denn?«, erkundigte sich die Thekla.

Für einen Augenblick herrschte gespanntes Schweigen.

Endlich erinnerte sich die Evi: »Es ist bloß eine Naht am Rücken aufgeplatzt. Ich hab mir's schon angesehen, Mutter.« Damit presste sie die Jacke, in der noch der verräterische Blumenstrauß steckte, fest an sich.

Zum Glück gab sich die Fladerlin damit zufrieden. Aber sie schaute den jungen Stockreiter so abwartend an, dass ihm nichts anderes mehr übrig blieb als sich sofort zu verabschieden.

Ziemlich überstürzt und im Innern sehr enttäuscht verließ der Florian die Schneiderwerkstatt.

Erst als er bereits wieder auf der Straße stand, erinnerte er sich, wie sehr sich die Evi über das Sträußchen gefreut hatte. Also war dieser Weg doch nicht ganz umsonst gewesen.

Die Fladerl Thekla war da leider anderer Meinung. Kaum hatte der junge Stockreiter die Tür hinter sich zugezogen, als sie auch schon argwöhnte:

»Wissen tät ich doch ganz gern, warum uns der auf einmal die Tür einläuft? Seit wann lässt sich denn der reiche Stockreiter eine zerrissene Jacke flicken? Der zieht doch nie im Leben etwas Geflicktes an!« Dabei schaute sie ihre Tochter mit jenem Inquisitionsblick an, der demjenigen des Fräulein Mathild schon sehr ähnlich war.

Floris Jacke immer noch fest an sich gepresst, so stand die Evi da und zuckte verlegen die schmalen Schultern. »Das weiß ich auch nicht, Mutter«, gab sie unsicher zu, dabei schlug ihr das Herz vor lauter Angst bis zum Hals hinauf.

Mit glasharter Stimme warnte die Thekla ihre Tochter: »Lass dir ja von so einem Hallodri den Kopf nicht verdrehen. Das ist einer, der einem Mädl die Sterne vom Himmel verspricht, aber hinaufsteigen und sie herunterholen kann sie sie dann selber! – Was hat er denn alles geredet?«, wollte sie mit falscher Vertraulichkeit wissen.

Ganz verzweifelt suchte die Evi nach einer Antwort. Sie hatte so gar keine Erfahrung im Herausreden oder gar Lügen. »Ich weiß nicht … nichts Besonderes …«, stotterte das Mädchen.

Die Evi konnte nur immer das eine denken: Wenn sie nur um Gottes willen die Jacke nicht nimmt und das Sträußl herausfällt. Was sich dann abgespielt hätte, wagte sie sich gar nicht vorzustellen.

Plötzlich wurde die Stimme der Fladerl Thekla versöhnlich. »Weil wir gerade einmal beim Thema sind, Evi«, sagte sie gedehnt, »hätt ich da gleich etwas mit dir zu bereden!« Sie setzte sich auf einen altersschwachen Stuhl und bedeutete ihrer Tochter sich auch zu setzen. Nun faltete sie ihre abgearbeiteten Hände in ihrem Schoß, blickte ihre Älteste eindringlich an und begann ernst: »Überall, wo man hinschaut auf der Welt, ist nichts als Schlechtigkeit. Ein Mädl ist schnell verdorben und für ihr ganzes Leben unglücklich gemacht. Du darfst ja nicht glauben, dass dich so einer, der dir schöne Augen macht, auch heiraten würde. Sie wollen bloß ihr Vergnügen und ihre Abwechslung; geheiratet aber wird kein armes Mädl und die Tochter vom Fladerl Pauli schon gar nicht.« Hier seufzte sie tief auf.

Immer noch zitternd hörte die Evi zu.

Niedergeschlagen fuhr die Thekla fort: »Du weißt, dass auf unseren Vater nicht viel Verlass ist. Er ist halt nun einmal so und nicht anders. Unser Herrgott wird schon wissen, warum er ausgerechnet mir einen solchen Mann gegeben hat, darüber hab ich mich auch nie beklagt. Aber grad weil der Vater so und nicht anders ist, müssen wir halt selber zusehen, dass es weitergeht. Du darfst nicht vergessen, dass du noch kleine Geschwister hast, die versorgt werden müssen; dass du auch mir, deiner Mutter, gegenüber ein Pflicht hast.«

Die Evi hielt es nicht mehr länger aus und fragte völlig verschüchtert: »Was soll ich denn eigentlich tun, Mutter? Warum bist denn auf einmal so?«

»Weil ich seh, dass der Teufel seine Krallen nach dir ausstreckt; weil um uns Versuchung und Verderbnis lauern«, antwortete die Fladerlin unheilschwanger. »Ich hab mir alles reiflich überlegt und den Herrgott um einen guten Rat angefleht und ich weiß, dass es das einzig richtige für uns ist, Mädl: Du heiratest den Michl!«

Wie erstarrt saß die Evi da. Endlich brachte sie mühsam hervor: »Nein, Mutter!«

Es war wohl das erste Mal in ihrem Leben, dass sie ihrer Mutter zu widersprechen gewagt hatte.

Doch die Fladerlin schien diesen Einwand entweder nicht gehört zu haben oder nicht ernst zu nehmen. Eindringlich setzte sie ihrer Tochter auseinander: »Einen besseren, anständigeren Mann als den Michl könntest dir gar nicht wünschen. Er ist fleißig und er geht nicht ins Wirtshaus. Er ist ein Mensch, an dem unser Herrgott sein Wohlgefallen hat!«

»Aber ich nicht, Mutter«, stieß die Evi unvermittelt hart hervor, dabei füllten sich ihre tiefblauen Augen mit Tränen.

Mit schärfer werdendem Ton erklärte die Fladerlin: »Nicht auf das Äußere von einem Menschen kommt es an, sondern auf sein Herz. Der Michl wird gewiss ein guter, treu sorgender Familienvater, bei dem es auch uns, den Kindern und mir, nicht schlecht geht.«

Sie erhob sich, strich sich die Schürze über dem mageren Leib glatt und schloss energisch: »Ich hoffe, du weißt jetzt, wie du dich zu verhalten hast! Die Heirat pressiert nicht, so was muss nicht von heut auf morgen gehen. Aber du weißt, wo du hingehörst.« Im Hinausgehen befahl sie noch: »Räum die Werkstatt auf, damit der Michl auch seinen Feierabend hat, wenn er vom Gebetläuten heimkommt!«

Als die Evi allein war, begann sie bitterlich zu weinen. Lieber wollte sie sterben, als dass sie den ältlichen, kränklich aussehenden Michl zum Mann nahm. Das konnte niemand von ihr verlangen – und jetzt schon gar nicht mehr!

Sie holte das Blumensträußchen aus dem Versteck und presste ihr tränennasses Gesicht gegen die verwelkenden Leberblümchen. Dabei wühlte ein wilder Schmerz in ihrem Herzen.

Der Pfarrhof von Egglbruck lag gleich hinter der Kirche, auf der anderen Seite der Friedhofsmauer, von einem schönen großen Garten umgeben.

In sattem Goldgelb waren die Forsythiensträucher erblüht, sie hoben sich wirkungsvoll von der dunkelgrünen Zedernhecke ab, die den Pfarrhof vor allzu neugierigen Blicken schützte.

Auf den Blumenrabatten streckten Tulpen und Narzissen ihre grünen Blattspeere aus der braunen Erde, während bunte Primeln und Maßliebchen bereits in voller Blüte standen.

Amseln flöteten im noch kahlen Gezweig der Bäume

ihre schmelzenden Lieder, als sängen sie mit den schnalzenden und zwitschernden Staren um die Wette.

Die Abendluft war noch mild und erfüllt vom Duft nach Frühling und keimendem Leben, das sich überall in der Erde zu regen begann.

Mit strengem Feldherrnblick überschaute das Fräulein Mathild den großen Garten. Sie hatte für Blumen und Sträucher nicht viel übrig. Für sie bedeutete das nur einen Berg Arbeit, während der Herr Pfarrer seinen Garten über alles liebte.

Es würde viel Mühe und so manches Schweißtröpfchen kosten, wenn man berücksichtigte, wie schwer sie sich ob ihrer Leibesfülle bückte, ehe in diesem kleinen Paradies wieder Ordnung herrschen würde. Da musste noch das vermodernde Laub des vergangenen Herbstes zusammengerecht und verbrannt werden, die Beete umgegraben und zum Teil neu bepflanzt werden und dann kam noch die Mühsal des Unkrautjätens. Dabei hatte sie noch den Haushalt zu führen und den Pfarrer zu versorgen.

»Ach ja«, stöhnte Mathild, »an mir bleibt halt wieder alles hängen! Dabei könnten wir für den Garten leicht jemanden gebrauchen, der mir ein bissl zur Hand geht, besonders bei den schwereren Arbeiten wie dem Umgraben.«

Der melodische Klang der Kirchturmglocken, die das Angelus einläuteten, ließ sie jäh verstummen. Sie schlug das Kreuzzeichen und betete den »Engel des Herrn«. Sehr aufmerksam konnte sie dabei nicht gebetet haben, denn während ihre Lippen stumm und hurtig die Worte des Englischen Grußes formten, während in ihren Ohren das Glockengeläut brauste, befassten sich ihre Gedanken mit ganz realen und sehr weltlichen Überlegungen.

Diese Gedanken musste sie sogleich in die Tat umsetzen, denn sie war ein Mensch, der nichts anbrennen ließ.

Flink schlug sie das Kreuzzeichen. Dann schritt sie gewichtig auf das kleine Eisenpförtchen zu, das durch die Friedhofsmauer führte, und verließ den Pfarrgarten.

Vor dem Eingang der Sakristei bezog sie Stellung. Hier würde der Mesner herauskommen.

Kaum fünf Minuten musste das Fräulein Mathild warten, dann verließ der Schreivogl Michl die Kirche. Er kam gar nicht auf die Idee, die Pfarrersköchin könnte auf ihn warten. Mit einem hastig gemurmelten Gruß wollte er an ihr vorüber.

»Geh, Michl, so wart doch noch einen Moment«, hielt ihn die Haushälterin des Pfarrers zurück.

»Ist was nicht in Ordnung, Fräulein Mathild?«, fragte er ängstlich und mit nervösem Schlucken, was sein hervorstehender, auf und ab zuckender Adamsapfel verriet.

Wenn sie ihn sich so ansah, wie er vor ihr stand, mit schmalen, knochigen und tief hängenden Schultern, hoch aufgeschossen und hager, mit dünnen Armen und Beinen, dann musste sie ernstlich bezweifeln, ob er der richtige Mann für ihr Ansinnen war. Aber besser ein halber Mann als gar keiner. Und in der Not frisst sogar der Teufel Fliegen.

Nachdem sie den Michl mit dem Blick eines Offiziers, der Rekruten mustert, angesehen hatte, sagte sie forsch: »Der Pfarrgarten muss instand gesetzt werden – eine Heidenarbeit. Und da hab ich mir gedacht, ob mir nicht jemand ein bissl helfen könnte?« Hier sah sie ihn aufmunternd an.

Der Michl hatte schon verstanden. Inwieweit seine Begeisterung echt oder nur gespielt war, ließ sich bei seinem ausdruckslosen Gesicht schwer sagen. Jedenfalls erbot er sich zuvorkommend: »Wenn Sie mir sagen, was ich zu tun hab, Fräulein Mathild, dann helf ich Ihnen gern!«

Das war genau nach ihrem Geschmack und sie bedachte ihn mit einem wohlwollenden, etwas schmalzigen Schmunzeln, während sie hoheitsvoll nickte.

Einschränkend fuhr der Michl fort: »Aber ich hab halt bloß nach Feierabend Zeit.«

»Warum?«, unterbrach sie ihn hart. »Morgen ist doch Samstag, da hast du doch den ganzen Nachmittag Zeit!«

»Freilich, Fräulein Mathild«, pflichtete ihr der Michl hastig bei. »Daran hab ich nicht mehr gedacht!«

Denken war nicht seine starke Seite, was sie auch nicht erwartet und verlangt hatte. Sie brauchte ihn lediglich zum Umgraben. Freundlich forderte sie ihn auf: »Du kannst schnell mitkommen, dann zeig ich dir gleich, was alles zu machen ist!«

Der Michl nickte zustimmend, ehe er zaghaft einwandte: »Lang hab ich nicht Zeit, denn die Meisterin wartet mit dem Essen.«

Das rührte die Mathild wenig. »Fünf Minuten wird sie schon warten können«, meinte sie gelassen und ging voran durch die Gräberreihen auf das eiserne Türchen in der Friedhofsmauer zu.

Gehorsam trottete der Schreivogel Michl hinterdrein. Er hatte vor der Mathild einen Heidenrespekt. Erstens war sie die Haushälterin des Pfarrers und zweitens die Freundin seiner Meisterin. Beim Anblick ihrer auf und ab wogenden Hüften wurde es ihm ein bisschen warm, aber als strenger Katholik, der die zehn Gebote achtete, wusste er, was er zu tun hatte; und er ließ sofort mehrere Schritte Abstand zwischen sich und diesen schwellenden Fleischmassen.

Dem Michl war zwar der Pfarrgarten keineswegs fremd, aber von der Warte eines Gärtners aus hatte er dieses große Grundstück noch nie betrachtet. Während nun die Mathild mit heftig herumfuchtelnden Armen zu erklären begann, was alles bearbeitet werden musste, beschlich ihn das unheimliche Gefühl, dass er mit seiner spontanen Zusage eine Unvorsichtigkeit begangen hatte. Dies war Schwerarbeit im reinsten Sinne des Wortes und er war nun einmal kein Holzknecht mit Schmalz in den Fäusten.

»Wenn du dich ein bissl beeilst, dann hast du es bald geschafft«, redete die Mathild ungerührt drauflos. »Die Tage werden ja jetzt länger, sodass du nach dem Gebetläuten allweil noch ein Stündchen werken kannst!« Wohlmeinend fügte sie hinzu. »Das Nachtessen kriegst du dann bei mir.«

»Nein, Fräulein Mathild, das braucht's nicht«, wehrte der Michl fast erschreckt ab, denn das erschien ihm als zu viel der Ehre.

Ziemlich boshaft wandte die Freundin der Fladerl Thekla ein: »Du musst keine Sorge haben, Michl, bei mir kriegst du auf die Nacht schon etwas anderes als eine aufgeschmälzte Brotsuppe wie bei deiner Meisterin. Mir soll's auf einen Brocken Fleisch nicht ankommen.« Einfältig kichernd fuhr sie fort: »Nicht, dass du mir vom Fleisch fällst!«

Der Michl wusste, dass er, was Kräfte und Aussehen betraf, von der Natur etwas benachteiligt worden war. Deshalb wurde er rot und verlegen, war jedoch weit davon entfernt, ihr diese Anspielung als Frechheit auszulegen oder ihr eine passende Antwort darauf zu geben. Er erwiderte nur murmelnd: »Ich mach mir gar nicht so viel aus Fleisch!«

Ein halb mitleidiger und halb zurechtweisender Blick der Pfarrersköchin brachte ihn zum Schweigen. Dann fuhr sie mit der Erklärung der anfallenden Arbeiten fort, sodass er den Eindruck gewann, hier wartete eine Lebensstellung auf ihn. Er wurde schon ganz unruhig, trat nervös von einem Fuß auf den anderen, denn er dachte mit Sorge an seine Meisterin, die gewiss mit dem Nachtessen auf ihn wartete.

Erst als sie ihm all das auseinandergesetzt hatte, was sie im Pfarrgarten gemacht haben wollte, gab sie sich zufrieden und entließ ihn mit einem aufmunternden: »Also, Michl, dann bis morgen! Und komm nicht zu spät!«

Er versprach pünktlich zu sein, verabschiedete sich überstürzt und hastete mit langen Schritten davon.

Mathilds Gesicht zeigte einen äußerst zufriedenen Ausdruck, als sie ihm nachschaute. Er schien wirklich ein ganz brauchbarer Mensch zu sein, tatsächlich eine rühmliche Ausnahme unter all den anderen Mannsbildern, die nichts als ihr sündhaftes Vergnügen im Kopf hatten, zu bilden.

Schon seit vielen Jahren war der Stockreiter Flori mit dem Aumüller Anderl dick befreundet.

Auf der Hausbank vor dem kleinen Aumüller-Hof wurde heftig, aber mit gedämpften Stimmen disputiert. Dabei schauten sich der Anderl und der Flori immer wieder um, ob sie nicht belauscht wurden. Denn mit der Aumüllerin, Anderls Mutter, war nicht gut Kirschen essen.

»Es wär doch gelacht, wenn wir diesen Drachen nicht vertreiben könnten«, kam es grimmig vom Stockreiter Flori.

Der Anderl, ein mittelgroßer, untersetzter Bursche, der vor Kraft nur so strotzte, pflichtete seinem Spezi eifrig bei: »Verdient hat sie es ja schon lang, dieser Besen! Man hätt ihr ja damals schon einen Denkzettel verpassen müssen, als sie zur Schmiedin gerannt ist und ihr erzählt hat, dass ich was mit ihrer Monika hab.«

»Worauf dich die Schmiedin glatt hinausgeschmissen hat«, wandte der Flori mit einem breiten Grinsen ein.

»Ja, und das völlig ungerechtfertigter Weise«, stieß der Anderl erbittert hervor.

»Ich sag dir, diese Person ist schlimmer als der schärfste Wachhund«, sagte der Flori eindringlich. »Und drum müssen wir zusehen, dass wir sie endlich loswerden. Es muss doch nicht sein, dass wir uns von so einer Beißzange allweil die Tour vermasseln lassen müssen!«

»Recht hast du, Flori«, stimmte ihm der Anderl zu. Doch etwas gedrückt fuhr er fort. »Ein ungutes Gefühl hab ich doch, wenn man bedenkt, dass es ausgerechnet im Pfarrhof …«

Beruhigend und selbstsicher erklärte daraufhin der Flori: »Da können wir nichts dafür, Anderl! Da hätte halt der Herr Pfarrer dafür sorgen müssen, dass seine Köchin ihr Mundwerk besser im Zaum hält!«

»Da hast du eigentlich auch wieder Recht«, kam es bestätigend vom Anderl. »Aber das eine sag ich dir, Flori: Du weißt, dass ich kein Feigling bin, aber bei dieser Sache darf uns keiner erwischen! Du kennst meine Mutter, und wenn die was davon spitzkriegt, dann gnade mir Gott!«

Der Flori schmunzelte und er versprach: »Nichts wird man erfahren! Oder meinst du vielleicht, dass mich meine Mutter lobt, wenn davon etwas ans Licht kommt? Sie ist eh noch ziemlich grantig auf mich wegen der kleinen Rauferei mit dem Bader Girgl. Ich muss auch zusehen, dass sie sich wieder ...« Er brach ab, fuhr aber mit erhobener Stimme sofort wieder fort: »... das hab ich doch schon immer gesagt!«

»Was gibt's denn bei euch gar so Wichtiges zu bereden, dass ihr nicht in die Stube hineingeht?«, fragte die Aumüllerin, die soeben aus dem Haus herausgekommen war.

»Gar nichts Wichtiges, Mutter«, beeilte sich der Anderl hastig zu versichern. »Wir sind halt bloß so ins Reden gekommen.«

»Das kann ich mir denken«, meinte die Aumüllerin sarkastisch. Fröstelnd zog sie die Schultern hoch. »Kommt herein, da heraußen holt ihr euch ja den Tod! Es ist jetzt wahrhaftig noch nicht die Zeit, wo man abends auf der Hausbank sitzen kann.«

»Ja, wir kommen schon, wenn's uns zu kalt ist, Mutter«, versprach der Anderl.

Die Aumüllerin ließ die beiden wieder allein, obgleich sie gern gewusst hätte, was da wieder ausgekocht wurde.

Man wartete, bis die schwere Haustür geschlossen worden war.

Dann sagte der Flori leise: »Du, ich geh jetzt besser heim! Um halb eins treffen wir uns hinter dem Ochsen-Wirt. Und du bringst die Leiter vom Siemanndl mit!«

»Ja, aber umständlich ist das schon«, wandte der Anderl ein.

»Das weiß ich selber«, gab der Flori zu. »Ich hab's dir doch lang und breit erklärt, warum es grad die Leiter sein muss!«

Ja, das sah der Anderl selber auch ein. Schließlich ließ sich die Sache nur mit einer ausgeliehenen Leiter bewerkstelligen, wollte man keinen Verdacht auf sich selber lenken. Außerdem lagen beim Siemanndl, einer Schreinerei, Leitern in jeder Länge herum, sodass es nicht schwer war, sich eine davon auszuborgen. Hinzu kam noch, dass danach kein Mensch auf den Gedanken kommen würde, dass der brave, ehrbare Siemanndl Hans diesen Racheakt ausgeführt hatte, denn dieser Mann kam für so etwas nicht in Frage.

Nachdem der Flori noch einmal versichert hatte für alles andere zu sorgen, trennte man sich.

Es war eine frostklare Nacht. Das Licht der funkelnden Sterne spiegelte sich in den gefrorenen Wasserlachen, die wie kleine Silberseen die Straße sprenkelten. Ein unvorsichtiger Schritt und diese trügerischen Spiegel zerbarsten klirrend und knirschend.

Doch der Stockreiter Florian passte genau auf, dass kein Schritt zu hören war, als er auf den Pfarrhof, der von der Straßenseite her durch eine hohe Hecke fast ganz verborgen war, zuschlich.

Unter dem Arm trug er einen dicken Packen aus alten zusammengerollten Säcken, die er vorher eingehend inspiziert hatte, ob sich nicht irgendein verräterischer Hinweis auf ihnen entdecken ließ. Mit diesen Säcken wollte er der vorlauten Pfarrersköchin einen Denkzettel verpassen.

Nun verließ der Flori die Straße und pirschte sich an der Südseite des großen Grundstückes, auf dem der Pfarrhof stand, heran.

Vom kahlen, aber dichten Gezweig eines großen Holunderbusches verborgen wartete er auf seinen Freund.

Es dauerte nicht lange und er sah den Anderl, eine lange Leiter mit sich schleppend, über die Wiesen her auf sich zukommen.

»Gott sei Dank!«, stieß der Flori leise hervor, als der Anderl herangekommen war. »Hat dich wer gesehen?«

»Ach woher denn«, verneinte der Anderl schmunzelnd. »Aber plagen hab ich mich müssen wie ein sterbender Esel. Die Leiter hat ein ganz schönes Gewicht.«

»Komm, red nicht lang!«, unterbrach ihn der Flori drängend. Er nahm nun das hintere Ende der Leiter und nacheinander zwängten sie sich durch den dichten Zedernzaun.

Hinter keinem der Fenster brannte noch Licht; alles lag in tiefer Ruhe.

Als die Leiter an der Rückseite des Hauses lehnte, zog der Flori seine Schuhe aus, klemmte sich den Packen unter den Arm und kletterte wieselflink die Leitersprossen hinauf und auf das Dach.

Aufgeregt, schließlich war es der Pfarrhof, auf dem man sich befand, beobachtete der Anderl vom Fuß der Leiter aus, wie sein Spezi nun seine Arbeit begann.

Rasch und sehr gründlich wurden die beiden Schornsteine mit den Säcken verstopft. Nicht das kleinste Rauchwölkchen würde sich durch diese Stoffpfropfen hindurchzwängen können.

Als diese Arbeit – sie hatte keine zehn Minuten gedauert – getan war, stieg der Flori ebenso gewandt wieder vom Dach herunter.

Aber damit war das Werk der Rache noch nicht beendet. Nun gedachten die beiden Burschen der Mathild eine ganz besondere Freude zu machen.

Als man die lange Leiter, vorsichtig jedes Geräusch vermeidend, wieder umgelegt hatte, dachte man nicht im Entferntesten daran, nun möglichst rasch wieder zu verschwinden.

Jeder nahm ein Ende der Leiter und auf leisen Sohlen schlich man ums Haus. Nun wurde die Leiter an einem der Straße zugewandten Fenster angelehnt und – vergessen!

Jeder, der morgen früh die Leiter erblickte, würde sich fragen müssen, ob es mit der Frömmigkeit und Tugend des Fräulein Mathild wirklich so weit her war? Denn es war unwahrscheinlich, dass beim Herrn Pfarrer jemand gefensterlt hatte.

Begleitet von einem verhaltenen Lachen flüsterte der Anderl seinem Freund zu: »Ob es überhaupt jemand glaubt, dass diese fette Giftnatter einen Verehrer hat?«

»Das ist mir Wurscht«, kam es lakonisch vom Flori. »Hauptsache, sie selber ärgert sich grün und blau! Schade, dass ich es nicht sehen kann, wie diese scheinheilige Person morgen Gift und Galle spuckt.«

»Oder sich in Grund und Boden schämt«, wandte der Anderl ein.

»Was ihr auch nicht schaden würde«, meinte der Flori daraufhin ungerührt. »Sie hat andere Leute schon oft genug in unbegründeten Verdacht gebracht. Vielleicht merkt sie jetzt, wie das ist, wenn es ihr selber ans Leder geht!«

Hochzufrieden und unbemerkt machten sich die beiden Burschen auf ihren Heimweg.

Pünktlich um sechs Uhr verließ die Mathild jeden Morgen ihre Kammer. Es war jeden Tag ihre erste Arbeit, im Küchenherd Feuer zu machen, und heute war es nicht anders.

Noch etwas benommen vom Schlaf, mit einem herzhaften Gähnen, kniete sie sich vor dem Ofen nieder. Sie richtete ein Häufchen trockener, fein geschnittener Späne in das schwarze Ofenloch, schob ein Knäuel Papier darunter und riss ein Streichholz an.

Zwar fing das Papier Feuer, die Flammen leckten auch noch ein wenig an den Spänen, aber dann verlöschten sie. Ein neuer Papierknäuel musste herhalten, aber auch diesmal war es nicht anders.

Die Mathild warf einen kurzen Blick aus dem Fenster und brummte: »Ich glaub, das Wetter wird umschlagen, weil der Kamin nicht richtig zieht!« Doch das würde rasch behoben sein.

Sie holte ein Kännchen mit Petroleum und spritzte etwas von der übel riechenden Flüssigkeit über die Späne. Dann wurde zum dritten Mal angezündet.

Sofort schossen die Flammen auf, das Holz knisterte und krachte. Hastig legte sie ein paar Scheite darüber und schloss rasch das eiserne Ofentürchen, das mit einem Riegel versehen war.

Sie stellte die Petroleumkanne wieder beiseite, dann setzte sie den Wasserkessel auf.

Vor der Frühmesse, die um halb sieben begann, pflegte der Herr Pfarrer eine Tasse Kaffee zu trinken. Gefrühstückt wurde erst, wenn er aus der Kirche wieder heimkam.

Noch während sie die Kanne herrichtete und den Kaffee abmaß, knisterte das Feuer im Herd. Aber plötzlich war es wieder still.

»Herrschaftseiten, was hat er den heut, dieser Malefizofen?«, schimpfte sie vor sich hin. »Es kann doch nicht so viel Stickluft im Kamin sein.« Wieder kniete sie sich vor dem Herd nieder und entriegelte das Eisentürchen. Aber schon flog es auf und mit einem Knall stob ihr eine pechschwarze Rußwolke aus dem Ofenloch entgegen und ins Gesicht.

Der ganze Rauch und Qualm, der sich im verstopften Schornstein angesammelt hatte, verfinsterte die Küche. Es roch schauerlich.

Hustend und prustend, mit einem Gesicht so schwarz wie das eines Kaminkehrers, rappelte sie sich auf und suchte sich tastend einen Weg zum Fenster. Beißend drang ihr der Qualm in Augen und Kehle. Sie glaubte daran ersticken zu müssen.

Als sie das Fenster endlich aufgestoßen hatte und der Rauch hinaus ins Freie konnte, rang sie keuchend nach frischer Luft.

»Du liebe Zeit, was ist denn hier los?«, ließ sich nun die Stimme des Herrn Pfarrers vernehmen, der soeben die verräucherte und verqualmte Küche betreten hatte. Sich die Hand vor Mund und Nase haltend fragte er: »Was hast du denn da wieder angestellt, Mathild?«

»Nichts, rein gar nichts, Hochwürden«, erwiderte die Haushälterin jammernd und mit weinerlicher Stimme. »Zuerst hat das Feuer schon nicht anbrennen wollen. Und ich hab mir gedacht, da wär eine Stickluft im Kamin. Als ich dann ein paar Spritzer Petroleum hineingeschüttet hab, da hat's ein Zeitl gebrannt; aber bald war's wieder aus. Ich schau ins Ofenloch hinein und – wumm – kommt mir die ganze Bescherung entgegen.«

Der Rauch hatte sich etwas verzogen, sodass man wieder einigermaßen sehen konnte, und da begann der Herr Pfarrer plötzlich lauthals zu lachen. Er lachte, dass ihm die Tränen über die Wangen kugelten. Dabei deutete er immer wieder zur Mathild, brachte aber vor lauter Lachen und Prusten kein Wort heraus.

»Was ist denn, Hochwürden?«, wollte die Mathild verwirrt wissen.

Endlich hatte sich der Herr Pfarrer so weit gefangen, dass er ihr sagen konnte: »Schau einmal in den Spiegel! Du siehst aus wie dem Leibhaftigen seine Großmutter.«

Wie der Blitz surrte die Mathild zum Spiegel, und was ihr da entgegenblickte, war nicht sehr erfreulich. Ihr Gesicht glich einem schwarzen rußigen Kürbis, in dem man Löcher hineingeschnitten hatte, die Augen und Mund darstellten. Auch ihr fahlblondes Haar war schwarz wie das einer rassigen Spanierin.

»Heilige Jungfrau«, stöhnte sie entsetzt. Dann begann sie sofort mit der gründlichen Reinigung ihres entstellten Gesichts.

»Dann werd ich wohl heute auf meinen Kaffee verzichten müssen«, meinte der Herr Pfarrer fast gemütlich.

In diesem Augenblick schlug die Haustürglocke an.

Schon wollte die Mathild davonstürzen um nachzusehen, was los war, aber sie musste ihre Neugier bezähmen.

»Ich geh schon selber«, sagte der Herr Pfarrer schmunzelnd. »Wenn dich einer so sieht und das am frühen Morgen, dann trifft ihn auf der Stelle der Schlag.«

Beleidigt drehte ihm seine Haushälterin den Rücken zu

und rieb sich erneut Seifenschaum ins nunmehr schwarz-weiß gefleckte Gesicht.

Er verließ die Küche und sperrte die Haustür auf.

Draußen stand eine alte Frau, die Schuster Nanni, die auf ihrem täglichen Weg zur Frühmesse das Sündenrelikt am Pfarrhaus entdeckt hatte. Sehr verlegen – sie getraute sich dem Herrn Pfarrer kaum in die Augen zu sehen – deutete sie auf die rechte Seite des Hauses, während sie mit zahnlosem Mund undeutlich hervordruckste: »Es ist ja nicht wegen mir, Hochwürden …, aber es muss ja nicht sein, dass es das ganze Dorf sieht.«

»Was denn, Schusterin?«, fragte der Herr Pfarrer leicht irritiert.

Die alte Frau schien das Wort nicht über die fest zusammengepressten Lippen zu bringen. Wieder deutete sie mit der Rechten, um die sie einen Rosenkranz geschlungen hatte, auf das Haus, während ihr Blick anklagend und schmerzlich zugleich auf den Seelsorger gerichtet war. Die linke Hand hielt krampfhaft das Gebetbuch umklammert, das sie wie einen Schild gegen den mageren Leib presste.

Nun trat der Herr Pfarrer aus der Tür um nachzusehen, was die fromme Frau denn gar so sehr aus der Fassung gebracht hatte.

Als er die Bescherung sah, verschlug es auch ihm die Sprache. Mit einem unbeherrschten »Ja, Himmelkreuzdonnerwet…« wollte er lospoltern, besann sich aber noch rechtzeitig und verschluckte den Rest dieses ganz und gar ungeistlichen Zornausbruchs. »Da muss sich jemand einen schlechten Scherz erlaubt haben«, sagte er stattdessen, bedankte sich hastig bei der alten Schuster Nanni und stürmte ins Haus.

Als der Herr Pfarrer wieder zurück in die Küche kam, war Mathilds Gesicht – von etlichen dunklen Streifen und Rändern unterm Kinn und um den Hals abgesehen – fast wieder weiß wie eh und je.

Neugierig wollte sie sofort wissen: »Wer ist es denn gewesen, Hochwürden? Ist jemand gestorben?«

Er ließ sie gar nicht erst ausreden, sondern fasste sie mit hartem Griff am Arm und zog sie zum Fenster. Barsch forderte er sie auf: »Da, schau einmal hinaus!«

Verdattert streckte die Mathild ihren Kopf aus dem Fenster. Ganz entsetzt prallte sie zurück. Und nun war ihr Gesicht tomatenrot. Mühsam stieß sie hervor: »Aber, Hochwürden, Sie werden doch nicht glauben, dass ich …, dass zu mir …« Hier geriet sie ins Stottern.

»Nein, das glaub ich ganz und gar nicht«, donnerte der Herr Pfarrer mit lauter Stimme. Sarkastisch fuhr er fort: »Denn so viel Schneid trau ich keinem von unseren Burschen zu!« Sein Ton wurde schneidender: »Was ich hingegen glaub, meine liebe Mathild, ist, dass du dein verruchtes Mundwerk wieder einmal hast spazieren gehen lassen und dass das einer in die falsche Kehle gekriegt hat.«

Völlig verwirrt druckste die Mathild hervor: »Ich versteh Sie nicht, Hochwürden …«

»Du verstehst mich recht gut«, hielt er ihr hart vor. »Geratscht wirst halt wieder einmal haben. Was musst dich auch immer um anderer Leut Sachen kümmern? Oder meinst du, dass der Ofen von ungefähr ausgepufft hat? Den Kamin hat dir einer zugestopft! Und das bestimmt nicht bloß aus Langeweile oder aus purer Gaudi!«

Also das war denn doch die Höhe! Da wurde ihr so übel mitgespielt und er, der Herr Pfarrer, fiel auch noch über sie her und hielt diesen Misthammeln sogar die Stange! Nein, das war einfach zu viel! Laut und so durchdringend wie eine Sirene begann sie zu heulen.

Das wiederum war dem Hochwürden zu viel und er verließ fluchtartig die Küche.

Mit langen Schritten und fliegender Soutane, so eilte Herr Emeran Inzinger, Pfarrherr von Egglbruck, durch das Türchen in der Friedhofsmauer und stürmte auf die Kirche zu.

Zum Glück traf er in der Sakristei den Mesner an.

Grußlos begann er sogleich: »Gut, dass ich dich noch antreff, Michl! Mit der Mathild hat sich einer einen bösen Scherz erlaubt und ihr eine Leiter vor das Fenster gelehnt. Außerdem haben sie uns auch noch den Kamin verstopft. Geh, sei so gut und bring das schnell wieder in Ordnung, eh das ganze Dorf sieht, was passiert ist! Freilich, reden werden sie ohnehin, aber ich kann ihnen das Maul auch nicht stopfen. Doch man muss den Schaden ja nicht größer werden lassen, als er ohnehin schon ist.«

Über so einen schändlichen Frevel konnte der Michl nur schaudernd seinen Kopf schütteln. »Ich geh gleich, Hochwürden«, versprach er. Etwas einfältig wollte er noch wissen: »Wo soll ich denn die Leiter hintun, Hochwürden?«

Ungeduldig stieß der Herr Pfarrer hervor: »Was weiß denn ich. Hauptsach, sie verschwindet vom Pfarrhof!«

Obgleich sich der Michl, der ja für diese Misere nichts konnte, ungerecht behandelt fühlte, eilte er doch, um den Schaden, so gut es noch ging, wieder zu beheben.

Auf der Straße hatten sich bereits einige Leute angesammelt und sie schauten kichernd und schwatzend über den Zedernzaun auf den Pfarrhof.

Als sich nun der Michl daranmachte, die Leiter, die ziemlich schwer war, umzulegen, damit sie endlich vom Kammerfenster der Pfarrersköchin verschwinden würde, rief man ihm spöttische Ratschläge und boshafte Kommentare zu.

Nun, da man wusste, dass der Herr Pfarrer in der Kirche war, getraute man sich auch recht deftige und eindeutige Witze zu reißen, obgleich man insgeheim überzeugt war, dass es sich nur um einen Schabernack gehandelt haben konnte. Denn Mathilds Aussehen und ihr Gebaren versprachen ebenso wenig Liebesfreuden wie eine Feuerwehrspritze. Aber es nahm halt jeder gern die Gelegenheit wahr um nun einmal über diese selbstgerechte, spitzzüngige Person lästern zu können.

Endlich hatte es der schwächliche Michl geschafft und

die lange Leiter lag im Gras. Erschöpft wischte er sich die Schweißtröpfchen von der stark gelichteten, nun vor Anstrengung rot angelaufenen Stirn.

Plötzlich schrak er zusammen, denn ihm war soeben wieder eingefallen, dass der Herr Pfarrer auch davon gesprochen hatte, dass der Schornstein verstopft worden wäre. Heilige Jungfrau! Und er war nicht schwindelfrei! Sein Lebtag lang war er noch auf kein Dach gestiegen und es würden ihn auch keine zehn Pferde auf eines hinaufbringen; nicht einmal auf das vom Pfarrhof, der ja nun gewiss in Gottes Hand stand und somit einige Sicherheit gewährleistet wäre.

Der Michl machte deshalb auch ein bekümmertes Gesicht, als er, nachdem er die Klingel gezogen hatte, an der Haustür darauf wartete, dass ihm das Fräulein öffnete. Auf alles war er gefasst, nur nicht darauf, das dicke Feldwebelgesicht des Fräulein Mathild verweint zu sehen.

Mit der Miene eines Leichenbitters und in einem Ton, als ob er zu einem Todesfall kondolierte, sagte der Michl verschämt: »Ich hab sie weggetan, die …«, hier musste er sich erst räuspern, ehe er es herausbrachte, »die Leiter!«

»Vergelt's Gott, Michl«, brachte die Mathild jammernd und weinerlich hervor. Dann bedeutete sie ihm ihr ins Haus zu folgen.

Dem Michl schwante zwar nichts Gutes, aber er trabte gehorsam hinter der Köchin des Herrn Pfarrers her.

In der Küche roch es noch immer nach Rauch und Ruß, obgleich kühle Morgenluft durch die geöffneten Fenster hereinströmte.

Wie ermattet ließ sich die Mathild auf einen Stuhl fallen, der unter ihrem Gewicht gefährlich aufächzte und bedrohlich knarrte. Unvermittelt und ohne jegliche Vorwarnung heulte sie plötzlich wie eine Kreissäge auf: »So eine himmelschreiende Gemeinheit! So eine Schand, ausgerechnet mir so was anzutun!«

Erschreckt war der Michl zusammengefahren. Verlegen stotterte er: »Ja mei, die Leut sind halt boshaft.« Heimlich schielte er auf die Uhr. Er hätte längst daheim sein und seine Arbeit aufnehmen müssen. Unruhig trat er von einem Fuß auf den anderen; ein fast gehetzter Ausdruck erschien in seinen sanften braunen Augen. Fieberhaft überlegte er, wie er sich einen möglichst raschen und unverfänglichen Abgang verschaffen konnte.

»Und den Kamin haben sie mir auch verstopft, diese Misthammel, diese gescherten«, heulte die Mathild erneut auf.

Heilige Jungfrau, jetzt kam es! Der Michl räusperte sich verlegen und flocht seine schweißnassen Finger ineinander. Unsicher brachte er hervor: »Das bringt der Kaminkehrer schon wieder in Ordnung.«

»Was?«, kreischte sie entsetzt auf. Entschieden lehnte sie ab: »Das kommt überhaupt nicht in Frage. Dann erfahren sie es im Nachbardorf ja auch noch!«

So Unrecht hatte sie damit nicht, denn der Kaminkehrer wohnte im sechs Kilometer entfernten Kirchbichl und er würde nicht wenig grinsen, wenn er erfuhr, was sich in Egglbruck zugetragen hatte. Auf dem Land galten Schornsteinfeger weniger als Glücksbringer, hier fungierten sie vielmehr als Nachrichtenüberbringer.

»Ja, dann weiß ich auch nicht …«, wandte der Michl kleinlaut ein. Wenn er doch nur schon wieder fort und daheim an seinem Schneidertisch wäre.

Plötzlich richtete Mathild ihre runden, vom Weinen geröteten Porzellanaugen auf den Michl, sprang behände wie ein Gummiball von ihrem Stuhl auf, schoss auf den mageren Schneidergesellen zu und warf sich an seine schmale knochige Brust.

Sie schlang ihre Arme um seinen Leib, presste ihn an sich, dass ihm fast das Atmen verging, und flehte laut weinend: »Ich bitt dich mit aufgehobenen Händen«, was ihm lieber gewesen wäre als dieses Herauspressen seines ohnehin schwachen Lebensfünkchens, »Michl, du musst mir helfen! Du musst mir beistehen!«

In seiner Angst und Verwirrtheit begann er ihr beruhigend über die massigen Schultern zu streicheln, aber erst nachdem er vergeblich vesucht hatte sich aus ihrer Umklammerung freizumachen.

Lauthals plärrte die Mathild weiter: »Michl, du musst hinaufsteigen aufs Dach und ...«

Er nahm all seinen Mut zusammen und stieß ablehnend hervor: »Nein, Fräulein Mathild, das kann ich nicht!«

Wieder presste sie sich an ihn und sie drückte ihr tränennasses Gesicht an seinen Hals, gegen seinen hervorstehenden knochigen Adamsapfel und flehte: »Du musst mir beistehen, Michl! Du musst mir helfen!«

Entweder war es dieses andauernde »du musst« – er war schließlich sein Lebtag lang dazu erzogen worden, widerstandslos zu gehorchen – oder es waren ihre üppigen, weich schwellenden, eng an seinen Körper gepressten Formen, die ihre Wirkung nicht verfehlten, sodass er schließlich resigniert aufstöhnte: »Also gut, ich tu's!«

Er schaute sie an mit dem Blick eines Selbstmörders, der dem Leben entsagt hatte, und setzte melodramatisch hinzu: »Ich tu's nur für Sie, Fräulein Mathild, weil ich Ihnen damit helfen kann. Aber ich weiß es jetzt schon, dass es aus ist mit mir«, hier seufzte er auf, ehe er leise gestand: »Ich bin nämlich nicht schwindelfrei!« Immer noch streichelte er gedankenlos ihre bebenden Schultern, die sich wie ein zu prall gefülltes Federkissen anfühlten.

Es war das erste Mal in Mathilds Leben, dass sie an einer, wenn auch recht schmalen Männerbrust lag und dass die Hand eines Mannes sie streichelte. Und da geschah auch in ihrem Inneren etwas Seltsames. Während sie sich noch fester an ihn klammerte – allmählich wirkten ihre prügeldicken Arme wie Schraubstöcke –, rief sie aufschluchzend aus: »Nein, Michl, ich will nicht, dass dir etwas zustösst! Lieber ertrag ich die Schand, als dass dir meinetwegen was passiert!«

Nun, da sich jemand um ihn sorgte, überkamen den ängstlichen Schneidergesellen plötzlich Heldengelüste und großspurig versicherte er: »So schlimm wird es schon nicht gleich werden.«

»Nein, Michl, ich bitt dich, tu's nicht!«, flehte die Mathild nun, völlig entgegengesetzt zu dem, was sie noch vor wenigen Minuten gesagt hatte. Mit ersterbender Stimme setzte sie hinzu: »Ich könnt's nicht ertragen, wenn dir was passieren würde, Michl!«

Da beschlich den Michl das unheimliche Gefühl, dass es sich im Grunde gar nicht mehr darum drehte, ob er auf das Dach hinaufsteigen sollte oder nicht; dass die Mathild etwas ganz anderes von ihm erwartete, als dass er den verstopften Schornstein wieder in Ordnung brachte. Mit verzweifelter Anstrengung versuchte er sich aus ihrer Umarmung freizumachen, dabei keuchte er: »Also gut, Fräulein Mathild, wenn Sie meinen, lass ich es halt gut sein!«

Ein unvorhergesehener Ruck und er war frei, konnte endlich wieder richtig durchatmen. Erst jetzt merkte er, wie er am ganzen Körper schwitzte, wie seine Kleidung an ihm klebte, auch seine Stirn glitzerte schweißnass. Hastig presste er hervor: »Ich muss an meine Arbeit gehen, Fräulein Mathild. Ich hätt Ihnen ja gern geholfen, aber ...« Hier zog er resignierend seine knochigen Schultern hoch. Dann verließ er überstürzt die Küche.

Als die Tür längst hinter dem Michl geschlossen worden war, stand die Mathild noch immer mit einem ganz verklärten Lächeln, das bei ihr jedoch eher aussah, als ob sie einen Schlag vor den Kopf erhalten hätte, da und starrte Löcher in die Luft.

Vergessen war die Schmach, die man ihr in so hinterhältiger Art und Weise angetan hatte. Im Augenblick war es ihr sogar einerlei, dass der Herr Pfarrer auch nach der Frühmesse auf seinen Kaffee würde verzichten müssen. Momentan war sie dieser schnöden Welt entrückt und schwebte in höheren Gefilden.

O ja, er hatte das Getuschel, die scheelen Blicke und das Gekicher hinter vorgehaltenen Händen wohl bemerkt, der Herr Pfarrer, was seine Laune nicht eben rosiger werden ließ.

Er gestand es sich ehrlich ein, dass er eine Mordswut im Bauch hatte, denn solche Spaßetteln waren wenig dazu angetan, den Ruhm der Kirche zu mehren und zu heben. Das war wieder einmal Wasser auf den Mühlen der Lästermäuler.

Herr Emeran Inzinger bezweifelte keinen Augenblick lang, dass seine Haushälterin so unschuldig wie ein neu geborenes Kalb war, dass weder in der letzten noch in irgendeiner Nacht vorher ein Bursche an ihrem Kammerfenster gewesen war. Er getraute es sich mit Bestimmtheit zu behaupten, dass die stehen gelassene Leiter ein Racheakt war.

Und trotzdem hatte er auf seine Köchin eine weitaus größere Wut als auf den Flegel, der die Sache mit der Leiter inszeniert hatte.

Nicht umsonst hatte er die Mathild immer und immer wieder davor gewarnt, sich in fremde Angelegenheit zu mischen. Aber er hatte tauben Ohren gepredigt. Sie konnte ihr Mundwerk einfach nicht im Zaum halten.

Und jetzt hatte sie den Salat. Aber wer würde die Suppe, die sie sich selber eingebrockt hatte, auslöffeln müssen? Er natürlich. Schließlich hatte man sich diesen üblen Scherz auf dem Pfarrhof erlaubt, für den er verantwortlich war.

Nach der Frühmesse eilte der Pfarrer sofort heim in den Pfarrhof. Er ging in sein Arbeitszimmer, einen Raum, der mit Büchern voll gestopft war und in dem eine ziemliche Unordnung herrschte. Doch bei Androhung der fürchterlichsten Höllenstrafen hatte er seiner Haushälterin verboten, hier Ordnung, jedenfalls was sie darunter verstand, zu machen.

Die Mathild mit ihrem Spatzengehirn hätte es fertig gebracht, die Bücher nach der Farbe ihrer Einbände in die

Regale zu stellen oder seinen heiß geliebten Pfeifen mit Seife und Lauge ans Holz zu rücken. Nein, hier hatte sie nichts zu suchen, dieses Refugium verteidigte er mit dem Mut eines Löwen.

Er saß schon eine ganze Weile an seinem Tisch, unruhig trommelten seine Finger auf die Tischplatte.

Nichts geschah. Im Haus war es so still, als wäre er ganz allein daheim.

»Da soll doch gleich dieser und jener …«, stieß der Herr Pfarrer plötzlich ungeduldig hervor und er sprang auf, rannte zur Tür, riss sie auf und brüllte mit Stentorstimme: »Malefiz noch einmal! Was ist, krieg ich kein Frühstück?«

Sofort kam die Mathild aus der Küche herausgeschossen und bemerkte überflüssigerweise: »Sie sind schon da, Hochwürden?«

»Das siehst du ja!«, brummte der Herr Pfarrer ungemütlich, während er sie unter buschigen Brauen hervor mit strengem Blick musterte.

Es geschah zwar selten, aber diesmal passierte es: Die Mathild klappte zusammen wie ein Taschenmesser. Kleinlaut und mit weinerlicher Stimme gab sie zu: »Wenn doch der Ofen nicht brennt, Hochwürden. Wie soll ich denn da …?«

»Grundgütiger Heiland«, stöhnte der Pfarrer auf und fasste sich an den Kopf, »ist denn das noch nicht in Ordnung? Ich hab doch extra den Mesner herübergeschickt, damit er …«

Mit dem Mut der Verzweiflung legte sich nun die Mathild für den Michl ins Zeug: »Er hätt den Kamin ja ausgeräumt, aber ich hab ihn nicht hinaufgelassen aufs Dach, weil er zugegeben hat, dass er nicht schwindelfrei ist. So was wär doch glatter Mord gewesen, Hochwürden.«

Herr Inzinger schien die gestenreichen Ausführungen seiner Köchin nicht gar so todernst zu nehmen, denn er fiel ihr schroff ins Wort: »Es ist auch glatter Mord, wen du mich verhungern lässt, Mathild! Sieh endlich zu, dass du mir ein Frühstück richtest, eh ich die Geduld verlier!«

»Wie denn?«, jammerte sie. »Ich selber kann doch auch nicht hinaufsteigen aufs Dach und …«

»Meinst du vielleicht, ich steig hinauf? Musst halt zusehen, dass du den Kaminkehrer herbringst, der …«

»Jessas, Maria, Hochwürden!«, rief die Mathild verstört und erschrocken aus. »Wenn der …«

»Das hättest du dir früher überlegen müssen«, hielt er ihr streng vor. »Vielleicht ist dir das jetzt eine Lehre, dass du fremde Leut in Ruh lässt. Jetzt weißt du selber, wie wohl es tut, wenn einem etwas angehängt wird, woran man unschuldig ist.« Sarkastisch setzte er hinzu: »Ich meine die Leiter, denn den zugestopften Kamin hast dir redlich verdient, wenngleich mich die Sach selber maßlos ärgert, schließlich ist ein Pfarrhof kein Ort, an dem man seine Gaudi treiben kann! So, und jetzt machst mir was zu essen, von mir aus was Kaltes! Aber bis Mittag schaust du, dass du den Kaminkehrer herbringst! Für diese Aufregung hab ich mir ein großes Stück Gselchtes mit Kraut und Knödel verdient!« Brummend fügte er noch hinzu: »Fettes Essen soll ja beruhigen!« Damit wandte er sich um und verschwand wieder in seinem Arbeitszimmer.

Ziemlich ratlos stand die Mathild da und konnte nur ein ums andere Mal ein stummes »Jessas, Jessas, was tu ich denn bloß?« wiederholen.

Der Hochwürden war tatsächlich richtig zornig gewesen und da war es schon besser, sie sputete sich und tat, was er befohlen hatte.

Ihr war der letzte Wutanfall des Herrn Pfarrers noch in recht guter Erinnerung und auf einen neuerlichen wollte sie es lieber nicht ankommen lassen.

Frühmorgens war der Fladerl Pauli nicht der Frischeste. Er spürte jedes seiner Haare einzeln und unter seinem Haardach schien sich eine schwere Eisenkugel eingeschlichen zu haben, die bei der geringsten Bewegung recht schmerzhaft hin und her rollte. Darum war es auch nicht verwunderlich, dass morgens seine Laune meistens rabenschwarz war.

Die ganze Familie, einschließlich des Gesellen, wusste das und man richtete sich danach, was bedeutete, dass man dem Schneidermeister Fladerl vorsichtshalber aus dem Weg ging. Aber am liebsten war es insgeheim allen, wenn der Vater und Meister außer Haus, auf der Stör, arbeitete, was aber nur sehr selten der Fall war.

Der Fladerl Pauli bevorzugte nur Störplätze, wo man ihm auch ab und zu eine Maß Bier zum Befeuchten seiner stets trockenen Kehle hinstellte. Sparsamen oder geizigen Bäuerinnen gelang es bei aller Überredungskunst nicht, den Fladerl Pauli auf den Hof zu locken. Sie mussten sich ihr zerrissenes Zeug schon selber zusammenflicken oder in die Schneiderwerkstatt geben, was teurer kam.

An diesem sonnigen Märzmorgen hockte der Fladerl Pauli in der dunkelsten Ecke der Werkstatt – grelles Sonnenlicht am frühen Morgen war ihm zuwider – und versuchte vergeblich eine Nadel einzufädeln. Als seine Hände immer mehr zitterten, dachte er: Donnerwetter, ich hätt gestern doch nicht so viel Schnaps trinken sollen! Laut jedoch brüllte er:

»Himmiherrgott, wo ist denn der Michl so lang? Haben wir einen Schneidergesellen oder muss ich einen Mesner durchfüttern? Der Kerl ist bald mehr in der Kirche als am Schneidertisch.«

Mit schreckensbleichem Gesicht – Fluchen bereitete ihr fast körperliche Schmerzen – kam die Meisterin in die Werkstatt hereingestürzt und versuchte ihren Mann zu beruhigen: »Er wird ja gleich kommen, Pauli. Vielleicht hat der Herr Pfarrer …«

»Herr Pfarrer, Herr Pfarrer«, äffte der Fladerl Pauli seine Frau boshaft nach, »den ganzen Tag hört man von dir nichts anderes. Bei deiner Frömmigkeit müsst dir der Herrgott schon längst einen Heiligenschein …«

»Ich bitt dich, Pauli, versündige dich nicht«, fiel ihm

seine Frau flehend ins Wort. »Ich geh gleich und schau, wo der Michl so lang bleibt!«

»Freilich, das wär mir das Richtige«, schrie der Fladerl erbittert, »dass gleich zwei Leut von der Arbeit abgehalten sind!« Er selber hatte es aufgegeben, die Nadel einzufädeln. Nun kramte er planlos in einem Haufen Flickarbeiten herum, zog dieses und jenes aus dem Stapel heraus um es sofort wieder aus der Hand zu legen.

Herrgott, wenn er doch nur keinen so fürchterlichen Brand hätte! Und dann dieses Kopfweh, kaum zum aushalten. Ungnädig raunzte er seine Frau an: »Mach mir eine Kanne Tee! Tu aber einen guten Schuss Schnaps hinein, denn mir ist heut nicht besonders gut im Magen!«

»Ja, gleich, Pauli«, beeilte sich seine Frau zu versichern und schon schoss sie aus der Werkstatt hinaus.

Endlich, der Fladerlin fiel ein Stein vom Herzen, erschien der Michl.

Ganz aufgeregt begann er zu berichten: »Heut Nacht ist was Entsetzliches geschehen.« Und er erzählte, was vorgefallen war.

Als er geendet hatte, meinte der Fladerl Pauli schadenfroh: »Bravo, jetzt sieht man's wenigstens, dass nicht alles Gold ist, was glänzt, dass auch im Pfarrhof gesündigt wird!« Das war natürlich für ihn eine seelische Brotzeit, da ihm das scheinheilige Gehabe der Mathild schon längst auf die Nerven ging.

»Um Gottes willen, Pauli«, tat seine Frau entsetzt, »das darfst du nicht sagen! Das war doch bloß eine Gemeinheit um das Fräulein Mathild und den Herrn Pfarrer zu ärgern.«

Der Pauli schmunzelte belustigt vor sich hin, ehe er zugab: »Ich muss sagen, derjenige, der das bewerkstelligt hat, hat Schneid bewiesen, meine Hochachtung!«

Daraufhin schauten ihn Frau und Geselle ganz entgeistert an. Sie schienen einfach nicht zu begreifen, wie man so gottlos sein konnte.

Streng befahl nun der Fladerl Pauli seinem Gesellen:

»Die Stund, die du jetzt vertrödelt hast mit dem ganzen Zirkus, wird nachgearbeitet, hast du verstanden? Was kann ich dafür …«

»Aber der Michl soll doch heut gleich nach dem Mittag dem Fräulein Mathild bei der Gartenarbeit helfen«, mischte sich nun die Thekla ein.

Das hätte der Michl über all der Aufregung beinahe vergessen. Aber nach dem, was er soeben im Pfarrhof erlebt hatte, hätte er sich vor dieser Beschäftigung gern gedrückt. Hastig wandte er ein: »Wenn der Meister mir eine andere Arbeit anschafft, dann ist das wichtiger!« Worauf ihm seine Meisterin einen enttäuschten, missbilligenden Blick zuwarf, den er aber geflissentlich ignorierte.

Die Art und Weise, wie sich die Mathild plötzlich um sein Leben gesorgt hatte, hatte ihm einen gehörigen Schreck eingejagt. Er konnte das unheimliche Gefühl nicht vergessen, das er dabei gehabt hatte; wie die Maus vor der Schlange war er sich vorgekommen.

Es war noch keine Stunde vergangen, der Michl saß mit einer Flickarbeit vor dem Fenster, der Meister saß in seiner Ecke und döste untätig vor sich hin, als die Mathild durch das Gartentürchen trat und geschäftig auf das Haus zugeeilt kam.

Sie benutzte ansonsten nie den Eingang durch die Werkstatt, immer ging sie durch die Haustür, gleich zu ihrer Freundin in die Küche. Sie und der Fladerl Pauli empfanden eine gemeinsame tiefe Abneigung füreinander, die wohl aus ihren so grundverschiedenen Anschauungen und ihrer Lebensweise entsprang.

Doch heute, o Wunder, steuerte die Mathild direkt auf die Werkstatttür zu. Dabei fiel es dem Michl sofort auf, wie sorgfältig sie sich gekleidet hatte. Bei ihrem Anblick jedoch beschlich ihn erneut ein ungutes, beängstigendes Gefühl.

Schon während sie eintrat, strahlte die Mathild den Schneidergesellen mit einem schmalzigen Lächeln aus breitflächigem Vollmondgesicht an. Sie schien nur Augen für ihn zu haben, als sie neckisch begann:

»Gelt, da schaust, Michl, jetzt bin ich halt schon wiee...« Unvermittelt brach sie ab, denn nun erst hatte sie den Pauli wahrgenommen. Aber sie hatte sich schnell gefangen. Freundlicher als gewöhnlich fuhr sie fort: »Ah, der Meister ist auch daheim. Grüß dich Gott, Fladerl!«

Es wäre dem Fladerl Pauli nicht im Traum eingefallen, diese spinnerte Wachtel per Sie anzureden, und so entgegnete er unverfroren: »Na, hast du dich von deiner heißen Nacht schon wieder erholt, Mathild?«

Die Mathild schnappte hörbar nach Luft, während ihr Gesicht purpurrot anlief.

Auch dem Michl blieb seine Nadel starr in der Luft hängen; entsetzt hielt er den Atem an.

Als sich die Mathild nach dieser respektlosen Zumutung etwas erholt hatte, fauchte sie den Fladerl empört an: »Das ist eine Gemeinheit, mir so was zuzutrauen. Nicht einmal der Herr Pfarrer ...«

Ungerührt fiel ihr der Fladerl ins Wort: »Na ja, der muss es ja wissen!«

Daraufhin rauschte die Mathild mit beleidigtem Gesicht und hoch erhobenem Kopf aus der Werkstatt hinaus in die Küche zur Thekla.

»Jessas, das Fräulein Mathild«, tat die Fladerlin überschwänglich. »Haben Sie sich von der Aufregung schon wieder erholt?«

Begleitet von einem schmerzlichen Aufseufzen schüttelte das Fräulein Mathild ihren Kopf. »So eine Schmach vergisst man nicht so schnell«, entgegnete sie wie ermattet. Drohend fuhr sie fort: »Aber wenn ich herausfinden könnt, wer mir das angetan hat, der könnt sein blaues Wunder erleben. Das ist ja Ehrabschneidung im wahrsten Sinne des Wortes!«

Die Fladerlin nickte dazu eifrig und mit ernstem bedauerndem Gesicht.

Nun berichtete die Mathild, weshalb sie hergekommen war, und sie schloss mit der Bitte: »Wenn halt eines von deinen Kindern nach Kirchbichl gehen könnt und dem

Kaminkehrer Bescheid geben, dass er sofort kommen soll.«

»Das ist aber jetzt ungelegen«, wandte die Fladerl Thekla verlegen ein. »Es ist nämlich so, Fräulein Mathild, dass die Kinder erst mittags von der Schule heimkommen.«

Verzweifelt schlug die Mathild ihre Hände über dem Kopf zusammen und jammerte: »Jessas Maria, und der Herr Pfarrer besteht auf einem warmen Mittagessen. Was fang ich denn bloß an?«

»Da bleibt nichts anderes übrig, als dass die Evi nach Kirchbichl geht«, schlug die Thekla beschwichtigend vor.

»Ja freilich, die Evi ist ja auch noch da«, kam es erleichtert von der Pfarrersköchin. Ich wär dir schon recht dankbar, Thekla, wenn du die Evi schicken könntest.« Etwas verlegen fügte sie hinzu: »Und sie muss dem Kaminkehrer ja nicht gleich erzählen, was passiert ist. Sie soll nur sagen, dass im Pfarrhaus die Kamine verstopft sind und dass er gleich kommen muss. Das andere bring ich ihm schon selber bei. Man weiß ja, wie gern Kaminkehrer Verleumdungen weitererzählen!«

Auch hierzu nickte die Fladerlin eifrig bestätigend. Sie hätte die Evi zwar selber dringend bei der Arbeit gebraucht, denn samstags war Putztag, aber was tat man nicht alles um einem anderen zu helfen und beizustehen.

Ihren Heimweg trat die Mathild, so Leid ihr das tat, durch die Haustür an. Sie fürchtete die boshaften Bemerkungen des versoffenen Schneidermeisters doch ein wenig.

Doch als sie durch den Vorgarten scharwenzelte, warf sie sehnsüchtige Blicke auf die Fenster der Werkstatt zurück.

Ein Glück, dass sie die Worte des Schneiders nicht hören konnte, der, als er ihr nachsah, brummig bemerkte: »Sobald eine Frau über dreißig ist und noch kein Mannsbild hat, schießt ihr 's Blut in den Kopf und sie wird hirnbrandig oder boshaft. Bei unserer Pfarrersköchin trifft gleich alles zusammen!«

Fast war der Michl versucht diesmal den Worten seines Meisters Glauben zu schenken.

Die warme Märzsonne hatte während der letzten Tage alle Schneereste im Tal zum Verschwinden gebracht.

Auf den Südhängen sah man sogar schon einen Hauch des ersten zartgrünen Schimmers jungen Grases.

Der Straßenrand war eingesäumt von goldgelben Schlüsselblumen und üppig blühendem Huflattich.

Die Knospen an den Schlehdornbüschen waren dick angeschwollen und nahe am Aufspringen. In ihrem kahlen dornigen Gezweig konnte man bereits Vögel beim Nestbau beobachten, wie sie eifrig dürres Gras und getrocknete Hälmchen heranflogen.

Die Evi hatte Augen für alles Schöne, das sie umgab. Das war nicht weiter verwunderlich, wenn man bedachte, wie selten sie Gelegenheit hatte von daheim fortzukommen.

Während sie die Straße, die nach Kirchbichl führte, entlangeilte, die Mutter hatte ihr strengstens befohlen sich nirgends aufzuhalten und in längstens zwei Stunden wieder daheim zu sein, freute sie sich an all der Schönheit, die sie umgab. Jedes Vogelgezwitscher, das fröhliche Jubilieren der Lerchen in der klaren Luft, entlockte ihr ein Lächeln. Sie fühlte sich frei und unbeschwert wie schon lange nicht mehr.

Das Sonnenlicht, das sich in ihrem Haar fing, ließ es wie helle gesponnene Seide aufleuchten, in ihren großen enzianblauen Augen war ein aufgeregtes Funklen. Und sie bedauerte, dass ihr Weg nun schon halb zu Ende war, als die ersten Häuser von Kirchbichl auftauchten.

Die Evi war noch nicht allzu oft in diesem Dorf gewesen und so musste sie sich zum Haus des Schornsteinfegers durchfragen.

Als dann der Bramsl Lenz, wohlbestallter Bezirkskaminkehrermeister, vor der Evi stand, hätte sie ihn, ohne geschwärztes Gesicht und schwarze Lederkleidung, fast nicht erkannt.

Recht wohlgefällig betrachtete der Bramsl, ein Mann in mittleren Jahren, das Mädl und fragte: »Was führt denn dich zu mir, Evi?« Er kannte die Leute im ganzen Amtsbezirk mit ihren Namen und den eines schönen jungen Mädchens merkte man sich halt besonders leicht.

Ganz wie man es ihr aufgetragen hatte, berichtete nun die Evi. »Mich schickt das Fräulein Mathild aus dem Pfarrhof und ich soll ausrichten, du sollst gleich kommen, weil der Kamin verstopft ist.

»Na, wie denn das?«, wunderte sich der Bramsl Lenz. »Das kann doch gar nicht sein, wo ich doch erst vor vierzehn Tag' zum Kaminkehren dort gewesen bin. Außerdem ist heut Samstag.«

»Ich bitt dich, Bramsl, sei so gut und komm«, flehte die Evi eindringlich. »Das Fräulein Mathild weiß sich keinen Rat mehr. Und der Herr Pfarrer muss auch ziemlich aus dem Häusl sein, weil nichts gekocht werden kann.«

»Ja, ja«, schmunzelte der Bramsl, »das kann ich mir denken. Da werden sie giftig, die noblen Herrschaften, wenn es sich um ihre Suppenschüssel handelt. Für gewöhnlich wird allweil gemeutert und geschimpft, wenn der Kaminkehrer kommt, von wegen dem Ruß und den schwarzen Flecken. Und die Pfarrersköchin von Egglbruck ist da eine besonders Scharfe und Hantige. Aber sobald der Ofen nicht mehr richtig zieht, wird nach dem Kaminkehrer geplärrt; nachher soll man auf der Stell da sein.«

Als er sah, wie ängstlich ihn das Mädchen anblickte, fuhr er begütigend fort: »Keine Angst, Evi, ich komm schon!«

»Vergelt's Gott, Bramsl«, kam es erleichtert von der Evi.

Die Evi befand sich wieder auf dem Heimweg und durchquerte soeben ein Waldstück, als sie hinter sich Hufgetrappel und das Rumpeln eines leichten Wägelchens hörte. Da die Straße nicht breit war, trat sie nahe an den Rand um das Fuhrwerk vorbeizulassen, ohne sich jedoch nach dem Lenker von Pferd und Wagen zu umzusehen.

»Jetzt schlägt's dreizehn! Das ist ja die Evi«, ließ eine ihr wohl bekannte Stimme sie bis ins Innerste erschreckt zusammenfahren. Sofort begann ihr Herz in wilden, raschen Schlägen zu hämmern.

Nun brachte der Stockreiter Florian sein Pferd, einen rassigen Braunen, zum Stehen. Dann deutete er auf den gepolsterten Sitz neben sich und forderte das Mädchen auf: »Komm, steig auf, Evi!« Dabei blitzte er sie mit seinen schwarzen Augen aufmunternd an.

Als sie zögerte, fuhr er bittend fort: »Komm doch, Evi! Du wirst doch den ganzen Weg nicht zu Fuß gehen, wenn ich schon …« Unvermittelt brach er ab. Und lachend setzte er hinzu: »Oder hast du vielleicht Angst, dass ich dich in den Graben hineinkutschieren könnt'?«

Sie trat zaghaft an das Wägelchen heran. Dann nahm sie seine Hand, die er ihr entgegenstreckte, und stieg auf den Bock.

»So, setzt dich nur her und mach's dir bequem«, meinte er freundlich. »Wo kommst du denn her?«

»Für das Fräulein Mathild hab ich einen Weg machen müssen«, antwortete die Evi. »Sie braucht den Bramsl Lenz.«

»So, so«, kam es leichthin vom Florian. »Zu was braucht sie denn den Kaminkehrer?«, fragte er scheinheilig.

»Heut Nacht hat jemand im Pfarrhof die Kamine verstopft«, berichtete die Evi missbilligend, dabei schaute sie ihn verstohlen von der Seite her an.

»Jetzt so was«, tat der Florian erstaunt. Fast angewidert setzte er hinzu, wobei er abwehrend seinen Kopf schüttelte: »Leut gibt's, die schrecken aber auch vor nichts zurück; denen ist aber auch schon gar nichts heilig!«

Ein erleichtertes Aufatmen hob Evis Brust, dann gestand sie zaghaft: »Gott sei Dank, Flori! Und ich hab schon dich heimlich in Verdacht gehabt.«

»Geh zu«, beruhigte er sie lachend, »wie du nur auf so was kommst?«

»Na ja«, gab sie gedehnt zu, »du warst doch auch nicht besonders gut auf das Fräulein Mathild zu sprechen und da hab ich mir halt eingebildet …«

Es gelang ihm, diesen Verdacht weit von sich zu weisen, und er versicherte ernsthaft: »So was tät mir nicht einmal im Traum einfallen. Wie du nur auf so was Grausliches kommst? Da müsst ich ja jetzt direkt beleidigt sein«, neckte er sie, dabei kräuselte nicht das kleinste Lächeln seine Lippen, doch in seinen Augen funkelte es gefährlich.

»Es kann sich doch jeder Mensch einmal irren«, verteidigte sich die Evi unsicher. Man sah ihr an, wie peinlich es ihr war, diesen Verdacht geäußert zu haben.

Mit einem Augenzwinkern wandte er ein: »Eigentlich wär es nur recht und billig, wenn du mir dieses Unrecht, das du mir da angetan hast, wieder gutmachen würdest.«

»Wie denn?«, fragte die Evi überrascht.

Unauffällig nahm er die Zügel in eine Hand um die Rechte frei zu bekommen. Dann legte er sie um Evis Schultern und zog sie an sich. »Mit einem Kuss wär ich schon wieder versöhnt«, sagte er mit leiser, zärtlicher Stimme.

Die Evi war völlig überrumpelt. Wie hypnotisiert blickte sie in seine schwarzen Glutaugen, die ihr immer näher und näher kamen. Sie wagte weder sich zu rühren noch zu schreien. Aber vielleicht wollte sie es auch gar nicht.

Angst hatte sie, sogar entsetzliche Angst, denn blitzschnell fielen ihr all die Strafen ein, die ihr Mutter ihr dafür angedroht hatte, wenn ein Mädchen vom Pfad der Tugend abkam.

Aber dann spürte sie Floris Lippen, die sich sanft und behutsam auf ihren Mund legten, und dann vergaß sei einen kurzen seligen Augenblick lang alles. Der Wirklichkeit völlig entrückt lag sie in Florians Arm und seine Küsse weckten nie verspürte Gefühle in ihr, schmerzliche und süße zugleich.

Als er sie losließ, war es, als würde sie plötzlich aus einem schönen Traum gerissen. Und dann war sie unvermittelt wieder in der Wirklichkeit. Angst und Scham über das, was sie getan hatte, überfielen sie. Eine heiße Blutwelle schoss ihr ins Gesicht, befangen wich sie Floris Blick aus.

Der Florian sah ihre Verlegenheit und war davon seltsam gerührt. Seine Stimme klang dunkel und rau vor Zärtlichkeit, als er sie zu beruhigen versuchte: »Jessas, Evi, bei so einem unschuldigen Kuss ist doch nichts dabei. Das musst nicht einmal beichten, das ist keine Sünde.« Hier musste er unwillkürlich schmunzeln.

»Jetzt weiß ich, dass du dich bloß lustig machst über mich«, stieß sie plötzlich tief beleidigt hervor. »Halt an, ich will sofort …«

»Aber, Evi«, fiel er ihr verwundert ins Wort, »was hast du denn? Das war doch nicht bös gemeint.«

Es waren wohl mehr Scham und Verlegenheit, die sie mit ihrem Zornausbruch zu überspielen versuchte, und so fauchte sie erbittert zurück: »Ich weiß jetzt recht gut, was du für einer bist, Flori! Du bist hinter jedem Mädl her, das haben die Mutter und die Mathild auch schon gesagt …«

»Herrgott, jetzt hör doch mit diesem Blödsinn auf!«, herrschte er sie ziemlich hart an.

Erschrocken zuckte die Evi zusammen. Damit hatte sie nicht gerechnet und sie schaute verängstigt zu ihm hinüber, jeden Augenblick auf noch Schlimmeres gefasst.

Er hatte nicht mehr gewollt, als dass sie ihm zuhörte, und das hatte er erreicht. Nun fuhr er mit samtweicher Stimme fort: »Das ist doch alles nicht wahr, Evi – oder doch bloß zu einem kleinen Teil«, gab er ehrlich zu. »Ein Heiliger bin ich nicht und das möcht ich auch gar nicht sein. Aber deswegen bin ich noch lang nicht so schlecht, wie mich die überdrehte Pfarrersköchin hinstellt.« Sein Ton wurde eindringlicher: »Evi, das musst du mir glauben! Mir liegt grad an dem, was du von mir hältst und denkst, besonders viel.«

»Warum?«, brachte sie unsicher hervor. Ihre Angst war noch immer nicht ganz gewichen.

Hier nun zögerte der Flori, ehe er gedehnt zugab: »Weil du anders bist als die anderen Mädel, Evi. Weil ich möchte, dass wir uns noch öfter sehen.«

»Das geht nicht«, widersprach sie vorschnell. Erklärend und wie zur Entschuldigung setzte sie hinzu: »Die Mutter würde es ohnehin nicht erlauben.« Plötzlich hatte sie alle Mühe die Tränen zu unterdrücken, denn sie musste daran denken, was die Mutter im Sinn hatte, nämlich, dass sie den Michl heiraten sollte.

»Und wenn ich sie frag, in aller Ruhe und ganz in Ehren?«

»Nein, ja nicht«, rief die Evi erschrocken aus.

Der Bramsl Lenz war mit dem Fahrrad von Kirchbichl nach Egglbruck herübergefahren.

Die Mathild hatte ihm nur kurz erklärt, die Schornsteine seien verstopft, sie wisse nicht, wovon und wodurch. Dann war sie wie vom Erdboden verschwunden.

Erst als sich der Lenz, schadenfroh vor sich hin grinsend, wieder auf sein Stahlross schwang und davonradelte, begab sich das Fräulein Mathild außer Klausur.

Nun aber pressierte es, wollte sie den Hochwürden wieder versöhnen. Sie entwickelte eine ganz ungeahnte Schnelligkeit, als sie Feuer anmachte und das Mittagessen zubereitete. Heute mussten die Knödel so locker und flaumig wie Watte werden und das Fleisch so butterzart, dass es dem Herrn Pfarrer direkt auf der Zunge zergehen würde.

Als die Glocken den Mittag einläuteten, stand im Pfarrhof das Essen auf dem Tisch; es sah appetitlich aus und duftete verlockend.

Herr Emeran Inzinger machte noch immer ein äußerst reserviertes Gesicht, und sein »Gesegnete Mahlzeit!« fiel ziemlich brummig aus. Doch als er dann zu essen begann, heiterte sich seine Miene rasch auf. Man sah ihm an, dass es ihm schmeckte.

Um den Hochwürden gänzlich von seinem Zorn auf sie abzulenken, um ihn so quasi auf andere Gedanken zu bringen berichtete die Mathild übereifrig: »Denken Sie sich, Hochwürden, was ich heut gesehen hab …«, hier machte sie eine spannende Kunstpause, ehe sie dann voller Entrüstung fortfuhr: »Ich hab gemeint, ich trau meinen Augen nicht. Seh ich doch tatsächlich, wie die Evi, dieses brave, unschuldige Mädl, beim Stockreiter Florian, diesem Erzhallodri und Mädelverführer, auf dem Kutschbock sitzt …«

Der Herr Pfarrer kaute gerade an einem Bissen Fleisch, der ihm aber falsch in die Kehle gerutscht sein musste. Denn plötzlich begann er zu husten und zu würgen, wobei sein Gesicht dunkelviolett anlief.

»Jessas, Hochwürden, was haben Sie denn?«, rief die Mathild besorgt aus.

Undeutlich stieß der Herr Pfarrer hervor: »Kannst du deinen boshaften Schnabel noch immer nicht halten? Musst du dich schon wieder um andere Leut kümmern? Was ist denn da schon dabei, wenn der Florian das Mädl auf seinem Wagen mitnimmt?«

Mathilds porzellanblaue Augen blickten ihn erschreckt und verwundert zugleich an, als sie kleinlaut hervorbrachte: »Aber man muss doch ein Mädl vor so einem Verführer beschützen.«

»Ist das deine Sache?«, schrie der Herr Pfarrer sie erregt an. »Ist es dir noch immer keine Lehre, was heut Nacht geschehen ist? Du treibst es noch so weit, dass ich mich nach einer anderen Köchin umsehen muss. Das ist mein Ernst, Mathild!«

»Nein, Hochwürden«, heulte sie nun laut plärrend los, »das können Sie mir nicht antun.«

»Dann überleg in Zukunft vorher, was du redest, und lass die anderen Leut in Ruh!«, donnerte er, dabei hieb er mit der Faust auf den Tisch, dass das Geschirr klirrte und klapperte. »Und jetzt lass die Flennerei, eh ich meine Geduld und den Appetit endgültig verlier!«

Schniefend und schluchzend unterdrückte die Mathild ihre Tränen. Es tat ihr bitter weh, so verkannt zu werden, wo sie es doch nur gut meinte und für Anstand und Moral eintrat. Wie konnte man denn ruhig zusehen, wenn es in einem Dorf zuging wie in Sodom und Gomorra?

Als der Herr Pfarrer seine Mahlzeit beendet hatte, zog er sich in sein Arbeitszimmer zurück.

Die Mathild focht nun einen inneren Kampf mit sich selber aus. Was sollte sie tun? Sollte sie ihrem Dienstherrn und Seelsorger gehorchen oder ihrem Gewissen? Konnte sie es verantworten, dass ein unschuldiges Mädchen direkt in ihr Unglück rannte? Durfte sie dazu wirklich schweigen?

Natürlich wollte sie nicht schweigen. Und sie entschuldigte sich vor sich selber damit, dass sie sich sagte, es handelte sich schließlich um die Tochter ihrer Freundin. Da hat man ja einige Verpflichtungen!

Bald darauf verließ die Mathild den Pfarrhof und sie trabte entschlossen hinüber ins Schneider-Häusl.

Als die Pfarrersköchin zur Fladerlin in die Küche kam, stoben die Kinder wie auf Kommando alle davon. Sie konnten das Fräulein Mathild nicht ausstehen, am wenigsten der Xaverl.

Ziemlich verlegen begann die Fladerlin: »Sie müssen schon entschuldigen, Fräulein Mathild, dass der Michl noch nicht gekommen ist, aber er hat noch eine dringende Arbeit zu erledigen. Mein Mann …«

»Aber er hat es mir doch zugesagt«, protestierte die Mathild energisch. »Ich hab mich darauf verlassen, dass er mir hilft!«

»Das tut er ja auch«, versicherte die Fladerlin ganz kleinlaut. »Doch zuerst muss er noch was fertig machen!« Dies war ihr furchtbar peinlich, doch ihr Mann hatte darauf bestanden, dass der Michl die am Morgen versäumte Zeit hereinarbeiten musste.

»Es dauert hoffentlich nicht zu lange?«, kam es argwöhnisch von der Mathild.

»Nein, bestimmt nicht, Fräulein Mathild. Ein halbes Stündchen!«, versprach die Fladerl Thekla begütigend.

Nun jedoch vergaß die Mathild den Garten und den Michl. Mit gedämpfter, unheilvoll klingender Stimme mahnte sie: »Fladerlin, du musst besser auf die Evi aufpassen! Ich sag dir, das Mädl ist in größter Gefahr!«

»Was? Wie denn? Warum denn das?«, entfuhr es der Thekla tief erschrocken, während sie sich ihre nassen Hände an der Schürze abtrocknete. »Was wissen Sie denn, Fräulein Mathild?«

»Ich hab die Evi heut erwischt, wie sie beim jungen Stockreiter, ausgerechnet bei diesem Schürzenjäger, auf dem Wagen gesessen ist. Sie muss mit ihm von Kirchbichl gekommen sein. Hat sie nichts gesagt?«

Verstört schüttelte die Fladerlin ihren Kopf, eh sie zugeben musste: »Nein! Ich hab mich schon gewundert, weil sie so schnell wieder daheim gewesen ist.«

»Siehst es, da haben wir es schon!«, trumpfte die Mathild selbstzufrieden auf. »Du, ich will auf der Stell ein Spitzbub sein, wenn der Florian nicht hinter deinem Mädl her ist. Und ich sag dir, der ist ein ganz Durchtriebener und mit allen Wassern gewaschen. Da hüt ich lieber einen Sack voller Flöh als ein Mädl, auf das dieser Hallodri ein Auge geworfen hat!«

»Heilige Maria, das hätt grad noch gefehlt!«, jammerte die Fladerlin. Ihr Stimme wurde heftiger, als sie fortfuhr: »Und ich hab's der Evi energisch aufgetragen, dass sie sich vom jungen Stockreiter fern halten soll. Mir hat's gleich schon nicht recht gefallen, wie er zu uns in die Werkstatt gekommen ist.« Sie überlegte, ob sie ihre Freundin in ihr Vorhaben einweihen sollte.

»Da hilft nichts, Thekla, als das Mädl hinter Schloss und Riegel zu halten«, kam es entschieden von der Mathild. Einschränkend setzte sie hinzu: »Ich sag ja nicht, dass dein Mädl schlecht ist, aber sie ist halt dumm, die

Evi, und da hat so einer leichtes Spiel. So ein unschuldiges Ding ist ja gleich verdorben und dann ist das Malheur passiert. Ich sag's dir, Thekla, lass die Evi keine Minute mehr aus den Augen!« Sie drohte mit erhobenem Zeigefinger, der unverkennbare Ähnlichkeit mit einer prall gefüllten Weißwurst aufwies. »Die Evi macht mir überhaupt in der letzten Zeit einen ziemlich leichtsinnigen Eindruck.« Sie blickte ihre Freundin viel sagend an.

So ganz passte es der Thekla nicht, dass die Mathild von ihrer Tochter gleich das Schlechteste annahm, und so wandte sie verteidigend ein: »Die Evi weiß schon, wie sie sich zu verhalten hat! Und grad jetzt, nachdem ich neulich mit ihr ein ernstes Wort geredet hab!«

Neugierig wollte die Mathild wissen: »So, was hast denn mit ihr geredet, Thekla?«

Die Fladerlin beugte sich über den Tisch nahe zu Mathild hinüber und begann in vertraulichem Ton zu erzählen: »Sie wissen es selber. Ich hab's mit den vier Kindern nie leicht gehabt, denn der Pauli …, na ja, es ist halt nicht viel Verlass auf ihn. Aber ich denk mir, dass es besser wird, wenn die Evi einen braven Mann heiratet, der sich ums Geschäft kümmert und der fleißig mitarbeitet; der sparsam ist und nicht ins Wirtshaus geht. Und ich könnt mir keinen Besseren denken als den Michl. Der Michl ist genau der richtige Mann für die Evi.

Mathilds Kinnlade fiel herunter, sie saß da, als hätte sie der Schlag gerührt, doch in ihrem Innern herrschte ein wilder Aufruhr. Sie konnte ihre Enttäuschung kaum verbergen, als sie mühsam hervorbrachte: »Der Michl? Das ist doch nicht dein Ernst? Er ist doch für die Evi viel zu alt …«

»Besser ein bissl älter als zu jung«, kam es entschieden von der Thekla.

»Was sagt denn er dazu?«, fragte die Mathild lauernd.

Nun musste die Fladerlin zugeben: »Er weiß es noch nicht. Aber dass ihm die Evi gefällt, davon bin ich überzeugt. Außerdem wird er eine Einheirat kaum ausschlagen, wo er doch hint und vorn nichts hat.«

Widerwillig musste die Mathild einsehen, dass ihre Chancen, die sie sich in jäh auflodernder Leidenschaft ausgerechnet hatte, nicht zum Besten standen. Gegen ein junges Mädchen und ein Geschäft war schwer anzukommen. Da würde sie sich etwas einfallen lassen müssen und sich schwer ins Zeug legen, wollte sie aus diesem ungleichen Zweikampf als Siegerin hervorgehen.

Kopfschüttelnd wandte die Mathild ein: »Ich sag dir, Thekla, die zwei passen nicht zusammen! Da tät mir für die Evi der junge Stockreiter schon besser gefallen.«

»Herr im Himmel!«, entfuhr es der Thekla verdattert. »Der heiratet doch das arme Schneidermädl nicht! Der macht sich doch bloß ein billiges Vergnügen mit ihr!«

»Weiß man's?«, kam es viel sagend von der Mathild.

»Aber Sie haben doch selber gesagt, dass der Flori ...«

»Nun ja«, gab die Mathild gedehnt zu, »es könnt ja immerhin sein, dass aus dem Flori auch einmal ein anständiger Mensch wird. Vielleicht hat er ernstere Absichten?«

Nun kannte sich die Thekla gar nicht mehr aus. Trotzdem stand für sie nach wie vor fest, dass nur der Michl für die Evi in Frage kommen würde.

Der Michl hatte insgeheim darauf gehofft, dass ihn der Herr Pfarrer an diesem Samstagnachmittag zum Ministrieren brauchen würde, da eine Taufe stattfand. Leider erwies sich diese Hoffnung als trügerisch.

Als der Pfarrer das Haus verließ, nickte er dem Michl, der im Schweiße seines Angesichts den Garten umgrub, freundlich und wohlwollend zu und begab sich zur Taufe mit anschließendem Festschmaus im »Ochsen«.

Auf seinen Spaten gelehnt schaute ihm der Michl mit sehnsüchtigen Blicken nach, während er sich den Schweiß von der gelichteten Stirn wischte.

Mit dem Gebaren eines Feldwebels und der Stimme eines Generals hatte ihm die Mathild so viel Arbeit für diesen Nachmittag angeschafft, dass er wie ein Berserker schuften musste um auch nur die Hälfte davon zu bewältigen. Eine Stunde hatte er erst hinter sich und schon jetzt war er von der ungewohnten Anstrengung erschöpft.

Doch es half nichts, er musste wieder ans Werk.

Er stach den Spaten in die Erde, stemmte sich mit aller Gewalt darauf und brach dann die schwere Scholle schnaufend und keuchend um.

Drinnen in der Küche hatte die Mathild nur darauf gewartet, dass der Herr Pfarrer endlich aus dem Haus wäre. Und nun entwickelte sie eine emsige Betriebsamkeit. Wie ein Kugelblitz schoss sie hin und her.

Als Mathild dann etwas später prächtig herausgeputzt vor dem Michl auftauchte, fragte er hoffnungsvoll: »Sie gehen fort?« Denn er erhoffte sich eine kleine Ruhepause.

»Nein, wieso denn?«, tat die Mathild geziert. Sie nahm seinen verdatterten Blick, mit dem er ihr prall gefülltes Dirndlkleid anstarrte, für Bewunderung. »Ich will dich bloß zum Kaffee, den ich uns hergerichtet hab, hereinholen«, erklärte sie mit übertriebenem Lächeln.

Nun ja, wenigstens etwas. Er stieß seinen Spaten in die Erde, dann folgte er ihr ins Haus. Vorher entledigte er sich an der Tür noch seiner stark verschmutzten Schuhe.

Im Wohnzimmer hatte die Mathild schon alles vorbereitet. Sogar die Kognakflasche des Herrn Pfarrers stand auf dem reich gedeckten Tischchen, das vor ein Plüschsofa gerückt war.

»Jetzt hast du dir aber was Kräftiges verdient, Michl!«, sagte die Mathild wohlwollend, während sie sich hinter das Tischchen zwängte und auf dem Sofa niederließ. Sie klopfte aufmunternd auf die ausgebeulte Sitzfläche neben sich und forderte ihn auf: »Da, setz dich nur her!«

Dem Michl wäre zwar ein Stuhl lieber gewesen, da er sich jedoch nicht danach zu fragen getraute, blieb ihm nichts anderes übrig als sich neben die beleibte Köchin zu setzen. Dieses Unterfangen wurde zu einem schwierigen Balanceakt, da sich das Kanapee auf Mathilds Seite unter ihrem gewaltigen Gewicht tief hinuntersenkte, während der Michl auf der obersten Falte schwebte.

»Ich glaub, Michl, jetzt brauchst erst einmal einen Schnaps«, meinte die Mathild und sie füllte ein Kognakglas randvoll mit der goldbraun schimmernden Flüssigkeit.

Entsetzt versuchte der Michl abzuwehren: »Nein, ich trink nie Schnaps ...«

»Das ist Medizin, sagt der Herr Pfarrer«, versicherte die Mathild energisch und sie drängte ihm das Glas in die Hand.

Nun begann Michls Flucht nach vorn. Er zwickte die Augen zusammen, setzte an und trank den ganzen Inhalt des Glases hinunter. Der Alkohol brannte in seiner Kehle bis hinunter zum Magen. Tränen trieb es ihm in die Augen und er begann zu husten und nach Luft zu ringen.

Sofort begann ihm die Mathild fürsorglich den Rücken zu klopfen, wobei sie besorgt jammerte: »Jessas, Michl, hast du dich verschluckt? Du musst ganz ruhig schnaufen.«

Als er sich wieder gefangen hatte und der Hustenreiz endlich nachgelassen hatte, war ihm der Alkohol auch schon zu Kopf gestiegen. Obgleich er sich ziemlich benommen fühlte, war seine Müdigkeit wie fortgeblasen. Er fühlte sich stärker und mutiger als je zuvor. Es machte ihm nun auch nichts mehr aus, so nah neben der Mathild zu sitzen. Ganz im Gegenteil, er genoss es sogar. Was ihm aber am meisten imponierte, war, so von ihr umsorgt und verwöhnt zu werden.

Und die Mathild legte sich auch mächtig ins Zeug. Sie schob ihm die besten und saftigsten Happen zu, goss ihm Kaffee ein, tat viel Zucker und Sahne dazu und drängte ihm einen Schluck Kognak nach dem anderen auf.

Es dauerte nicht lange und der Michl fühlte sich wie im Paradies. Selbst die Mathild erschien ihm in einem anderen, weitaus günstigeren Licht. Er verlor seine Hemmungen und riskierte diesen und jenen Blick, und was er sah, schien ihm nicht schlecht zu gefallen.

Das Fräulein Mathild merkte bald, dass ihr Vorgehen Erfolg hatte, und ihre Augen strahlten den Michl immer verliebter an. Mit einem verschämten Aufseufzen gestand sie: »Ich bin ja so froh Michl, dass du nicht aufs Dach hinaufgestiegen bist und dass dir nichts passiert ist!«

»Ich auch«, gab er ungerührt zu und er schob sich ein Stück Guglhupf in den Mund.

Das brachte sie zwar ein bisschen aus dem Konzept, doch tapfer steuerte sie weiter auf ihr Ziel los. »Ich hätt es ja nie verwunden, wenn dir meinetwegen etwas passiert wär, Michl«, seufzte sie, dabei schaute sie ihn schmachtend an.

Begleitet von einem leicht einfältigen Lachen versicherte der Michl: »Aber Fräulein Mathild, so gefährlich wär es auch wieder nicht gewesen.«

Da schlug sie unvermittelt vor: »Wir könnten doch zueinander du sagen, das heißt, du kannst ruhig Mathild zu mir sagen.« Sie kicherte verschämt.

Der Schreivogl Michl, an Alkohol nicht gewöhnt, befand sich in so aufgekratzter Stimmung, dass er ganz spontan einwandte: »Wenn man schon miteinander Bruderschaft trinkt, dann gehört auch ein Kuss dazu!«

Die wohlgenährte Pfarrersköchin schaute den bereits ziemlich angetrunkenen Mesner neckisch an, wobei sie ihren Mund schon erwartungsvoll gespitzt hatte, ergriff ihr Glas und hielt es ihm entgegen.

Plötzlich schien den Michl ein beängstigender Gedanke ergriffen zu haben, denn er zuckte förmlich zusammen. »Wenn aber jetzt der Herr Pfarrer heimkommt?«, stieß er ängstlich hervor.

»Ach woher denn«, kam es beschwichtigend von der Mathild, »der ist doch zur Tauffeier eingeladen und da wird's bestimmt sechs, bis er heimkommt.« Sie wartete, dass er endlich mit ihr anstoßen würde.

Und der Michl gab sich auch sogleich mit dieser Antwort zufrieden. Etwas unsicher griff er nach seinem Glas, dann stieß er mit der Mathild an. »Prost, Mathild, alte Hüttn!«, kicherte er.

Freilich wäre ihr eine etwas galantere Redensart lieber gewesen, aber er war halt nun einmal alles andere als ein Charmeur. Ihr Lächeln fiel deshalb ein wenig gequält aus, als sie mit ihm anstieß. Trotzdem blickte sie ihm tief und hingebungsvoll in die Augen, die etwas von der Sanftheit eines jungen Kalbes ausstrahlten. Nun wartete sie mit unruhig klopfendem Herzen auf das versprochene Bussl.

Leicht fiel es dem Michl auch jetzt noch nicht, aber er nahm all seinen Mut zusammen und stürzte sich mit Todesverachtung auf die massige Pfarrersköchin, schlang seine langen dünnen Arme um sie und pappte ihr ein eher lautes als erfahrenes oder gekonntes Bussl mitten auf den Mund.

Doch er hatte nicht mit Mathilds Temperament, das lange unterdrückt worden war, nun aber aus ihr herausbrach, gerechnet. Jetzt fühlte sie den großen Augenblick gekommen, griff blitzschnell zu und dann hielt sie den hageren Mesner mit eisernem Griff umklammert. Sie presste ihn an ihren üppig schwellenden Busen, unter dem ein liebendes Herz wild klopfte, während sie ihn stürmisch küsste.

Diesem Ansturm der Gefühle war der Michl – bisher ein verschüchterter Jüngling – einfach nicht gewachsen. Er schloss seine Augen und seine etwas tolpatschigen Hände suchten sich tastend über diese viel versprechenden Rundungen. Er hätte nicht aus Fleisch und Blut sein müssen, wenn er jetzt, bereits halb unter Mathilds weichem, fülligem Körper begraben und glutvoll bedrängt von ihren Küssen, noch an Sünde und ewige Verdammnis gedacht hätte. Das Blut brauste in seinen Ohren, als er auf das Plüschsofa umsank, die liebesbedürftige Mathild mit sich ziehend.

Weder die Haushälterin noch der Mesner dachten an diesem Nachtmittag noch an den Garten des Herrn Pfarrers, der bestellt werden musste.

Die Sonne stand schon schräg im Westen, es war fünf Uhr vorbei, als der Schreivogl Michl, Schneidergeselle und Mesner, mit blassem Gesicht, ein ängstliches Flackern in seinen sanften braunen Augen, sich auf etwas weichen Knien nach Hause schlich. Er war zwar noch längst nicht wieder nüchtern, aber auch nicht mehr so betrunken, dass er seinen Fehltritt nicht bereut hätte. Nun, da sich der Sturm der Gefühle gelegt hatte, als seine Gedanken sich zaghaft zu lichten begannen, stieg eine grauenhafte Angst vor dem, was er angestellt hatte, in ihm auf. Er hatte Angst, dass man ihm ansehen konnte, was geschehen war. Aber noch mehr peinigte ihn der Gedanke, vom rechten Weg abgekommen zu sein.

Als der Michl vom Pfarrhof zum Schneider-Häusl mit ziemlich unsicheren Schritten hinüberwankte, begegnete ihm der alte Eder Martl. Mit abgewandtem Gesicht und einem beiläufigen Zunicken wollte er hastig an dem Alten vorüber.

Der Martl jedoch sah auf den ersten Blick, dass mit dem Michl etwas nicht im Lot war. »Jessas, Mesner, daherkommen tust, als wenn du besoffen wärst«, grinste der alte Mann breit. Er dachte nicht im Entferntesten daran, wie nahe er damit der Wahrheit gekommen war.

»Mir ist nicht recht wohl«, brachte der Michl unsicher hervor, während er seinen Weg fortsetzte.

»Dann musst du aber zusehen, dass du dich bis zum Gebetläuten wieder zusammenklaubst!«, rief ihm der Eder Martl aufmunternd nach.

Heilige Maria, daran hatte er gar nicht mehr gedacht. Er musste ja um sechs Uhr das Angelus läuten. Er bezweifelte stark, ob er in diesem Zustand die Glocken überhaupt zum Schwingen bringen würde. Der Alptraum jedes Mesners, die Glocken nicht in Bewegung setzen zu können, sodass sie nicht harmonisch zusammenklangen, überfiel ihn. Angstschweiß brach ihm aus allen Poren. Außerdem stieg eine quälende Übelkeit in ihm auf.

Als er heimkam, hatte er das dringende Bedürfnis, sich

gründlich zu waschen und zu reinigen, als ob er sich damit der begangenen Sünde entledigen könnte.

Als der Michl in die Küche trat um sich eine Schüssel Wasser zu holen, sah auch die Fladerlin sofort, dass etwas nicht stimmte. »Du liebe Zeit, Michl, was ist denn mit dir los?«, stieß sie besorgt hervor.

Mit abgewandtem Blick erwiderte der Michl ausweichend: »Nichts, Meisterin.«

»Freilich«, beharrte die Thekla energisch. »Das sieht doch ein Blinder.« Mitfühlend setzte sie hinzu: »Gelt, du hast dich mit der Gartenarbeit übernommen?«

»Kann schon sein«, gab er verlegen zu.

Sie, die schließlich einige Erfahrung mit Betrunkenen hatte, sah die glasigen Augen des Michl, das unruhige Zittern seiner Hände und Knie. Dabei musste sie unwillkürlich denken: Wenn ich nicht sicher wüsste, dass er keinen Tropfen trinkt, dann tät ich glatt sagen, der ist besoffen! Aber auch ihr erschien dieser Verdacht so ungeheuerlich, dass sie ihn sofort weit von sich wies.

»Was suchst du denn eigentlich?«, fragte sie, als er mit fahrigen Bewegungen am Brunnen herumhantierte.

»Ich hätt mich gern ein bissl gewaschen«, antwortete er schwach.

»Heut ist doch Samstag. Ich hab im Waschhaus eingeheizt«, erklärte sie ihm, verwundert darüber, dass er daran nicht gedacht hatte. »Da kannst dich gleich baden.«

Er nickte, dann schlich er sich mit schweren Schritten aus der Küche.

Mir kommt es vor, als ob er Fieber hat, sinnierte die Fladerlin besorgt vor sich hin. Er wird doch nicht krank werden? Das hätt uns noch gefehlt.

Sie widmete sich wieder ihrem Hefeteig, den sie, mit beiden Händen bis zu den Ellenbogen in der Schüssel, kräftig durchknetete. Doch die Sorge um den fleißigen, tüchtigen Michl ließ sie nicht mehr los.

Längst war der Hefeteig zu faustgroßen Bällchen geformt und zum Aufgehen auf ein bemehltes Tuch gelegt.

Es ging bereits auf sechs Uhr zu, doch vom Michl war nichts zu sehen.

Plötzlich kam der Xaverl in die Küche hereingeschossen und berichtete kichernd: »Du, Mutter, der Michl ist im Waschzuber eingeschlafen. Wir haben es durchs Waschhausfenster gesehen.«

»Heilige Maria!«, entfuhr es der Fladerlin entsetzt. »Und es ist gleich sechs! Schnell, lauf und weck ihn auf! Sag ihm, es ist Zeit zum Gebetläuten!«

Das Gebetläuten bedeutete für die Kinder des Dorfes Alarmstufe eins, sich schnellstens nach Hause zu begeben. Ausreden wie: »Ich hab das Gebetläuten überhört!« oder: »Es hat noch gar nicht geläutet!« wurden von keiner Mutter akzeptiert und meistens mit einem raschen Griff zu den Ohrwascheln geahndet.

Nun bereute es der Xaverl im Namen aller Kinder tief, den Michl an seine Pflicht erinnern zu müssen. Endlich wäre einmal die Gelegenheit da gewesen, dieses lästige Gebetläuten ausfallen zu lassen, da musste er selber diese Chance vermasseln!

Hätte er weniger Respekt vor der Mutter gehabt, so wäre der Xaverl fast versucht gewesen diesen Auftrag, den Michl zu wecken, gründlich zu vergessen.

Doch dann erklangen auch an diesem Abend, genau zur bestimmten Zeit, die Glocken vom Kirchturm. Nur dass es heute ein recht misstönendes, disharmonisches Gebimmel war, was der Mesner da zusammenläutete.

Wieder einmal saß Evi allein in ihrem Zimmer. Durch das geöffnete Fenster hörte sie die Dorfmusik spielen. Die Jugend hatte heute ihren Tanzabend im Wirtshaus.

Natürlich hatte Evi absolutes Tanzverbot. Tanzen war in den Augen ihrer Mutter verwerflich und sowieso überflüssig. Also saß das Mädchen allein in ihrem Zimmer und blickte sehnsüchtig hinaus.

Alle werden sie jetzt einen Burschen haben, der sich mit

ihnen im Kreis dreht, dachte sie sehnsüchtig. Nur ich muss allein hier sitzen und darf an keinem Vergnügen teilhaben!

Wie oft schon hatte sie sich vorgenommen einmal heimlich auszureißen und zum Tanz zu gehen. Aber konnte sie es wagen? Was würde geschehen, wenn die Mutter es erfuhr?

Ein flotter Ländler wurde gerade gespielt, und obwohl Evi das Tanzen nie gelernt hatte, zuckte es in ihren Füßen.

Ohne sich Rechenschaft über ihr Tun abzulegen streifte sie sich das Dirndlgewand ab und zog ihr bestes Kleid über. Ein paar Bürstenstriche durch das silberblonde Haar und sie war fertig.

Ein Glück war es nur, dass die Mutter heute zur Pfarrersköchin gegangen war und mit ihr ratschte. Da konnte sie ungesehen und ungehört das Haus verlassen. Der Vater war wieder einmal mit Freunden ins Wirtshaus gegangen. Heute wollten sie sogar ins nächste Dorf fahren, da ein dortiger Bauer Freibier stiftete, weil er Vater eines Stammhalters geworden war. Und da konnte der Schneider Fladerl natürlich nicht fehlen!

Für Evis Vorhaben waren also die besten Voraussetzungen gegeben.

Wie schön wäre es, wenn ich jetzt gemeinsam mit dem Flori zum Tanz gehen könnte, dachte das Mädchen. Aber das kann ja nun mal nicht sein. Aber vielleicht treff ich ihn auf dem Tanzboden.

Als sie den Tanzboden betrat, war sie im ersten Moment wie betäubt. Noch nie hatte sie eine solche Veranstaltung besucht. Sie wusste gar nicht, wie sie sich verhalten sollte.

Deshalb blieb sie erst einmal abwartend an der Tür stehen und sah den tanzenden Paaren zu. Sie sah die feschen Burschen, die ihre Tänzerinnen gekonnt im Kreis herumschwenkten, sie sah die ehemaligen Schulkameradinnen, die sich zu mehr oder weniger hübschen Mädchen gemausert hatten, mit strahlenden Blicken zu ihren Tänzern aufschauen.

Plötzlich fühlte sich Evi am Arm gefasst. Ein ihr unbekannter Bursche – wohl ein Bauernsohn aus dem Nachbardorf – stand neben ihr.

»Wie ist's, Dirndl, wollen wir beide es zusammen versuchen?«, fragte er lächelnd.

Evi konnte nur nicken. Das Herz klopfte ihr bis zum Hals, als der Bursche die Arme um sie legte und die ersten Tanzschritte mit ihr machte.

Bestürzt musste Evi feststellen, dass ihr das Tanzen, nach dem sie sich immer so sehr gesehnt hatte, gar keinen rechten Spaß machte. Aber gewiss lag das nur daran, dass sie nicht mit dem Flori tanzen durfte. Mit ihm wäre es bestimmt ein Vergnügen gewesen.

Als der Tanz vorbei war, ging sie langsam aus dem Saal. Nein, allein war es doch nichts. Da ging sie lieber wieder heim und träumte von ihrem Flori …

Das Mondlicht ließ die schneebedeckten Berggipfel silberblau aufgleißen. Der Himmel war mit Myriaden glitzernder Sterne bedeckt. Die Luft kalt und frostklar. Aber man konnte ihn schon förmlich riechen, den Frühling.

Die Schneider-Evi konnte in dieser Nacht keinen Schlaf finden.

Sie stand am Fenster, das von einem Eisenkreuz vergittert war, und starrte mit sehnsuchtsvollen Augen hinaus in die silberüberglänzte Mondnacht.

Leer und verlassen lag die Dorfstraße unter ihr. Ab und zu kam einer, der auf dem Heimweg aus dem Wirtshaus war, vorüber. Dann herrschte wieder tiefe Stille.

Ihr Vater war noch nicht daheim. Aber er musste ja immer der Letzte sein, der das Wirtshaus verließ.

Und noch einer war noch nicht vorübergekommen. Und das musste er, wenn er heimging. Doch es war ungewiss, ob er sich überhaupt in einer Gastwirtschaft aufhielt.

Es konnte ebenso gut sein, dass er diesen Samstagabend bei einem Mädchen verbrachte, er war ja hinlänglich bekannt dafür.

Ein schmerzliches Aufseufzen hob Evis Brust. Dabei spürte sie ein heißes Ziehen in ihrem Herzen. Ihre Gedanken, von einer wilden Sehnsucht beflügelt, kreisten fortwährend um den Florian. Ganz deutlich sah sie sein dunkles Gesicht mit den unergründlichen schwarzen Augen vor sich. Noch immer war der weiche, tiefe Klang seiner Stimme in ihrem Ohr; dieser Stimme, die wie ein sanftes Streicheln war.

Ja, die unerfahrene Evi hatte sich Hals über Kopf in den rassigen Stockreiter Florian verliebt und nun war sie diesen Gefühlen hilflos ausgeliefert. Gewaltsam versuchte sie sich das Sündhafte ihrer Gedanken vor Augen zu führen, aber es halft nichts, ihre Empfindungen waren stärker als alle anerzogenen Moralbegriffe.

Sie hörte noch die scheltenden Worte der Mutter, als sie von der schwatzhaften Mathild davon erfahren hatte, dass sie zusammen mit dem Flori von Kirchbichl heimgefahren war. Natürlich hatte sie in ihrer Herzensangst fest versprochen dem Flori in Zukunft weit aus dem Weg zu gehen und kein einziges Wort mehr mit ihm zu wechseln. Doch sie wusste schon jetzt, dass sie dieses Versprechen bei der erstbesten Gelegenheit brechen würde. Sie war ja wie versessen auf ein Wort von ihm, auf einen Blick seiner aufregend schönen Augen.

Plötzlich fuhr die Evi zusammen. Rasend schnell begann ihr Herz zu klopfen.

Selbst im diffusen Licht des Mondes erkannte sie ihn genau, seine Größe, die schmalhüftige Gestalt, seinen geschmeidigen selbstsicheren Gang. Das war der Stockreiter Florian, der da die Straße herabkam.

Also war er doch beim Ochsen-Wirt gewesen, nicht bei einem Mädchen.

Nun sah sie es ganz deutlich. Er schaute unverwandt zu ihr herüber und verlangsamte seinen Schritt. Und nun überquerte er mit ein paar langen raschen Schritten die Straße und stand am Gartenzaun.

»Heilige Muttergottes, der wird doch nicht …«, stieß die Evi tonlos hervor, als sie sah, wie der Flori mit einem Satz über den niedrigen Staketenzaun sprang und sich ans Haus heranschlich.

Der Florian stand direkt unter ihrem Fenster. Sie war nur wenige Meter von ihm getrennt, aber diese paar Meter waren unüberwindlich; eine Hausmauer und ein eisernes Fensterkreuz waren dazwischen, bildeten ein uneinnehmbares Hindernis.

Doch dort unten stand nicht irgendein Bursche, dort unten stand der Stockreiter Flori. Und er dachte gar nicht daran, ohne einen Gutnacht-Kuss heimzugehen.

Ein Steinchen klirrte gegen Evis Fensterscheiben. Sie fuhr zusammen, als ob sie den Knall eines Schusses gehört hätte. Ein Glück, dass das Schlafzimmer der Eltern auf der anderen Seite des Hauses lag.

Sie öffnete vorsichtig ihr Fenster, was sie vor sich selber mit der einfachen Entschuldigung begründete: bloß damit er nicht noch einmal einen Stein heraufschmeißt und die Mutter aufwacht.

»Was tust denn da?«, rief die Evi mit kaum hörbarer ängstlicher Stimme hinunter. »Ich bitt dich, geh heim!«

»Fällt mir gar nicht ein«, kam es leise, aber mit deutlichem Übermut vom Flori. Und schon kraxelte er gewandt wie eine Katze an der Hauswand herauf, die dünnen morschen Spalierlatten und die wenig kräftigen Äste des Birnbaumes als Halt benutzend.

Die Evi glaubte vor Angst ohnmächtig zu werden. Ihr wurde ganz schlecht vor Aufregung. Sie wagte gar nicht daran zu denken, was geschehen würde, wenn ihn jemand sah oder ihre Mutter davon erfahren würde.

Doch viel Zeit, sich diese schrecklichen Bilder auszumalen, blieb dem Mädchen nicht, denn schon erschien Floris dunkler Schopf vor ihrem Fenster und dann stand er auf Brusthöhe vor ihr.

»Du musst verrückt sein, Flori«, war alles, was die Evi hervorbrachte, dabei zitterte sie am ganzen Körper.

Schmunzelnd und keineswegs ängstlich kam es vom Florian: »Kann schon sein, Evi, aber vor lauter Liebe! Du, ich geh nicht eher heim, als bis ich mir ein Bussl von dir geholt hab.« Seine Arme griffen durch das Fensterkreuz, umschlangen Evis schmalen, zierlichen Körper, dann schimpfte er leise, aber sehr eindringlich: »Die reinste Schikane, so ein Fensterkreuz!«

»Pssst«, zischelte ihm die Evi ängstlich zu. Zu mehr kam sie nicht mehr, denn Floris Lippen verschlossen ihr den Mund. Dieser Kuss war für sie ebenso aufregend wie der erste. Doch diesmal war sie es, die ihn von sich drängte und flehentlich bat: »Ich bitt dich, Flori, geh jetzt! Der Vater kann jede Minute heimkommen und die Mutter ...«

»Ich weiß schon«, fiel er ihr schwer aufseufzend ins Wort. »Ist dir noch nichts eingefallen, wie wir uns einmal treffen können?«, fragte er hoffnungsvoll.

»Nein, Flori, denn die Mutter lässt mich ja nicht fort«, gab sie kleinlaut zu.

»Kruzitürken, da soll doch gleich ...«

»Pssst, sei doch still«, unterbrach sie bittend sein ungeduldiges Fluchen.

Nun wurden Schritte laut, die sich langsam näherten; sie kamen vom unteren Ende der Straße aus der Richtung des Ochsen-Wirts.

Und jetzt hieß es für den Florian schnell zu sein. Mit einem hastigen »Gut Nach, Evi!« verabschiedete er sich und dann kletterte er behände hinunter.

Noch ehe die schwankende Gestalt des betrunkenen Schneiders auftauchte, war der Stockreiter Florian in der Dunkelheit verschwunden.

Doch auf dem Heimweg sagte sich der Flori und das meinte er bitter ernst: »Das Mädl muss mich rein verhext haben! Entweder die Evi oder keine! Und wenn auch die Fladerlin aufpasst wie ein Luchs!«

An diesem wunderschönen Sonntag, mit seidig blauem Föhnhimmel und Vogelgezwitscher, gab es einen, der umherschlich wie das personifizierte schlechte Gewissen.

Blind und taub für die Schönheit des herrlichen Frühlingstages, körperlich und moralisch völlig verkatert, versah der Michl sein sonntags recht umfangreiches Amt als Mesner. Heute war er nicht ganz bei der Sache, seine Bewegungen waren nervös und fahrig und oft zuckte er grundlos zusammen.

Hätte sich jemand die Zeit genommen oder die Mühe gemacht den Mesner zu beobachten, so wäre ihm gewiss der Verdacht gekommen, dieser Mensch hat ein schweres Verbrechen auf sich geladen.

Und genauso war dem Michl zumute. Er getraute sich niemandem mehr in die Augen zu sehen, am allerwenigsten dem Herrn Pfarrer.

Schon in aller Herrgottsfrühe war ihm die Mathild auf ihrem Weg zur Messe begegnet, aber er hatte sie angesehen wie der Teufel das Weihwasser und hatte dann einen weiten Bogen um sie, die schuld war an seiner Gewissensqual, gemacht.

Von diesem Abenteuer war nichts geblieben als Reue und Gewissensnot. Er empfand für die Mathild nun noch weniger als vorher. Am liebsten wäre es ihm gewesen, wenn er ihr nicht mehr hätte begegnen müssen.

Nein, wenn das alles war, was bei der so viel gepriesenen Liebe dahinter steckte, dann konnte er gerne darauf verzichten. Jetzt konnte er es erst recht nicht verstehen, wie man so verrückt darauf sein konnte.

Michls Adamsapfel zuckte nervös auf und ab, als es während der Messe an der Zeit war sich für den Empfang der heiligen Kommunion aufzureihen. Bolzensteif blieb er in seinem Stuhl neben dem Altar, dem Platz, der dem Mesner angestammt war, sitzen.

Ob es dem Herrn Pfarrer auffiel, dass er heute nicht kommunizierte? Ob er vielleicht gar Rückschlüsse auf etwaige nicht gebeichtete Todsünden zog? Herrgott, wohin sollte er denn nun zur Beichte gehen? Schließlich konnte er es dem Herrn Pfarrer nicht erzählen, was er unter seinem Dach mit seiner Haushälterin angestellt hatte. Und dabei stand Ostern vor der Tür! An Ostern war es für jeden guten Katholiken Pflicht, sich seiner Sünden zu entledigen und zur heiligen Kommunion zu gehen.

Nein, daran durfte er noch gar nicht denken.

Er hatte zwar schon davon gehört, dass es etliche Burschen gab, die in einer anderen Pfarrei zur Beichte gingen um dem Dorfpfarrer nicht alles auf die Nase binden zu müssen, aber der Mesner? Außerdem fehlte ihm die Zeit um so einen weiten Weg zu machen, da er am Sonntag, wenn Beichte gehört wurde, ja seinen Dienst in der heimischen Kirche versehen musste.

Er befand sich in einem furchtbaren Zwiespalt. Dabei wäre er seine Sünde liebend gern losgeworden.

Hinzu kam noch, dass er sich auch um Mathilds Seele sorgte; das war an ihr das Einzige, was ihn kümmerte. Wie würde sie es anstellen, zur Beichte und somit zur Kommunion zu gelangen? Sie, die als gutes Beispiel stets vorangegangen war und oft mehrmals wöchentlich kommuniziert hatte.

Heiland, England, Russland, da hatte er sich ja etwas Schönes eingebrockt!

Ja, wenn man ohne Beichte zur Komm … Aber diesen Gedanken wagte er gar nicht erst zu Ende zu denken.

Mit einer Todsünde zu kommunizieren, den Leib des Herrn zu empfangen, das war für ihn undenkbar.

Es ist schon recht sonderbar bestellt auf dieser Welt. Die einen zermarterten sich Gehirn und Gewissen, wie sie sich der Probleme, hervorgerufen durch das ewig Sündhafte im Menschen, wieder entledigen konnten, während es andere gab, die sich krampfhaft überlegten, wie sie es anstellen sollten, sich diese Probleme aufzuladen.

Zu den Letzteren gehörte ganz unbestritten der Stockreiter Florian. Und da zur Sünde, speziell zu dieser Todsünde, wie jeder gutgläubige Katholik dieses älteste Vergnügen der Menschheit zu nennen pflegt, immer zwei gehören, drehten sich Florians ganze Überlegungen um die Evi, wie es zu bewerkstelligen sei, endlich einmal mit ihr allein zu sein. Das wird sich ergeben.

Der Stockreiter Florian – er machte dem Namen seines heiligen Schutzpatrons heute wenig Ehre, denn es waren ganz und gar unheilige Gedanken, die ihn während der Messe beschäftigten – machte einen ziemlich abwesenden Eindruck. Doch wie sollte ein Mensch sich auf so einen alten Mann wie den Herrn Pfarrer konzentrieren, wenn vor ihm das anmutige Profil der Evi zu sehen war.

Er konnte sich gar nicht satt sehen an ihrem reizenden unschuldigen Gesichtchen, das von einer Flut blonder Haare eingerahmt wurde. Ganz im Gegensatz zu ihm schien sie sehr andächtig im Gebet versunken zu sein.

Doch dann, bei der Predigt, als der Herr Pfarrer die Kanzel bestiegen hatte, vergaß der Stockreiter Florian die schöne Evi für eine Weile. Denn nun wetterte und schimpfte der Hochwürdige auf all jene, die verleumderische Reden nur zu dem Zweck verbreiteten, ihrem Nächsten Schaden und Spott zuzufügen. Ganz besonders giftig aber zog er gegen jene ruchlosen Gesellen zu Felde, die sich nicht gescheut hatten ihre hinterlistigen Werke sogar im Pfarrhof auszuführen.

Floris Gesicht war mindestens ebenso unschuldig wie das der übrigen Zuhörer, als er den flammenden Worten des Herrn Pfarrers lauschte.

Als die Messe dann zu Ende war, zwängte sich der Stockreiter Florian so rücksichtslos zum Kirchenportal, dass er etliche alte Frauen, die nicht so fest auf den Beinen waren, fast umgerannt hätte. Zwar hatten es die jungen Burschen stets eilig, aus der Kirche zu kommen, doch gar so sehr pressieren hätte es auch wieder nicht müssen.

Kaum war Florian draußen, als er sich vor der Kirchentür aufstellte und mit neugierigen Augen die Herausströmenden beobachtete.

Er hätte sich nicht so sehr beeilen müssen, denn die Evi, die sich stoßen und schieben ließ, brauchte eine ganze Weile, ehe sie hinaus ins Freie kam. Sie war so zwischen den übrigen Kirchengängern eingekeilt, dass niemand es sah, als der Florian ihre Hand ergriff und sie zärtlich drückte.

Er beugte sich rasch zu ihr hinunter und flüsterte ihr hastig ins Ohr: »Schau, dass du heut nachmittag von daheim fortkommst! Ich wart auf dich am Linden-Kreuz, um zwei!«

Sie schaute hilflos zu ihm auf und zuckte nur ungewiss die Schultern. Sie wusste schon jetzt, dass es fast unmöglich sein würde, ihrer Mutter zu entwischen.

Die Evi kam nicht dazu, dem Florian die Unmöglichkeit seines Vorschlages zu erklären, denn nun drängte sich die Stockreiterin heran und sie rief ihrem Sohn zu: »Geh gleich weiter, Flori!«

Nach einem letzten langen und schmerzlich sehnsüchtigen Blick verließ die Evi den Friedhof und ging rasch nach Hause.

Den flinken Augen der Stockreiter Kathl entging so leicht nichts. Und so fragte sie ihren Sohn rundheraus: »Was hast denn du mit dem Schneider-Dirndl zu disputieren gehabt?«

Der Florian half seiner Mutter auf den Bock der kleinen leichten Kutsche, die vor der Friedhofsmauer gewartet hatte, schnalzte seinem Pferd, dann erst erwiderte er mit einem breiten Schmunzeln: »Gelt, Mutter, die tät dir auch gefallen?«

Etwas ungeduldig wandte die Stockreiterin ein: »Es geht nicht drum, ob sie mir gefällt. Ich will wissen, was du mit ihr so Wichtiges gehabt hast?«

Ungerührt und zweideutig erwiderte der Flori: »Gar nichts, weil die Fladerlin aufpasst wie ein Haftelmacher!«

»Wie redest du mit deiner Mutter?«, empörte sich die

Stockreiterin. Dabei musste sie allerdings ein Schmunzeln gewaltsam unterdrücken.

»Herrgott, Mutter, das wär ein Mädl«, schwärmte der Florian. »An die Evi kommt von den anderen Dirndln keine hin. Für die Evi tät ich gern alle anderen eintauschen.«

»Na, na, na«, dämpfte die Stockreiterin den Überschwang ihres Sohnes. Halb misstrauisch und halb neugierig wandte sie ein: »Du hast dich doch nicht in dieses Mädl verliebt?«

»Doch, Mutter, und wie!«, gab er unverwandt zu.

»Heilige Maria, was willst denn mit dem Schneider-Dirndl?«, entrüstete sich seine Mutter. »Was du brauchst, ist eine Bäuerin. Eine, die zupacken kann, und kein so dünnes, schwaches Dingerl, das der Wind umbläst.«

»Langsam, Mutter«, lachte der Florian laut. »Ich kann mich noch recht gut erinnern, wie du vor zwanzig Jahren ausgesehen hast. Du bist grad so zart und schmal wie die Evi gewesen!« Mit einem belustigten Augenzwinkern erinnerte er sie: »Der Großvater, also dein Vater, war ein Holzfäller und du hast vor der Heirat mit dem Vater grad so viel Ahnung von der Bauernarbeit gehabt wie die Evi. Und doch bist du die tüchtigste Bäuerin geworden, die ich mir denken kann.«

Nun, dagegen ließ sich schlecht etwas einwenden. Trotzdem stieß sie vorwurfsvoll hervor: »Aber dein Großvater war kein so versoffenes Mannsbild wie der Schneider.«

»Was kann denn da die Evi dafür?«, hielt ihr der Flori verteidigend entgegen. »Ich will ja nicht den Fladerl Pauli, sondern bloß seine Tochter!«

»Aber so einen Schwiegervater.«

»Der Pauli kümmert mich nicht«, versicherte der Florian. Ein Schmunzeln erschien um seine Lippen, als er hinzufügte: »Dafür krieg ich eine Schwiegermutter, die gleich für die ganze Verwandtschaft betet. Ist das nichts?«

»Versündige dich nicht«, wies ihn seine Mutter hart zurecht, »und lass die arme Thekla in Ruh! Die arme Frau hat ja sonst eh nichts auf der Welt.«

Der Florian ließ es dabei bewenden. Nun wusste seine Mutter Bescheid und sie würde sich schon langsam an den Gedanken gewöhnen.

Insgeheim war die Stockreiterin heilfroh, dass ihr Sohn endlich vernünftig zu werden schien und ans Heiraten dachte. Freilich wäre ihr eine Bauerntochter lieber gewesen, aber für sie war schließlich die Hauptsache, dass ihr einziger Sohn glücklich wurde. Außerdem musste an der Evi schon etwas mehr dran sein, sonst hätte der Flori wohl kaum vom Heiraten gesprochen. Er, der bis vor kurzem noch seine Freiheit über alles geliebt hatte.

Aber wozu machte sie sich schon jetzt darüber Gedanken? Die Sache war ja noch längst nicht spruchreif, so viel hatte sie aus seinen Worten schon herausgehört.

Aufgetakelt wie ein Schlachtschiff, im Hochgefühl ihrer Liebe, so segelte das Fräulein Mathild aus der Kirche.

Obgleich sie sich vergeblich ihre Augen nach dem Michl ausschaute, tat das ihren Gefühlen keinen Abbruch. Sie selber wusste doch am besten, wie schüchtern und unerfahren der Michl war. Sie wird viel Geduld mit ihm haben müssen, doch daran sollte es nicht scheitern.

Was aber auch ihr einigermaßen schwer auf der Seele lag, war die Angst vor der bevorstehenden Beichte. Lange würde sie das Geständnis ihrer Sünde nicht mehr hinausschieben können, denn schon heute hatte sie der Herr Pfarrer recht verwundert angesehen, als sie nicht zur heiligen Kommunion gegangen war.

Plötzlich kam ihr die rettende Idee! Natürlich, das war es, eine Wallfahrt! Sie würde eine Wallfahrt unternehmen und dort auch zur Beichte gehen. Das würde dem Hochwürden bestimmt einleuchten. Denn ihm, dem Herrn Pfarrer, hätte sie ihren Fehltritt nie beichten können, das wäre ganz und gar unmöglich gewesen.

Womit die Mathild, die sich für so besonders schlau hielt, allerdings nicht gerechnet hatte, war die Menschenkenntnis und die langjährige Erfahrung mit den schwachen Mitmenschen des Herrn Emeran Inzinger. Nach fast dreißigjähriger Seelsorge konnte ein Pfarrer in den Herzen und Hirnen seiner Schäflein wie in einem offenen Buch lesen.

Bereits beim Mittagessen bemerkte der Herr Pfarrer beiläufig: »Du bist heut nicht bei der heiligen Kommunion gewesen.« Das war kein Vorwurf, nur eine Feststellung.

Etwas hektisch, wobei eine heiße Röte ihre kugelrunden Wangen färbte, erklärte die Mathild daraufhin: »Wissen Sie, Hochwürden, mir war heut in der Früh nicht recht gut und da hab ich halt was gegessen. Und so war ich nicht mehr nüchtern.«

Nun, das war eine ganz plausible Erklärung, denn man durfte den Leib des Herrn nur mit leerem Magen empfangen.

Leider war die Mathild so unvorsichtig und so voreilig, bald darauf in das Gespräch einfließen zu lassen: »Ich hab ein Anliegen an die Muttergottes und drum hätt ich gern in der nächsten Woche eine Wallfahrt nach Birkenstein gemacht.« Dabei blickte sie ganz angestrengt auf ihren Teller.

»Von einer Wallfahrt will ich dich nicht abhalten, Mathild«, entgegnete der Herr Pfarrer mit mildem Lächeln. »Wie willst du denn hinkommen auf Birkenstein?«

»Mit dem Bus«, erwiderte sie spontan. Hastig und ein bisschen beschämt setzte sie hinzu: »Die letzten drei Kilometer geh ich natürlich zu Fuß, Hochwürden!«

»Das ist recht, Mathild!«, lobte der Herr Pfarrer.

Gleich nach dem Mittagessen machte sich die Mathild auf den Weg zu ihrer Freundin, denn dort, so hoffte sie, würde sie den Michl treffen.

Dass er viel zu schüchtern war um ihr einen Besuch zu machen, das wusste sie von vornherein. Und schließlich steht schon in der Bibel: »Wenn der Prophet nicht zum Berg kommt, dann muss der Berg zum Propheten kommen!«

Herausgeputzt als ob es zur Kirchweih ging, so scharwenzelte die Pfarrersköchin zum Schneider-Häusl hinüber.

In der ärmlichen, mit abgewetzten, schäbigen Möbeln eingerichteten Stube der Fladerlin saßen die Thekla und die Evi, beide eifrig strickend.

Sonnenlicht fiel durch die winzigen Scheiben und zeichnete goldene Streifen auf den abgetretenen Fußboden. Träge brummten ein paar fette Winterfliegen, die ihr Versteck – hervorgelockt durch den warmen Sonnenschein – verlassen hatten, gegen die Scheiben. Dieses Gesumme mischte sich mit dem metallischen Klappern der Stricknadeln. Ab und zu räusperte sich die Fladerlin.

Als die Mathild in die niedrige Stube trat, schaute sie sich ziemlich enttäuscht um. »Seid ihr zwei ganz allein?«, fragte sie als Erstes.

»Ach ja«, seufzte die Fladerlin resignierend auf, »so wie immer halt. Der Pauli ist zum Kartenspielen und die Kinder sind irgendwo beim Spielen draußen!«

Es waren eigentlich nicht die Familienmitglieder, die die Mathild interessierten, und so erkundigte sie sich mit einem breiten Schmunzeln: »Ist der Michl auch ausgeflogen?«

Die Fladerlin kratzte sich mit einer Stricknadel den Kopf, während sie besorgt erklärte: »Ich weiß auch nicht recht, aber der Michl scheint das Rechte nicht zu haben. Schon gestern ist er sterbenselend heimgekommen und heut hat er sich gleich nach dem Essen niedergelegt. Mir scheint, Fräulein Mathild, die Gartenarbeit bei Ihnen ist ihm zu schwer. Er hat sich ein bissl übernommen!« Begütigend setzte sie hinzu: »Na ja, er ist ja so was auch nicht gewöhnt und besonders kräftig ist er auch nicht.«

Die Mathild konnte ihre Enttäuschung kaum verbergen. Doch sie hoffte, dass der Michl ja auch einmal wieder aufstehen würde. Und so schob sie doch ihren massigen Körper hinter den Tisch und nahm Platz.

Die Evi saß schon wie auf Kohlen. Sie wollte hinaus zum Feldkreuz an der Linde, wo der Flori auf sie warten würde. Aber bis jetzt hatte sie den Mut ihre Mutter um Erlaubnis zu fragen noch nicht gefunden. Nun, da die Mathild gekommen war, erschien ihr die Gelegenheit günstig und sie bat: »Mutter, darf ich ein bissl hinausgehen?«

»Wo willst du denn hin?«, kam es ungnädig und ablehnend von der Fladerl Thekla.

»Bloß ein wenig an die frische Luft. Draußen ist es doch heut so schön.«

»Lass sie doch, Thekla«, mischte sich nun die Mathild begütigend ein. Sie war froh die vermeintliche Rivalin loszuwerden.

Ganz verwundert schaute die Fladerlin ihre Freundin an.

»Was ist denn schon dabei, wenn sich das Mädl die Füß ein bissl vertritt«, fuhr die Mathild mit mildem scheinheiligem Lächeln fort.

Dass sie ausgerechnet von dieser Seite Hilfe erhalten würde, damit hatte die Evi zuallerletzt gerechnet.

Auch die Fladerlin war über diesen plötzlichen Sinneswandel ihrer Freundin ziemlich verwirrt. Aber sie ließ sich nicht beirren und strikt lehnte sie es ab: »Du bleibst daheim, wie sich das für ein anständiges Mädl gehört! Geh und koch uns eine Kanne Kaffee!«

Weder die Mathild noch die Evi waren mit dieser Entscheidung einverstanden. Aber dagegenzureden wagte keine mehr.

Wie eine Bruthenne auf ihren Eiern, so blieb die Mathild den ganzen Nachmittag bei der Fladerlin sitzen. Und sie hätte wohl noch länger ausgeharrt, wenn nicht die Pflicht sie in den Pfarrhof zurückgerufen hätte.

Mit einem schmerzlich entsagenden Gefühl im Herzen, denn sie hatte den Michl nicht zu sehen gekriegt, musste sie am späten Nachmittag ihren Heimweg antreten. Dabei fand sie, dass er es mit seiner schüchternen Zurückhaltung entschieden zu weit trieb. Das war nach allem, was nun schon einmal geschehen war, wirklich überflüssig!

Nun begann für das Fräulein Mathild eine anstrengende Zeit. Doch sooft sie hinter dem Mesner herjagte, immer entschlüpfte er ihr auf schier unheimliche Weise. Es war, als ob man einen glitschigen Fisch mit der bloßen Hand zu fangen versuchte.

Etliche Tage hielt sie dieses Wettrennen durch, dann gab sie es auf, oder besser, sie tröstete sich damit, dass er schon von selber zu ihr kommen würde.

Und der Schreivogl Michl dachte sich: Einmal wird sie es schon merken, dass ich nichts von ihr will.

Er war immer auf der Lauer und auf dem Sprung, der übereifrigen Pfarrerskóchin nicht in die Arme zu laufen; und das im wahrsten Sinne des Wortes. Auch ihren Garten betrat er nicht mehr.

»Soll sie ihn doch selber umgraben!«, sagte er sich grimmig.

Aber nun stand Ostern vor der Tür und das brachte den Michl in arge Verlegenheit. Bisher war es ihm gelungen, sich von der heiligen Kommunion fern zu halten, wobei er die aufmunternden Blicke des Herrn Pfarrers geflissentlich übersehen hatte. Aber zum Osterfest war es die Pflicht jedes Katholiken, sich seiner Sünden zu entledigen.

Wenn ihm nicht bald etwas Vernünftiges einfiel, dann würde er in arge Bedrängnis geraten. »Herrgott, wär ich doch dieser Frau nie begegnet«, stöhnte der Michl verzweifelt und verängstigt auf. »Da muss mich schon der Leibhaftige hingeführt haben!«

Auch der Stockreiter Flori verlebte sorgenschwere Tage, wenngleich seine Qualen ganz anderer Art waren.

Am liebsten hätte er die Fladerlin, die ihre Tochter wie

ein Schießhund bewachte, auf den Mond hinaufgeschickt. Es war reinweg zum Verrücktwerden, nie ergab sich eine Gelegenheit die Evi allein anzutreffen. Alles, wozu er bisher gekommen war, waren einige hastige Küsse, die er sich zur mitternächtlichen Stunde an ihrem Kammerfenster geraubt hatte. Aber auch das war jedes Mal ein gefährliches Unterfangen und in der Eile und der Angst vor einer Entdeckung machte nicht einmal das Küssen Spaß.

Oft war er schon versucht einfach zur Fladerlin hinzugehen und sie um Erlaubnis zu fragen, ob er mit ihrer Tochter ausgehen durfte. Aber jedes Mal hielt er sich selber wieder die Sinnlosigkeit dieses Wunsches vor Augen, denn die bigotte Schneidermeisterin würde ihn glatt vor die Tür setzen. Dann wäre erst recht alles vermasselt, denn ihr Argwohn wäre geweckt.

Während sich der Flori nach der Evi vor lauter Sehnsucht und Liebe verzehrte, war seine Angebetete um keinen Deut besser dran. Auch Evi litt wegen dem Flori, auch ihr war es schier unerträglich, ihn nicht sehen zu können.

In der Zwischenzeit jedoch brauten sich über dem Pfarrhof kohlrabenschwarze Wolken zusammen.

Die Mathild hatte sich zwar auf ihrer Wallfahrt von ihren Sünden lossprechen lassen, doch damit war ihr Fehltritt noch längst nicht aus der Welt geschafft und ungeschehen gemacht worden.

Es war am Karfreitag, sie schlachtete mit einem gezielten Hieb auf den Kopf eine pfündige Forelle, die als Fastenspeise für den Herrn Pfarrer bestimmt war, als es ihr ganz plötzlich schlecht wurde. Und daran war beileibe nicht das arme, sein Leben verzappelnde Fischlein schuld, denn der gelernten Köchin waren derlei Arbeiten keineswegs fremd.

Während sie nun die Forelle mit geübtem Schnitt aufschlitzte und ausnahm, war es ihr, als ob Nebelschleier vor ihren Augen hin und her wogten. Plötzlich musste sie den Fisch liegen lassen und mit unsicheren Schritten verließ sie die Küche.

Als sich die Mathild etwas erholt hatte, als sie wieder fähig war einen klaren Gedanken zu fassen, begann sie zu rechnen. Doch je mehr sie nachrechnete, allzu genau wusste sie ohnehin nicht Bescheid, umso größer wurde ihre Angst.

Bald gab es für sie keinen Zweifel mehr: Sie war schwanger.

Die Pfarrersköchin erwartete ein Kind vom Mesner, gezeugt in einer schwachen Stunde.

Nun also war sie in der gleichen Lage, die sie bei anderen immer so tief verdammt hatte – und das in ihrem Alter!

Das ganze Dorf würde sich ausschütten vor schadenfrohem Lachen, wenn die Geschichte bekannt wurde. An den Hochwürden wagte sie gar nicht erst zu denken.

Doch die resolute Mathild war nicht der Mensch, der sich so ohne Weiteres aufgab. Sofort dachte sie an das Naheliegendste und wohl für sie auch Angenehmste: Der Michl hat mich in diesen Schlamassel hineingebracht! Der Michl muss mich auch heiraten und wieder gutmachen, was er verbrochen hat.

Nun also wäre die Zeit des Schmollens vorbei. Die Zeit drängte, also musste sie zu ihm gehen und gestehen, wie es um sie stand.

Die Mathild bezweifelte keine Sekunde, dass er für seine Schuld auch einstehen würde. Schließlich hatte sie eine ziemlich hohe Meinung von sich und er durfte sich alle zehn Finger bis hinauf zu den Ellenbogen abschlecken, wenn er so eine Frau überhaupt bekam.

Warum er bisher nicht geheiratet hatte? Warum er auch zu ihr noch kein Wort davon gesagt hatte?

Nun, es gab eben Menschen, die man zu ihrem Glück zwingen musste.

Beim Mittagessen, während der Herr Pfarrer mit Wohlbehagen seine Forelle verzehrte, saß die Mathild mit leicht grünlichem Gesicht dabei. Keinen Bissen brachte sie hinunter, was hauptsächlich von der Aufregung herrührte.

Von einschließlich Karfreitag an wurden bis zur Auferstehung am Karsamstag keine Glocken geläutet. Denn, so erzählte der Volksmund, zu dieser Zeit des Leidens und Sterbens Christi seien alle Glocken nach Rom geflogen. Also wurde zu den Zeiten, da ansonsten die Glocken vom Turm herunter erklangen, die Karfreitagsratschn, eine knarzende Holzrassel, betätigt.

Mit dieser großen Rassel, die er in der Hand schwang und die ein durchdringendes hölzernes Geräusch von sich gab, umschritt der Mesner um zwölf Uhr mittags die Kirche. Eine mehr symbolische Handlung, da diese Ratschn kaum außerhalb der Friedhofsmauer gehört werden konnte. Der Michl war so in sein Geschäft vertieft, dass er die breite Gestalt, die der wuchtige Grabstein nur schlecht zu verdecken vermochte, gar nicht bemerkte.

Mit aufgeregt klopfendem Herzen sah die Mathild dem Ihrigen, wie sie den Michl schon insgeheim nannte, bei der Ausübung seiner gewiss Gott wohlgefälligen Beschäftigung zu. Erst als die Ratschn angehalten wurde und schwieg, stürmte sie wie ein angeschossenes Nilpferd hinter ihrem Versteck hervor, hektische Röte auf den gerundeten Wangen und banges Beben im mächtigen Busen.

Da war es weiter kein Wunder, dass der Michl erschreckt zusammenfuhr und sie anstarrte wie der Teufel das Weihwasser, bereit jeden Augenblick zu entfliehen.

Dieser wenig aufmunternde Empfang konnte die Mathild aber nicht bremsen. Und sie, wenig geübt im Drechseln schöner Worte, fiel gleich mit der Tür ins Haus. Die Sache entbehrte nicht einer gewissen Tragikomik, als die ältlich wirkende, schon sehr aus dem Leim gegangene Mathild auf dem Friedhof pietätlos und mit blecherner Stimme erklärte:

»Michl, ich bin schwanger und wir müssen sofort heiraten!«

Der Mesner stand da, als hätte ihn der Blitz gestreift.

Nur sein nervös auf und ab zuckender Adamsapfel verriet seine innere Erregung. Im Überlegen und Denken war er nicht der Flinkeste und so dauerte es einige Zeit, eh er heiser hervorwürgte: »Nein, Fräulein Mathild, das kann doch nicht sein!«

Panische Angst stieg in ihm auf und ihr Anblick trug auch nicht eben dazu bei, sich mit dem Schicksal und den Tatsachen abzufinden. Nein, nie im Leben würde er diesen Dragoner von zweihundertzwanzig Pfund Lebendgewicht ehelichen. Sie nicht und keine andere, aber am allerwenigsten die Mathild! Eine Dummheit sollte wahrhaftig genügen!

Mit gezwungenem falschem Enthusiasmus widersprach die Mathild: »Doch, Michl, ich bin in gesegneten …«

Von gesegnet wollte er schon überhaupt nichts wissen. Plötzlich packte ihn die Wut und er stieß unbeherrscht und wenig galant hervor: »Davon will ich nichts wissen und ich will auch nichts damit zu tun haben! Ich hab mir lang schon geschworen, dass ich nie hei…«

»So, du willst mich also nicht heiraten«, kreischte die Mathild unvermittelt auf. »Das werden wir ja sehen! Bis morgen lass ich dir Zeit, da kannst du es dir überlegen. Und dann geh ich zur Fladerlin und zum Herrn Pfarrer und erzähl ihnen, was geschehen ist. Dann möchte ich nicht in deiner Haut stecken!«

Völlig verdattert, unfähig einen klaren Gedanken zu fassen, stand der Michl da. Das alles erschien ihm wie ein böser Alptraum. Das alles konnte doch einfach nicht wahr sein. Aber die Mathild verschwand auch nicht, als der die Augen fest schloss und dann wieder aufmachte. Nein, er träumte nicht!

Und zum Beweis zischte ihm die Mathild noch bösartig zu: »Unser Herrgott wird dich strafen, wenn du nicht wieder gutmachst, was du verbrochen hast!« Dann rauschte sie mit hoch erhobenem Haupt davon, fest davon überzeugt, dass ihn ihre Drohung schon zur Einsicht bringen würde.

Schwarze Wolkenfetzen zogen über den Sternenhimmel, schoben sich über die Silbersichel des Mondes. Warmer Föhnwind fegte über die Häuser, rüttelte an den Fensterläden.

Es war keine sehr schöne Nacht, die Nacht von Karfreitag auf Karsamstag. Nun, da das Osterfest vor der Tür stand, schien das Wetter umzuschlagen.

Von panischer Angst getrieben packte der Schreivogl Michl, lediger Schneidergeselle und Mesner, seine wenigen Habseligkeiten zusammen. Er vermied jeden unnötigen Lärm, denn im Haus schliefen längst alle.

Der Michl sah sein Heil nur noch in der überstürzten Flucht. Um nichts in der Welt wollte er sich in das Joch der Ehe mit der Mathild pressen lassen. Lieber die ewige Verdammnis, die ihm auch nicht schlimmer erschien als ein Zusammenleben mit dieser Person.

Natürlich wusste er, dass es nicht sehr ehrenhaft war, was er da vorhatte. Doch Ehre hin oder her, seine Freiheit war ihm lieber.

Mit dem gepackten Koffer saß er auf seinem Bett und wartete, bis Mitternacht vorüber war. Dann, so hoffte er, würde ihm wohl niemand mehr begegnen.

Ängstlich horchte er auf das Heulen des Föhnsturms, der an den schadhaften Dachschindeln rüttelte. Bei diesem Geklapper würde man ihn wohl kaum hören, wenn er sich aus dem Haus schlich.

Während der Michl vor Angst zitternd und schlotternd wie Espenlaub auf die Stunde seiner heimlichen Flucht wartete, nutzte der Flori das Getöse des Sturmes zu einem heimlichen Besuch am Kammerfenster der Evi aus.

Er musste etliche Male hart gegen die Scheiben klopfen, ehe die Evi ihm öffnete.

Schön wie eine Märchenfee, mit lang herabfließendem Goldhaar, so stand sie am Fenster. »Ich hab gemeint der Wind …«

Mit sehnsüchtiger Stimme fiel ihr der Flori ins Wort, während er mit beiden Armen verlangend durch das

Fensterkreuz griff und sie umfasste und sagte: »Du, Evi, ich halt das einfach nimmer länger aus, dieses andauernde Versteckspiel. Morgen geh ich zu deiner Mutter und sag, dass wir uns gern haben und dass wir heiraten möchten!« Etwas zaghaft setzte er hinzu: »Das heißt, wenn du mich überhaupt magst …?«

Die Evi presste ihr Gesicht an das vom Flori und erwiderte aufseufzend: »Freilich, Flori, möchte ich gern deine Frau werden. Aber nie wird die Mutter das zulassen. Ich soll doch den Michl heiraten …«

»Eher erwürg ich diesen komischen Heiligen, als dass ich das zulasse«, entfuhr es dem Flori grimmig.

»Meine Mutter hat nun einmal einen Narren am Michl gefressen«, wandte die Evi zitternd ein. »Und du kennst sie ja, wie zäh sei sein kann, wenn sie sich was in den Kopf gesetzt hat.«

»Das ist mir Wurscht«, stieß der Flori erbittert hervor. »So eigensinnig wie deine Mutter kann ich schon lang sein. Und wenn ich – psst – sei still! – Was ist denn das …?«, zischelte er ihr in verhaltenem Ton zu und er starrte angestrengt nach unten. In der herrschenden Finsternis konnte man kaum etwas erkennen. Alles, was er sah, war ein dunkler langer Schatten, der offenbar aus der Haustür gekommen sein musste.

Plötzlich riss die Wolkendecke auf. Im fahlen Mondlicht sah er einen Mann, der offensichtlich etwas aus dem Haus schleppte. Sofort war sein Argwohn geweckt, dabei bedachte er nicht, dass es aus dem armseligen Schneider-Häusl kaum etwas fortzuschleppen gab.

»Wart, da muss ich nachschauen«, raunte er der Evi zu und er kletterte behände wie ein Eichkater das Spalier hinunter.

Gerade bekam er den vermummten Gesellen noch am hoch geschlagenen Mantelkragen zu fassen und riss ihn herum. »Was tust denn …?« Plötzlich verschlug es ihm die Stimme, denn er sah, dass es der Michl war, den er da geschnappt hatte. Ohne den Burschen loszulassen, auf seinen Koffer weisend, fragte er: »Was tust denn du hier? Was soll denn das bedeuten?«

»Um Christi willen, nicht so laut«, flehte der Michl mit bebender Stimme. Auf den Gedanken, dass auch der Flori hier nichts zu suchen hatte, kam er in der Aufregung nicht. Schlotternd vor Angst begann er nun zu reden und es rumpelte alles, aber auch wirklich alles, was ihn so sehr ängstigte, aus ihm heraus. Und er schloß mit den verzweifelten Worten: »… ich mach mich lieber aus dem Staub, als dass ich mich der Mathild ausliefern lass!«

Der Flori wusste nicht, sollte er lachen oder weinen. Das war einmal eine Neuigkeit, wie man sie nicht alle Tage erfuhr. Aber wenn er ehrlich war, dann konnte er den Michl verstehen, dass er einfach verschwinden wollte. Blitzschnell überlegte er sich, dass Michls Malheur für die Evi und ihn nur von Vorteil sein konnte.

»Wenn's ein anderes Mädl gewesen wär, dann hätt ich dich jetzt nicht gehen lassen«, stieß der Flori mit einem unterdrückten Schmunzeln hervor. »Aber so rat ich dir: Lauf weiter fort, als du hergekommen bist! Du kannst sicher sein, die Mathild geht mitsamt ihrem Kind nicht unter, denn Fett schwimmt immer obenauf.«

»Ich schick ihr schon Geld«, versprach der Michl kleinlaut. »Bloß heiraten, nein, das um nichts auf der Welt!«

»Dann renn zu!«, kam es vom Flori. »Und pass das nächste Mal besser auf, wenn du wieder einmal irgendwo einen Garten umgraben sollst«, setzte er lachend hinzu.

Es war am Karsamstag, noch sehr früh am Morgen.

Die Fladerlin hantierte bereits in der Küche herum. Sie wähnte den Michl schon drüben in der Kirche, während ihr Mann noch schlief. Auch die Kinder waren noch im Bett, nur die Evi putzte die Werkstatt, eine Arbeit, die erledigt sein musste, ehe der Schneidermeister aufstand.

Die Thekla kochte gerade Kaffee, als jemand an die Tür klopfte. »Na, schon in aller Herrgottsfrüh … Herein!«

Frisch und munter kam der Stockreiter Florian zur fladerlischen Küche hereinspaziert und grüßte überaus höflich.

»Was willst denn du jetzt bei mir?«, entfuhr es der Fladerlin.

»Ich möcht dich bitten mir die Evi zur Frau zu geben. Und in ein paar Wochen ist Hochzeit!«, kam es selbstbewusst vom Flori.

Die hagere Gestalt der Schneidermeisterin straffte sich, als sie hart hervorstieß: »Du bist besoffen! Meine Evi heiratet den Michl und sonst ...«

»Die Nürnberger hängen keinen, es sei denn, sie hätten ihn«, witzelte der Flori ungerührt. »Euer Gesell, der Michl, ist längst über alle Berge.« Und nun erzählte er, was er vom Michl wusste. Dass er nichts beschönigte, versteht sich wohl von selbst.

Entsetzt riss die Thekla Mund und Augen auf. Ächzend ließ sie sich auf einen Stuhl fallen, denn ihre Beine wollten sie nicht länger tragen. Zwei Menschen, von denen sie nur das Beste angenommen hatte, hatten sie maßlos enttäuscht. »Die Mathild – und der Michl ...«, stöhnte sie, »so eine Schand ...«

»Na ja, sie sind halt auch bloß Menschen«, wandte der Flori beruhigend ein. »Heilige gibt's heutzutage keine mehr auf der Welt!«

Für die Thekla war eine Welt in Scherben gegangen. Aber plötzlich erfasste sie heiliger Zorn. »So ein falsches Luder«, stieß sie erbost hervor, »über andere hat sie sich das Maul zerrissen und sie selber ... Drum hat sie mir abgeraten, dass die Evi den Michl heiraten soll, weil sie selber ...«

»Siehst du es, Fladerlin«, hielt ihr der Flori wenig rücksichtsvoll vor Augen, »jeder denkt doch bloß an sich selbst! Die Mathild ist nicht schlechter oder besser als die anderen Leut auch; sie hat bloß ihr Maul immer zu voll genommen. Aber das wird ihr jetzt vergehen, unserem Dorfgewissen. Jetzt muss sie sich schön still verhalten.

Wie heißt's so schön: Wer anderen eine Grube gräbt … Also, Fladerlin, wie ist es jetzt? Kann ich die Hochzeit beim Bürgermeister und beim Herrn Pfarrer ansagen?«

»Von mir aus«, seufzte die Thekla schicksalsergeben. »Es geht ja doch immer alles anders, als man es sich vorgestellt hat.«

Wie der Blitz schoss der Flori hinaus in die Werkstatt. Er nahm die Evi – sie hatte natürlich gelauscht und jedes Wort mit angehört – in seine Arme und presste sie fest an sich, dass es ihr fast den Atem nahm.

»Evi, wir haben es geschafft!«, flüsterte er ihr mit überglücklicher Stimme zu.

Auch die Evi glaubte vor Glück fast vergehen zu müssen. Sie schmiegte sich an ihn und sie küssten sich, dabei wartete sie darauf, dass ihre Mutter hereingeplatzt käme und sie entsetzt zur Ordnung rufen würde. Doch nichts dergleichen geschah. Vielleicht hatte auch die fromme Fladerl Thekla eingesehen, dass kein Mensch aus Fleisch und Blut sich immer nur nach dem richten konnte, was in der Bibel geschrieben steht.

Viel Fröhlichkeit herrschte beim diesjährigen Osterfest im Pfarrhof von Egglbruck nicht.

Mit einem Gesicht, so lammfromm wie noch nie, schlich das Fräulein Mathild umher und sie versuchte dem Hochwürden jeden Wunsch von den Augen abzulesen.

Und das war sie ihm auch schuldig. Denn auch in diesem delikaten Fall hatte der Herr Pfarrer Milde walten lassen und ihr vergeben. Er wusste ja schließlich am besten, wie schwach die Menschen waren. Er hielt sich an das Bibelwort, das da heißt: Und wer da von euch ohne Schuld ist, der hebe den ersten Stein …

Dass die Mathild in Zukunft nicht mehr mit Steinen oder bösen Worten um sich warf, das war gewiss!